le diable au corps *suivi de*
le bal du comte d'orgel

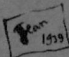

LE DIABLE AU CORPS

SUIVI DE

LE BAL DU COMTE D'ORGEL

RAYMOND
RADIGUET

SPRING 野

更具体地生长

All This Wild Hope

我们一起流泪，哭我们只是孩子，
什么也无法掌握。

爱情的确是自私最激烈的表现形式。

Raymond Radiguet
1903 – 1923
by Man Ray

RAYMOND RADIGUET

[法] 雷蒙·拉迪盖 著

李玉民 译

拉迪盖小说集

LE DIABLE AU CORPS

SUIVI DE

LE BAL DU
COMTE D'ORGEL

魔

鬼

少

年

GUANGXI NORMAL UNIVERSITY PRESS

广西师范大学出版社

·桂林·

图书在版编目（CIP）数据

魔鬼少年：拉迪盖小说集 / （法）雷蒙·拉迪盖著；李玉民译.
桂林：广西师范大学出版社，2025.6（2025.8重印）.
ISBN 978-7-5598-7956-1

Ⅰ. I565.45

中国国家版本馆CIP数据核字第2025RU0481号

MOGUI SHAONIAN: LADIGAI XIAOSHUO JI
魔鬼少年：拉迪盖小说集

作　　者：（法）雷蒙·拉迪盖
译　　者：李玉民
责任编辑：彭　琳
特约编辑：赵　晴
装帧设计：汐　和 at compus studio
内文制作：杨子锋

广西师范大学出版社出版发行

　广西桂林市五里店路9号　邮政编码：541004
　网址：www.bbtpress.com
出版人：黄轩庄
全国新华书店经销
发行热线：010-64284815
北京启航东方印刷有限公司印刷
开本：889mm×1260mm　　1/64
印张：7　　　　　字数：170千
2025年6月第1版　　2025年8月第2次印刷
定价：56.00元

如发现印装质量问题，影响阅读，请与出版社发行部门联系调换。

一颗早慧失落的流星

雷蒙·拉迪盖小说导读

"他不是魔鬼，但确有魔鬼附身。"

雷蒙·拉迪盖肖像，莫迪利亚尼绘

Modigliani, *Raymond Radiguet*, 1920

　　这两部小说出自一个不到二十岁的青年人之手，《魔鬼附身》是他十七岁时在一个假期里写出来的，《德·奥热尔伯爵的舞会》则是他十九岁时的作品。然而，这两部小说却绝非幼稚不堪的涂鸦之作，它们的成熟使人惊奇，它们的情趣与风格使人着迷，以至人们在面对法国二十世纪小说的时候，不能不重视它们的存在，而这个青年人，雷蒙·拉迪盖，在刚写完他的后一部小说、刚出版前一部小说的同一年，就去世了，只活到了二十岁，在法国现代文学中留下了无尽惆怅与对他未可限量的前景之猜想。

他就像是在天边出现的一颗流星，晶莹明亮，极有风致地在天空里划出一道光的轨迹，突然就殒灭了。

这颗流失了的星，似乎没有归宿。其实，它在法国文学中也属于一个星群，每当我想起拉迪盖的时候，我就想起了兰波，想起了迪雅丹，想起了傅尼埃。

兰波，这个十九世纪后期的绝代诗才，十五岁时就显露出惊人的诗歌才华，十七岁到十九岁写出了奠定他不朽文学地位的《灵光集》中的所有诗篇。从二十岁起，他就永远搁笔了，并从文坛上消失得无影无踪，到蛮荒异域去冒险，似乎要故意扔掷掉自己的生命。

迪雅丹，这个有创造性的青年，在二十六岁时，创作了可算得上是欧洲文学中第一部意识流小说的作品《月桂树已砍尽》，直接影响了后来的意识流小说大师乔伊斯，成为西方心理现代主义的先驱，而后，他就在各种浅尝辄止的文化游戏中虚掷自己的时日与才华了。

傅尼埃则是在二十七岁时发表了他盛誉不衰的小说名著《大莫纳》，而第二年就牺牲在第一次世界大战的战场上。

这一批出生在十九世纪后期至二十世纪初期的青年人，一个个聪慧早熟，无不在三十岁以前，有的甚至不到二十岁，就完成了自己的文学业绩，而其高度是很多人以毕生之力也未能达到的。他们都像流星一样，光芒四射地出现在法国文学的天空中又迅速消失，我觉得不妨把他们称为早慧流失的星群。拉迪盖就是这个星群中的一颗。

他早熟得异乎寻常，《魔鬼附身》这部小说就是一个明证。它是根据拉迪盖自己少年时的爱情经历写成的，其主人公就是他自己的写照。这种向异性渗透接近的艺术，他在小小的年纪竟无师自通，其早熟不能不使人惊奇。

"难道我就是恶魔？"甚至连他自己也有点怀疑。不，他并不是魔鬼，但确有魔鬼附身。

早熟就是魔鬼的领域。人类的祖先亚当与夏娃，就是在魔鬼的唆使下偷食了智慧之果而成熟的，而人一旦脱离了混沌纯朴的状态而进入成熟期，似乎就永远无法摆脱魔鬼的阴影了。正因为从天真进入成熟是一种自然之态，那么，人在偷食禁果后进入的那种人性启蒙之情态，不也有几分自然可爱之处吗？这就是拉迪盖之"魔鬼附身"而不使人反感，倒使人喜爱的原因，这正如早熟得过分因而"乖僻邪谬"的贾宝玉招人喜爱一样。

心理上的早熟，并不等于文学上的早慧。不过，在拉迪盖身上，两者却又在一定程度上是重合的。当他从事小说创作的时候，他没有走上那种偏重于描述自身之外的客观现实的道路，而走上了偏重于展示自我的道路。于是，他的小说创作在一定程度上也就成了自我性灵的表现，自我的早熟也就转化成他在文学上的早慧。他早熟的爱情，用他自己的比喻来说，如同可以使大地丰收的毛毛细雨那样，自然使得他的小说收获了光彩。

这部小说作为一种早慧的文学现象，其成就正在于展示出了一个独特的、颇具魅力的自我个性，展示出这个少年在吞食了撒旦指点的禁果之后第一次性觉醒与走向成熟的复杂状态。

这个少年人无疑像《红楼梦》里的那块晶莹明洁的顽石一样，有一股聪俊灵秀之气。他有的是剩余的充沛精力与无处可使的智力，他需要宣泄和消耗自己的精力与聪明。于是，很早给同班的女同学写求爱信，在战争的混乱时期"趁火打劫"，为了贪玩，唯恐天下不乱，"恨不得放把火烧掉巴黎"，一遇上奇特热闹甚至是悲惨不幸的场面，就兴奋好奇得昏过去。所有这些举止反应都带有儿童残余的稚气，更打上鲜明的少年人的顽劣的烙印。但在这种稚气与顽性之外，他在两性关系上的成熟与老练却是使人意想不到的，在人情世故上的洞察力也惊人的成熟。他对围绕着自己的私情而产生的种

种社会家庭矛盾的理解，他对周遭人物在他的
私情案上的复杂态度的观察，都是在一般少年
人身上难以见到的。

拉迪盖这部带自传性质的小说，所采用的
角度与方式是自我叙述。在文学史上，以"我"
为叙述角度的小说，很多都是心理小说。这是
一种必然性。把叙述角度确定为"我"，当然就
意味着对其他观察角度与叙述角度的舍弃，实
际上也就是舍弃了小说中通常有的那种无所不
知、无所不见的上帝式的多角度叙述的方便。
也许只有最不明智的作家才会采用这种叙述方
式来完成叙述某一复杂的、多方面的事物及其
历史过程的任务。但是，自我叙述的角度在舍
弃了上述叙事方便的同时，却又获得了一种揭
示内心深处隐秘活动的方便。这种方法与上帝
式的钻进人物内心的方法相比，最大的优越性
就在于它更为真实自然，更为似乎可信。

心理小说中有叙事成分，叙事小说有心理
描写，以至有时难以确定一部小说究竟是属于

哪一种类别。而拉迪盖的《魔鬼附身》作为一部心理小说，虽然有相当多的叙事成分，但这些叙事成分往往是从属于心理描写成分的。作者是根据表现心理内容的需要才叙述事件过程的，不仅对儿时的几个互不连贯的事件的叙述是如此，而且对构成一个完整故事的爱情过程的叙述也是如此，并不叙述爱情故事的详细始末，而是选取了爱情过程中的某些客观情境来分析与诉说自我的心态。他对心态与感情的分析是那么关注，甚至从来没有对女主人公的容貌做过充分的描写。而正因为这种少年时代的私情一方面因其早熟而显得特殊，另一方面又因为它给一个少年带来了与此有关的一系列微妙感受而更为特殊，这就使读者看到了不同于很多爱情心理小说的一种特定心态的披露。

拉迪盖从小就酷爱文学阅读，常因沉醉于文学作品而荒废了学业，其父曾经强迫他学习希腊文与拉丁文以求纠正他的偏向，但无济于事。值得注意的是，他所特别喜爱的少数几个作家中，有十七世纪的拉法耶特夫人、十九世纪的司汤达与在他不久后以《追忆逝水年华》的成功而闻名的普鲁斯特，而这三位作家都是以心理描写见长，在法国文学史上分别代表着心理小说发展的不同阶段。这种兴趣无疑对拉迪盖文学创作的定向起了巨大的作用，他的《魔鬼附身》就其追忆往事与过去的心理感受而言，何尝不就是他自己的《追忆逝水年华》，这部小说中的"我"时常"观察着自己这颗涉世不深的心灵"，这种不断对自己的感情进行分析的习惯，几乎完全是从于连·索雷尔*那里学来的，而在他的第二部小说《德·奥热尔伯爵的舞会》中，他从拉法耶特夫人的《克莱芙王妃》那里所受到的影响则是再明显不过了。

《克莱芙王妃》可以说是欧洲文学史上第一部真正意义上的心理小说，是法国心理现实主义传统的源头，它以十六世纪法国宫廷中的一

---

* 司汤达《红与黑》中的主人公。

个三角恋爱故事为题材，通过宫廷与上流社会的日常生活，着力描绘了贵族男女缠绵悱恻的爱情心理。《德·奥热尔伯爵的舞会》之所以是一部《克莱芙王妃》式的作品，就在于它在格局、基本内容、描绘爱情心理的方法上，都与之颇为相似。这两部作品都不是写爱情行动与爱情情节的小说，而是写感情活动的小说，这种相似的格局与基本内容，也决定了这两部小说在描写感情活动上的特点。

在《克莱芙王妃》中，男女主人公互相产生了爱慕，然而，这种感情并不可能得到发展。女主人公的守身如玉、品德高尚而又才貌双全的丈夫的存在、宫廷生活中的礼仪、贵族阶级内人际关系的准则，以及侯门府第之间的距离与障碍，构成了一个个阻挡着爱情发展的乱石堆，男女主人公的感情只能在这些乱石堆的中间蜿蜒流淌，潺潺潜行，因此，作者对人物感情活动的描绘，就只能结合着日常生活中的一个个细微末节了。这种特点，几乎原封不动地表现在《德·奥热尔伯爵的舞会》中。拉迪盖严格根据人物性格与生活真实的要求，很聪明地、很有节制地从不制造情场上进退攻防的事件与戏剧性的变化，从不让他的人物的感情在爱海波涛中大起大落地沉浮，而是让他们心底油然而生的柔情爱意，在日常生活的细小事件上、在平淡无奇的交往中像春雨一样"润物细无声"。这种出色的心理现实主义的艺术就使得他的《德·奥热尔伯爵的舞会》成了几乎堪与《克莱芙王妃》比美的佳作，虽然它在小说发展史上的地位，与拉法耶特夫人的代表作还不可相提并论。

　　法国文学中这一群天才少年，除了都是才华横溢外，在气质特点上也颇有相似。拉迪盖就像兰波那样，也有明显的颓废倾向，而在浮浪习性上，他又与迪雅丹相近。他生活放荡不羁，早熟的身体无疑要颇受颓丧，一场突如其来的疾病竟使他夭折于二十岁的英年。如果他不是这样过早地逝世，如果他还多有些时日致力于文学创作，我想，法国二十世纪心理现实主义小说将另有一番光景。

柳鸣九 *

导读

照片：雷蒙·拉迪盖，18 岁

Man Ray, *Raymond Radiguet*, 1921

目 录

TABLE DES MATIÈRES

照片：雷蒙·拉迪盖，19 岁

Man Ray, *Raymond Radiguet*, 1922

原作序言

"三天后，我要被上帝的士兵枪决。"

让·科克托：《安睡的雷蒙·拉迪盖》

Jean Cocteau, *Raymond Radiguet endormi*, 1922

雷蒙·拉迪盖生于一九〇三年六月十八日，死于一九二三年十二月十二日。年仅二十岁，在不知不觉中结束了一段奇迹般的生命。

文学的审判认为，他有一颗冷酷的心。雷蒙·拉迪盖心如硬石。他那颗钻石般的心不会稍一触碰就做出反应，必得烈火和别的钻石，才能触动他的心。除此之外，他全都忽略。

不要责怪命运，也不要谈论不公。他属于严肃认真的族群，年龄要超速飞渡，直到终点。

正如他在《魔鬼附身》结尾部分写道：

真正的预感，是在我们的思想光顾不到的深层形成的。因此，预感促使我们完成的一些行为，我们往往解释不通……

一个散漫的人不知道自己要死了，突然开始把身边的事务整理得井井有条。他的生活变了。他将文件材料分门别类放好。他早睡早起，改掉恶习。周围的人都拍手称快。这样一来，他的猝死尤其显得不公道。他本可以幸福地活下去。

雷蒙·拉迪盖猜得很准确，四个月以来，他就是睡觉，整理材料，誊写书稿。

我真愚蠢，还挺高兴。我错以为是一种病态的混乱，其实那是一台雕刻水晶的机器在复杂运行。

以下是他的遗言：

您听好（十二月九日他对我说道），一件可怕的事情。三天后，我要被上帝的士兵枪决。

我泣不成声，编造一些前后矛盾的信息解释时，他就继续说：

您的信息不如我的信息灵。命令已下达。我听见那道命令了。

过了一会儿，他还说道：

有一道色彩在移动，色彩之中躲藏着一些人。

我就问他，要不要赶走他们。他答：

您不可能驱赶他们的。只因您看不见那道色彩。

随后，他昏迷过去。

他嘴唇翕动，呼唤我们的名字，他那惊讶的目光落到他母亲身上，移到他父亲身上，又注视自己的双手。

雷蒙·拉迪盖入世了。

因为，他留下三本书。一本尚未面世的诗集，一本《魔鬼附身》，许下诺言的杰作，以及履行诺言之作《德·奥热尔伯爵的舞会》。

令人生畏。一个二十岁的孩子，要出版他这年龄的人写不出来的书。昨天的逝者永垂不朽。不论年龄的作者，没有创作日期的一本书，这就是写出《舞会》这本书的小说家。

这本《舞会》，他收到了校样，在高烧吞噬他的公寓房里。他打算对这本书不做任何修改。

死亡取消了书的构成的回忆，我们就不得而知了。三个故事，《魔鬼附身》的庞大续篇——《法兰西岛》《爱情岛》，以及一幅历史画卷《夏尔·德·奥尔良》，既可称为想象之作，又与他第一部小说的虚构自传体性质一样。

我所要求的唯一荣誉，就是当雷蒙·拉迪盖在世的时候，就给予他死后应得的杰出地位。

让·科克托*

附言：

尽管雷蒙·拉迪盖憎恶任何怪异的事物，憎恶神童身份——他十五岁时，自称十九岁——也必须指出，他的诗作写于十四岁到十七岁之间，《魔鬼附身》写于十六岁与十八岁之间，《德·奥热尔伯爵的舞会》则创作于十八岁与二十岁之间。

---

* 让·科克托（1889—1963），法国诗人、剧作家、导演、艺术家，20世纪欧洲跨领域创作的先锋代表。他以诗性思维重构传统，在文学、戏剧、电影与绘画中形成独特的超现实美学风格。

他从一九二一年起始，就为创作《舞会》准备材料。大约一九二三年九月末，他在乡间，《舞会》杀青时，就撕毁了卡片材料。在《夏尔·德·奥尔良》的卡片箱里，我发现了一张卡片，放在信封里。我觉得挺宝贵，便抄录下来：

小说中，心理活动才具有浪漫性。

小说创作发挥想象力，不是用以描绘外界的事件，而是重在情感分析。

纯真爱情小说，却和那些最不纯洁的小说一样充满刺激。风格：应该像"优雅之士衣着不合体、不修边幅"那样的粗糙风格。

"上流社会"方面：
氛围有利于某些情感的展开，但是不要流于一幅市井图。同普鲁斯特的差异在于，布景本身不算数。

下面的记录，是在雷蒙·拉迪盖的卡片中找到的，能证实我序言中的两个观点。

无日期　关于《魔鬼附身》

有人意欲把我的书视为忏悔。大谬不然！神父特别熟悉灵魂的这种机制，指出男青年和妇女的虚假忏悔，即由虚荣作祟，大量罗列自己的莫须有的罪孽。本书之所以是完全虚构的，一方面是为了赋予《魔鬼附身》作为小说的张力，另一方面是为了描绘书中主人公、年轻男孩的心理特征。这种虚张声势是他性格的一部分。

一九二〇年九月

"这些早熟的天才，几年后却成了愚蠢的奇迹！"

哪个家庭不拥有自己的神童？家庭造出了这个字眼。神童当然存在。但是他们很少有重样的。年龄不算什么。正是兰波的作品，而非他创作的年龄令我吃惊。所有伟大的诗人，十七岁时都写过诗。能够让世人忘掉这一点的才是最伟大的诗人。

保罗·瓦莱里先生近来接到一份问卷："您为什么写作？"他回答："由于软弱。"

我认为恰恰相反，软弱恰恰是不去写作。兰波停止写作，是因为他对自己失去了信心，或者为了保护自己的声誉吗？我不这么认为。人总要做得更好。然而，那些胆怯者，不敢出示自己的作品，想等以后写得更好，他们在这里为软弱找不到托词。因为，在一定意义上，我们从未能做到"更好"，也未必做得"更差"。

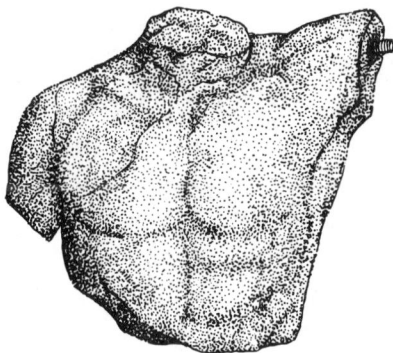

魔鬼附身

Le Diable au corps

(1923)

特别年轻的人就是一只野兽，
而爱情，"就是魔鬼"。

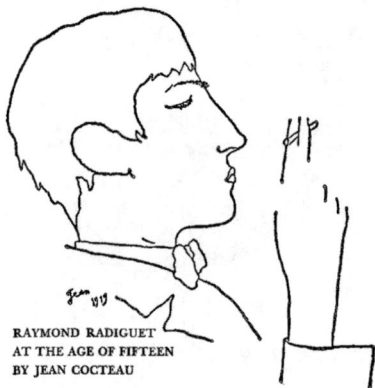

RAYMOND RADIGUET
AT THE AGE OF FIFTEEN
BY JEAN COCTEAU

"我们每个人恐怕都是自恋的那耳喀索斯，
既喜爱又憎恶自己的影子，
而对任何别的形象都无动于衷。"

* * *

　　我要惹来许多非难。然而，我又有什么办法？在大战 * 爆发前我才刚满十二岁，这能怪得着我吗？这个非常时期引起我的烦乱心情，恐怕是同龄人从未体验过的；但毕竟小模小样，无论心事多重也不可能显得老成，因此，在一场成年男子都要感到尴尬的感情纠葛中，我的行为还是脱离不开孩子气。也不是唯独我才如此。对于这个时期，我的同窗所保留的记忆，就是和比我们年长的人不一样。已经怪罪我的那些人不妨想一想，对大多数年轻的男孩来说，

---

* 即第一次世界大战。——若非特殊说明，本书注释均为译者注

这场战争究竟意味着什么？放四年的长假啊。

当时我们住在马恩河畔＊的 F 镇。

我父母一向反对男女同学交往太密切。可是那种与生俱来的、还未被引导的朦胧情感，不但没有因此消失，反而得到激发。

我从来就不是一个幻想者。其他人容易轻信看似梦想的事，我却觉得现实得很，就像猫隔着玻璃罩看到的奶酪。不过，玻璃罩确实存在。

玻璃罩一打破，猫就有可乘之机，哪怕打破罩子并割破手的恰恰是它主人。

一直长到十二岁，我还没有对任何人产生过情愫，除了对一个名叫卡门的小姑娘。我写了一封向她表达爱慕的信，让一个比我小的男孩送给她。我以表达爱慕为借口，想要同她约

＊　马恩河是塞纳河最大的一条支流。

会一次。趁她某天上学之前，信就交到她手上了。我早就注意到，唯有这个小姑娘同我相像：她也非常整洁，上学由一个妹妹陪同，而我恰好由我弟弟陪伴。为了让这两个知情人守口如瓶，我就想着怎么也得让他俩配对成双。于是，信中还附了我弟弟给福韦特小姐的信——是我的代笔，我弟弟不会写字。我向弟弟说明了我撮合他们的原因，以及我们的好运气，正巧碰上与我们年龄相仿，教名又独特的两姐妹。我一向是父母的宠儿，从未受过呵斥，这天同他们用过午餐返校时，我伤心地发现没有看错卡门的正经派头。

同学们在课桌前刚刚坐好，校长就走进教室——当时我作为全班第一的优秀生，正在教室后面，蹲着取壁橱里用于朗读的书。全班起立。校长手里拿着一封信，我一见腿就软了，手里的几本书也掉到地上。我弯腰拾书的工夫，校长同老师交谈了几句。坐在头几排的同学，因为听见低声交谈中提到我的名字，都纷纷回头

看我，弄得我在教室后面涨红了脸。终于校长
叫我上前，祝贺我写了一封十二行字的信而没
有任何一处错误——他这样讲，是既要巧妙地惩
罚我，又免得唤起学生的任何坏念头。他问我
信是不是我独自写的，然后让我跟他去办公室。
哪里还等得到办公室，他带我到了操场上，在
瓢泼大雨中训斥了我一通。他认为这损害了小
姑娘的名誉（她父母将我的情书交给了他），和
偷拿一张信笺的行为一样严重。这话把我的道
德观念完全搅乱了。他威胁要把信交给我家里，
我哀求他千万别这样做。他松口了，但对我说
信他要保留，再犯一次，他就不能再隐瞒我的
坏行为了。

　　我这种混杂着胆大妄为和心虚怯懦的性格，
往往迷惑并误导了我的家里人。同样，在学校
里，我其实很不用功，只靠脑瓜灵，就被大家视
为好学生，其实那不过是懒惰伪装出来的天赋
罢了。

我回到班上，老师讥讽地叫我唐璜*。我真是得意极了，尤其是因为他提到了一部我熟悉但我的同学们不知道的作品。老师的那声"你好啊，唐璜"，以及我会意地微笑，扭转了全班同学对我的看法。也许他们已经知道了，我派低年级一个孩子送信给一个"妞儿"——这是小学生的粗话。这孩子名叫梅萨热*；我并不是冲名字选中了他，不过这名字还是给了我信心。

一点钟时，我还哀求校长绝不要告诉我父亲，可到了四点钟，我又急不可待全部对爸爸讲了。没有人逼迫我这样做，就是想坦白地承认吧。反正我知道父亲不会发火，乐得让他了解我这英勇的行为。

事情讲出来，我还得意地补充说，校长答应我绝对保密（就像对待一个大人做出承诺那

---

* 老师可能是抓住了"我"表白的对象恰好叫"卡门"这一点，用"唐璜"来调侃。这两个文学形象都挑战了传统的爱情观念。
* 这里的原文是"Messager"，故有信使之意。

样）。我父亲想要弄个水落石出，这个爱情故事是否纯粹是我的胡编乱造，就去拜访了校长。在拜访过程中，他仿佛偶然提到这件事，说是一场小闹剧。"什么？"校长十分惊讶，又特别尴尬，说道，"这事儿他对您讲啦？他还恳求我不要透露出去呢，说是您会要他的小命。"

这句谎话，倒是给校长开脱了，但也更加助长了我充好汉的陶醉感。我立即就赢得了同学的敬重，以及老师心照不宣的眼色。校长的怨恼之气就憋在心中。这个倒霉的家伙还蒙在鼓里，而我已经知道，我父亲不满他的做法，决定学年一结束就带我走人。当时正是六月初，母亲不愿让这事儿影响我获奖，获桂冠，要等颁完奖再摊牌。颁奖的日子到了，班里唯独我获得了金花冠，而金花冠也可以颁给获优秀奖的同学，这正是校长有失公允：他隐约担心说谎会有后果。又打错了算盘：学校因而失去两名最好的学生，因为那个优秀奖获得者的父亲，也让他儿子退学了。

像我们这样的学生，正是充分吸引别的生源的诱饵。

母亲认为我年龄太小，不宜上亨利四世中学。她的意思其实是我不宜独自乘火车*。于是，我待在家里自学两年。

一天的功课，我原来的同学两天也完不成，我用四个小时就做好了，有大半天的空闲，就打算玩个痛快。我时常到马恩河边游荡……它完全是我们的河流，因此提起塞纳河，我的妹妹们甚至说："马恩河的一条支流。"有时我还不顾父亲的禁令，跑到他的小船上去，但是没有真的划船，内心还不承认，我这种怕并不是怕违背父亲，而纯粹就是怕划船。我只是躺在船上看书。一九一三年至一九一四年这两年间，我在船上读了两百本书。绝不是所谓的烂书，相反，都是称得上优秀的作品，不说思想，单

---

* 亨利四世中学是巴黎的著名中学，从 F 镇到巴黎需乘火车。

从价值来讲就如此。在这个时期，我决不肯读那种言情小说，而过了很久，到了该鄙视言情书的岁数，我却欣赏起那种幼稚的魅力。

休闲与学习相交替，对我来说，不利之处就是终年都变成了无实无名的假期。是的，每天的功课不算什么，我每天学习的时间比别人少，但是在他们放假时却还得继续学习，相较之下，这微不足道的困扰才更加烦人。就好比一只猫与其终生在尾巴上绑着一个软木塞，可能更希望拖着煎锅走上一个月。

真正的假期临近了，而我却不大在意，反正还是原来的作息。然而战争爆发了，战争打破了玻璃罩。主人都要去打别的猫了，这只猫也就落个快活。

老实说，在法国，人人都好不快活。孩子们胳臂下夹着奖状，拥挤着看布告。家家户户惶惶不可终日，那些差学生正好有机可乘，能浑水摸鱼了。

　　每天晚餐后，我们都跑到两公里远的 J 镇火车站，观看军用列车驶过。我们带着风铃草花，掷给那些大兵。身穿长衫的女士，纷纷给军壶灌满葡萄酒，不惜大片大片洒在满地鲜花的站台上。整个场面，让我不由联想起放烟花的景象。糟蹋那么多葡萄酒，那么多鲜花，真是前所未见。我们家里的窗台上，必须挂满彩旗。

　　时过不久，我们就不再去 J 车站了。我的弟弟妹妹们开始抱怨战争，它拖得太长，已经妨碍他们去海边度假了。他们本来晚起床惯了，现在不得不早晨六点钟就出门买报纸透透风——贫乏的消遣！不过，到了八月二十日左右*，这些小魔头又重新萌生了希望。大人久久不离开餐桌，孩子们非但不走，还留下听父亲谈动身的事儿。自不待言，原来的交通工具

------

* 1914 年 7 月 28 日，奥地利向塞尔维亚宣战，德国 8 月 1 日向俄国宣战，8 月 3 日向法国宣战，8 月 4 日向英国宣战。8 月 5 日，奥地利向俄国宣战。

都免谈了，只能靠骑自行车走很远的路。几个
弟弟就跟小妹妹开玩笑，说她的自行车轮直径
才四十厘米："大家都跑远了，会把你一个人丢
在路上。"小妹一听就咧嘴哭了。到了擦车的时
候，大家多起劲啊！再也没人偷懒了。他们还
提议给我修修车。天刚亮，他们就起床打听情况。
人人都在诧异之时，我却终于发现这种爱国主
义的动机：骑自行车旅行！一直骑到海边！那
是比以往见到的更远、更美的大海。为了快点
儿启程，烧掉巴黎孩子们也在所不惜。使欧洲
陷入恐怖的事，却变成了他们的唯一希望。

孩童的自私同我们的自私，差别就那么大
吗？夏天在农村，下起雨来我们就诅咒，而农
民恰恰盼望丰沛的雨水。

＊　＊　＊

没有种种征兆就发生大灾难的情况是极其罕见的。奥地利人遇刺案＊、卡约＊诉讼案所引起的轩然大波，都造成一种令人窒息、走向极端的气氛。因此，早在战争爆发之前，我就对战争有了真正的印象了。

＊　1914 年 6 月 28 日，奥地利皇太子弗朗茨·斐迪南大公及其王妃，在萨拉热窝被一名波斯尼亚大学生刺死，成为第一次世界大战的导火线。

＊　约瑟夫·卡约（1863—1944）是法国政治家，曾于 1911 年至 1912 年担任法国总理，并主张对德国采取绥靖政策。直到"一战"结束后的 1920 年，他才因叛国罪的指控而接受审判。因此，此处提及的应是他的第二任妻子——她于 1914 年 3 月 16 日枪杀《费加罗报》编辑加斯东·卡尔梅特，并在同年 7 月 20 日受审，最终被判无罪释放。

事情是这样:

我们兄弟几人,时常嘲弄我们的邻居——一个滑稽的家伙。他是镇参政员,小矮个子,留着白色山羊胡,名叫马雷绍,大家都叫他马老爹。我们虽然门挨门,可就是不肯同他打招呼;对此他特别恼火,有一天实在忍不住,在路上靠过来,对我们说:"喂!见到参政员也不问个好吗?"我们撒腿就跑。从这次失礼之后,双方对立就公开化了。可是,一个参政员,又能把我们怎么样呢?弟弟们上学放学,总要拉拉他家的门铃——他们越发大胆的原因,就是他家的狗跟我的岁数差不多,已不足惧了。

一九一四年七月十四日的前一天 * ,我去接几个弟弟,经过马雷绍家好不惊讶,看见他家的栅栏门前围了一大群人。几棵修过枝的椴树,难以遮住他家庭院深处的小楼。他家年轻的女仆,下午两点钟突然疯了似的逃到房顶上,

---

* 7 月 14 日是法国国庆日,13 日晚就组织庆祝活动。

始终不肯下来。出了这种丑事，马雷绍一家都惊慌失措，赶紧关上了窗板，结果整个房子显得仿佛无人居住，房顶上那个疯姑娘更显得危在旦夕，惨不忍睹了。东家一点也不想法儿救那个可怜的姑娘，围观者中有些人非常气愤，叫嚷起来。她在房瓦上跄跄跄跄，但绝非醉鬼那种模样。我真想一直待在那儿看个究竟，可是母亲派女仆来喊我们回家做功课。不做功课，就不让我参加节庆了。我离去时万分沮丧，暗暗祈求上帝保佑，等我去车站接父亲时，那女仆还在房顶上。

她果然还在那里，可是从巴黎回来的行人寥寥无几，还要赶回家吃晚饭，生怕耽误参加国庆舞会。因此，他们心不在焉，只是朝她望了望。

况且，到现在为止，对那女仆来说，这还只是多少公开点儿的一场彩排。按照惯例，晚上就应当开始彩排：彩灯点亮了，为她排列成名副其实的舞台脚灯。一排拉在街上，一排挂在花园里，因为马雷绍一家人虽然佯装不在家，但是作为地方名流，却也不敢不点亮彩灯。这时，一个披头散发的女人，在房顶上走来走去，好似在挂了彩旗的轮船甲板上踱步，而从她喉咙里发出来的已非人声，温柔得令人起鸡皮疙瘩——她这声音，更加增添了这罪恶之家的怪异气氛。

小乡镇的消防队员全是"志愿者"，他们终日忙着水泵以外的事。这些送奶的、开糕点铺的、当锁匠的，要干完自己的活儿之后，才会来救火——如果那时火还没有自己熄灭的话。自从战争动员令下达以来，我们的消防队员又组成了一支神秘的民防队，进行巡逻、操练和查夜。这些好汉终于赶来了，劈开了人群。

一个女人走到前面，她是另一个参政员——马雷绍对头的老婆。她吵吵嚷嚷了好一阵，表示同情那疯姑娘。她上前来叮嘱消防队长："对她尽量态度好一点儿，可怜的孩子，在这户人家里挨打，没有一点儿温暖。如果她是因为怕被辞退，丢了饭碗才出此下策，那就千万告诉她，我会收留她的，还给她双倍工钱。"

这种大肆宣扬的好意，在人群里没有引起什么效果。这位太太把大家惹烦了，众人只想抓住那姑娘。共有六名消防队员，他们跳过栅栏，包围那所房子，从四面分路往上爬。可是，某个队员在房顶刚一露头，众人就像在木偶剧场看戏的孩子那样，叫喊起来，要那不幸的姑娘提防。

"闭起你们的嘴！"那太太嚷道。但这越发激起众人叫喊："又上去一个！又上去一个！"疯姑娘听到喊声，就掀起瓦片当武器；刚爬上房脊的一名队员，头盔就中了一击。另外五人赶忙又下去了。

这工夫，镇政府广场上的打靶摊、旋转木马游乐场，以及售货棚，看到生意如此冷淡，都抱怨起来：这个夜晚本应当大赚一把，不料见不到几个顾客；而那些胆大妄为的闲汉都翻过院墙，拥到人家草坪上观看这场围捕了。疯姑娘说的话我忘记了，但那种无奈的极痛深悲，只有自信有理而别人都错了时，才能从声调里流露出来。那些闲汉爱看这种热闹胜过逛夜市，不过总想把两边的乐趣结合起来；因此，他们虽然担心离开时那疯姑娘被抓走，还是急速跑去骑一圈木马。另外一些人要安稳些，干脆爬上椴树枝头，就像在万塞讷 * 观看检阅那样，满足于燃放烟花和爆竹。

不难想象马雷绍夫妇关在自己家中，被这种爆竹声响和烟花火光所包围，心里该有多么惶惶不安。

发善心的那位太太的丈夫，那位镇参政员，爬上有栅栏的小墙柱，即席发表演说，抨击这家主人的卑怯行为。众人给他鼓掌。

疯姑娘还以为是为她鼓掌，便向众人施礼，两腋下还都夹着一叠瓦片，只要发现闪亮的头

---

* 万塞讷是巴黎东郊城镇，是巴黎东大门要塞，有城堡和圣教堂等旧王朝遗迹。

盏冒出来就掷去一片。她以瘆人的声音，感谢大家终于理解她了。这画面让我联想到一个当海盗船长的姑娘，独自立在下沉的船上，愿意与船共存亡。

众人有点看厌了，便陆续散去。我本想和父亲留下来，而母亲要让孩子过足心跳刺激的瘾，带我们骑完木马，又去乘起伏颠簸的滑车。当然，我这种古怪的瘾，要比弟弟们更为强烈。我喜欢自己心脏狂跳无法控制的感觉。这种情景极富诗意，更能满足我。"你的脸这么苍白。"我母亲说我。我找个借口，说是烟花照的，烟花映得我脸色发青。

"我还是担心这对他刺激太大。"她对我父亲说。

"哎哟！"父亲回答，"谁也不像他这样满不在乎，除了给兔子剥皮，他什么都敢看。"

父亲这么说，是要让我留下。他知道，这场面震撼了我。我觉得他也深受震撼。我要他把我举到他肩膀上，想看得更清楚一些。其实，我快要昏过去了，两条腿支撑不住了。

现在数数，只有二十来个人了。我们听见号声——火炬游行开始了。

上百支火把，突然照亮了疯姑娘，就像光线柔和的舞台脚灯亮了之后，镁光灯一闪，给一位新明星拍照似的。这时，她挥手告别，以为世界到了末日，或者仅仅以为又有人来抓她，就纵身跳下房顶，在跌落过程中砸坏了挡雨棚，发出咔嚓嚓的骇人声响，最终摔落到了石头台阶上。当时，我虽然耳朵嗡鸣，心要蹦出来，还是竭力挺住。然而当我听见有人喊"她还有气儿"时，便失去知觉，从父亲的肩上摔了下去。

等我苏醒过来，父亲带我到马恩河边。我们躺在草地上，默默地待到很晚的时候。

往回走时，我仿佛看见铁栅门里有一个白色身影，那女仆的鬼魂！原来却是头戴棉布软帽的马雷绍老爹默默站着，看着他那被毁的雨篷、屋瓦、草坪、花坛、沾满血迹的石阶，以及他那已然扫地的体面。

　　我特意讲述这样一段插曲，也是因为比起任何别的事情来，它更能促使人理解战争时期的奇特，而现实事物的诗意对我的感染，要远远超过事物本身的色彩。

＊　＊　＊

　　我们听见了炮声。莫城＊附近正在打仗。据说，在拉尼附近捉住了一些枪骑兵，离我们只有十五公里了。我姑母说起她一位女友，战争爆发没几天，就把几座挂钟和不少沙丁鱼罐头埋在花园，然后逃难去了。于是我就问父亲，有什么办法可以带上我们的旧书，那是我最不愿失去的东西。

　　我们正准备逃难时，结果报纸又刊登消息

＊　塞纳－马恩省的一座山城，坐落在马恩河畔。

说大可不必了 * 。

现在，我妹妹们正要前往 J 车站，带几篮子梨慰问伤兵。原来的出游计划泡汤了，她们就发明了这个弥补的办法，当然也是聊以自慰。毕竟她们到达 J 车站时，篮子里的梨几乎都被吃光了！

我本该进入亨利四世中学读书了，但父亲主张我在乡下再留一年。这年沉闷的冬季里，我唯一的消遣，就是跑到报亭，向老板娘买一份《词语报》——这是我爱看的报纸，每周六出刊，为了确保买到，这一天我都早早起床。

春天到了，我的生活也开始有了一些小小越轨，充满了调皮和欢乐。这年春天，我借着做募捐的名义，有好几次穿着节日服装，身边带着个小姑娘满街跑。我抱着募捐箱，她则挎

---

* 1914 年 8 月，德军侵入法国，9 月 6 日至 13 日，法军在马恩河畔大战德军，获得重大胜利，德军被迫撤退。

魔鬼附身

着装有捐款纪念章的小篮子。从第二次募捐起，
伙伴们就教我要充分利用自由自在的日子，大
伙儿把我扔进一个小姑娘怀里。从此我们就抓
紧时间，上午尽可能多募捐到钱，中午把善款
交给那位女慈善家，然后就跑到谢讷维埃山坡
上嬉戏。我第一次有了一个真正的朋友，我喜
欢和他妹妹一起募捐。而他，我第一次同一个
男孩意气相投，他和我一样早熟，他那俊美的
相貌、肆无忌惮的举止，甚至也令我钦佩。对
同龄人的共同鄙视，进一步把我们拉近。我们
认为唯独我们自己才能理解事物，总之，唯独
我们配得上女人的青睐。我们自认为已是男人。
而天缘凑巧，我们没有被拆散。勒内已经在亨
利四世中学读书，上三年级＊，而我即将进入
他那个班。他原计划不学希腊文，可他要为我

＊ 法国的中学分为四年制初中和三年制高中。年级称谓按倒序排
　列，即数字越小，年级越高。最后一年称为毕业班。所以六年
　级为初中第一年，三年级为初中第四年。——编者注

做出这种极大的牺牲，说服父母同意他上希腊文课。这样，我们就能在一起，但他不得不专门补习上学年缺的课。勒内的父母被弄得莫名其妙。上学年是应勒内恳求，他们才同意他不选修希腊文的。他们从这件事上看出了我的好影响。如果说他们得尽力容忍他的其他同学，那么我至少是他们唯一认可的朋友。

这年假期天天都轻松愉快，这对我来说还是第一次。由此我才明白，谁也逃不脱年岁的影响。而一旦有人肯以合我心意的方式关心我，我这危险的目空一切的孤傲，就会烟消云散。我们相互主动接近，这样，我们每人的自尊心必须要走的路程就缩短了一半。

开学那天，勒内成了我不可多得的向导。

和他在一起，一切都变得有趣。曾经我独自一人，一步也不愿意走动，现在却乐得每天都徒步往返在亨利四世中学和巴士底车站之间这段路上——我们就是在巴士底车站上下火车的。

三年就这样度过了，没有交别的朋友，也没有萌生别种希望，只是在每个星期四放纵一下，而一起胡闹的那些小姑娘，则是我这位朋友的父母好意为我们安排的。他们邀来儿子的男友和女儿的女友，一起吃午后茶点——彼此小小释放些暗示，我们自不必说，她们则借口是闹着玩。

*　*　*

最美好的季节到了。父亲喜欢带着我们兄弟去远足。奥梅松就是我们最喜爱的一个去处。我们沿着莫尔布拉小河前行，小河宽不过一米，流经一片片牧场，而牧场上长的野花是哪儿都见不到的，但是花名我忘记了。簇簇茂密的水田芥或者薄荷草遮掩着河水，一脚踏上去，很可能就踩到了水里。春天时节，这条小河带走无数白色和粉红色花瓣，那是山楂树的落花。

一九一七年四月的一个星期天，我们乘火车去拉瓦雷讷，再从那里走到奥梅松，这是我们时常出行的路线。父亲对我说，我们到拉瓦雷讷还能见到一些很好的人，格朗吉耶那家人。

我知道他们，在一次画展的目录上，见过他们女儿玛特的名字。有一天，父亲提到一个叫格朗吉耶的先生要来访。他来了，带着一个大纸盒，里边装满了他那十八岁女儿的作品。玛特病了，她父亲想要给她一个惊喜——希望她的水彩画能够参加一个慈善画展，而我母亲恰好是该展览的主席。这些水彩画毫无技巧可言，让人感到这是一个用功的女生上美术课时，吐着舌头、舔着画笔画出来的。

格朗吉耶夫妇在拉瓦雷讷车站站台等我们。格朗吉耶先生与太太年纪相仿，都年近五旬，然而，格朗吉耶太太看起来比先生老一些，她身材矮小，举止不大得体，一眼让人生出反感。

在散步的路上，我无法不注意到，她动不动就皱眉头，结果额上布满皱纹，这些皱纹皱起来要好一会儿才能舒展。我要有充分理由讨厌她，而又不必责备自己有失公正，就暗自希望她的谈吐也相当俗气。这一点她却令我失望了。

这位父亲倒像个正派人，从前当过士官，也深受士兵们的喜爱。可是，玛特在哪儿？我心里直打鼓，就怕这样散步下去，除了她父母再无人陪伴了。"她应该乘的是下一趟车，还有一刻钟，"格朗吉耶太太解释说，"她来不及准备，她弟弟会和她一起到。"

火车进站了，玛特已站在车厢的踏板上。"等车停稳了。"母亲冲她喊……这莽撞的一幕反而令我心动。

她的衣裙、帽子，都非常朴素，表明她不在乎陌生人怎么看她。她手拉着一个似有十一岁的小男孩。那是她弟弟，脸色苍白，白化病人那样雪白的头发，他一举一动无不显出他所患有的病症。

玛特和我走在前头，我父亲走在后面，夹在格朗吉耶夫妇之间。

我的几个弟弟，和新来的这个羸弱的、不准跑动的小伙伴在一起，无聊得直打呵欠。

我称赞玛特水彩画画得好，她却谦虚地回

答，那是些习作，她根本不看重，有机会倒是可以给我看更好的，一些"用线条勾勒的装饰花卉"。我想，第一次见面最好不要对她说，我觉得这类花卉很可笑。

她被帽檐遮着，看不到我的脸，而我却可以观察她。

"您不大像您的母亲。"我对她说道。

这是一句恭维话。

"有时别人也这么对我说。不过，以后你到我家去，我给你看看妈妈年轻时的照片，我非常像她。"

这个回答让我难过起来，便祈求上帝，千万别让我见到玛特到她母亲这个年龄的样子。

我想驱散这种令人难受的回答所引起的不快（其实难受的只是我，玛特并不以我的眼光看她母亲）。于是，我对她说：

"您不该戴这顶帽子，把长发露出来，会更好。"

话一出口，我便吓了一跳，我从未对哪个

女子讲过这种话。我也想到我戴帽子的样子。

"你可以去问妈妈,"就好像她有必要为自己辩解似的!"我平时发型不是这么糟,今天是因为迟了,怕赶不上第二趟火车。再说,我也不想摘下帽子。"

"嘿,这姑娘可不一般,"我心想,"竟然可以容忍一个男孩对她的发型评头论足?"

我试着猜测她的文学趣味,很高兴她了解波德莱尔和魏尔伦,也很欣赏她喜爱波德莱尔的方式与我不同,我从中看出一种反抗的情绪。她父母最终只好接受了她的兴趣,玛特怪他们这样顺着她只是出于温情。她的未婚夫在信中谈到他看什么书,向她推荐一些作品,但同时也禁止她看某些书,比如《恶之花》。得知她订了婚,我感到又吃惊又扫兴,但知道她根本不听一个连波德莱尔都要忌讳的傻大兵的那一套,我又窃喜起来,而且欣慰地察觉,那人一定时常惹恼玛特。惊愕与不快之后,我继而又庆幸他的观念狭隘。我还真担心,假如他也品尝过

《恶之花》的话，他们未来的居所，也会像《情人之死》*的凶宅了。我转念又一想，这同我究竟有什么关系。

她的未婚夫甚至不准她去画院学习绘画。我明明从没去过，却提议可以带她去看看，还说我常去那里上课。我又担心谎言被识破，就请她千万别对我父亲提起这事。我说他还不知道，我逃了体育课去大草屋画院*上美术课，因为我不愿意让她以为：我瞒着父母是他们不准我看裸体女人的缘故。我很高兴我们之间有了个秘密，而我本来挺胆怯，现在却感到我对待她已经专横起来。

我还暗自有些得意：我对她的吸引力似乎

---

* 《情人之死》是《恶之花》中的一首十四行诗。

* 大草屋（ *La Grande Chaumière* ）：最初是一个艺术学院，成立于19世纪末。这里曾是许多知名艺术家的栖息地，尤其是在20世纪初，许多在巴黎求学的年轻艺术家都曾在"大草屋"就读或绘画，包括一些著名的画家、雕塑家以及后来的现代主义艺术运动的重要人物，如毕加索、莫迪利亚尼、夏加尔等。作者在这里暗示他也受到了这个环境的艺术氛围和创作自由的影响。

超过了这一路的田野风光，因为我们的谈话，竟一句未曾提起眼前的景色。有时，她父母招呼她："看呀，玛特，瞧瞧右边，谢讷维埃山丘多美啊！"要不然，她弟弟凑近前问她，他刚折的一枝花叫什么。她对他们漫应着，免得他们不高兴就行了。

我们在奥梅松的草地坐下来。我心里有些懊悔，自己走得太快了，事情未免操之过急。我心中暗忖道："再谈话时，如果少动感情，更加自然些，也许还能靠讲讲这个村子的历史来让她另眼相看，也赢得她父母的好感。"但我并没有这样做，还有更深一层的理由，心想发生这一切之后，如果谈话完全脱离我们共同的担心，那就中止了这刚刚建立起来的魅力。我当时真的相信发生了某些重要的事。也确实如此，只是我后来才意识到：玛特其实和我一样，有意引导谈话远离真实的感情。而起初，我还以为自己说出了意味深长的话，像是在向一个冷淡的人表达爱意。殊不知我要向他们的女儿讲的话，哪怕格朗吉耶夫妇听见了，也不会觉得有什么不妥；不过，我又怎么敢当着他们的面，向她讲这番话呢？

"玛特我倒不怕，"我心里反复这样念叨，"阻止我拥她入怀、在她颈边亲吻的，只有她的父母和我父亲。"

我灵魂深处有另一个男孩在庆幸有这几个煞风景的人在一旁，他想道：

"幸好我和她不是单独在一起！否则，我照样不敢吻她，而且也没有任何托词了。"

胆怯的人，就是这样自欺欺人。

我们又到絮西车站乘火车，由于还要足足等半小时，就在一家咖啡馆的露天座坐一坐。我不得不忍受格朗吉耶太太的一通恭维，这些简直让我深感窘迫。她那是在提醒女儿，我还仅仅是个中学生，明年才会参加中学会考。玛特要喝石榴汁，我也要了一杯。就在今天早上，我还觉得喝石榴汁是丢面子的事儿。我父亲感到莫名其妙，他总是由着我要开胃酒。我害怕父亲取笑我怎么这么老实。他还真开了玩笑，但说得很含蓄，不让玛特猜出我是随着她才喝的。

到达 F 镇，我们就同格朗吉耶一家人告别。我答应玛特，下星期四给她带去整套的《词语报》和《地狱一季》*。

"又是我那未婚夫会'喜欢'的书名呢！"

她咯咯笑起来。

"瞧你，玛特！"母亲皱起眉头说道，她总是因女儿这样不服管束而恼火。

父亲和弟弟们早已觉得无聊。无所谓！幸福就是自私的。

---

* 法国象征派诗人兰波（1854—1891）的散文诗代表作。

* * *

第二天上学，我觉得我星期天的活动没有必要告诉与我无所不谈的勒内。我可不想被他嘲笑我没有偷吻玛特。还有一种情况让我诧异，就在今天，我发现，勒内和我那些同学的差别没那么大了。

我感到爱上了玛特，也就撤销了我对勒内，对我父母及妹妹的爱。

我打算控制住自己，在我们约定会面的那天之前绝不去找她。然而到了星期二晚上，我就急不可待，设法为自己薄弱的意志找点像样的借口，在晚饭后把书和报纸给玛特送去。我心想玛特会看出，我的急切心情就是爱的明证，如果她视而不见，那我也会迫使她正视这一点。

我疯了似的奔跑，一刻钟就跑到她家门口。我大汗淋漓，又怕打扰她吃晚饭，就在门前等了十分钟。我以为在等待的工夫，我会调匀呼吸，结果正相反，心跳得更剧烈了。差一点我就打退堂鼓，但是旁边的一扇窗户里，有一个女人好奇地看了我好一会儿，想弄明白我躲在这门口干什么。她促使我当机立断拉响门铃，走进屋子，问女仆："夫人是否在家？"

话音刚落，格朗吉耶太太就来到我被引进的小客厅。我吓了一跳，就好像女仆应当明白，我出于礼貌才说要见"夫人"，其实想见的是"小姐"。我的脸唰地红了，请格朗吉耶太太原谅我这种时候打扰她，就仿佛现在是凌晨一点似的：我辩解说是因为星期四来不了，所以赶这会儿把书和报纸给她女儿送来。

"真不巧，"格朗吉耶太太对我说，"玛特无

法接待您了。她的未婚夫回来休假，比他原来
预期的早获准了半个月，昨天就到了，今天晚上，
玛特在她未来的公婆家吃饭。"

我就这样走了，以为再也没有机会见到玛
特了，那就竭力不再想她了，可是这样一来，
满脑子里就只有她。

然而，一个月之后，有天早晨，我在巴士
底车站跳下车厢，看见她正从另一节车厢下来。
她要逛几家商店，挑选结婚用品。我请她陪我
一直走到亨利四世中学。

"对了，"她说道，"明年你上二年级，我公
公正好教你地理课。"

听她谈起功课，我不禁恼火，就好像我这
年龄再无别的话题，于是酸溜溜地回答："这实
在滑稽。"

她皱了皱眉头，这令我想到她母亲。

我们走到亨利四世中学门口，我不想在一
句伤人的话之后就此分别，就决定不上美术课，

等课下了再进教室。我很高兴，玛特并没有像大人那样责备我，反而像是在默默接受，甚至感谢我这个微不足道的"牺牲"。我也感谢她没有就势让我陪着去买东西，而是像我把自己的时间交给她一样，她也把她的时间留给了我。

这样，我们走进了卢森堡公园。参议院的大钟敲响九点钟，我干脆决定翘课了。说来碰巧，那天我兜里装的钱，比一个中学生两年的零用钱还多，只因前一晚我在香榭丽舍大街木偶剧院后边的邮票交易所，把我最珍贵的邮票卖掉了。

在交谈中，我听玛特说要去婆家吃午饭，就打定主意劝她同我待在一起。九点半的钟声敲响了，玛特浑身一抖，她还不习惯有人为了她不去上学。然而，她见我依然端坐在铁椅子上，也就鼓不起勇气提醒我应该回到亨利四世中学的课椅上。

我们坐着，一动也不动。幸福就该是这样子吧。突然，一只狗从水池里跳上岸，抖抖身子。

玛特站起身，就好像刚从午觉中醒来，脸上还睡意惺忪，仿佛要把梦境一并抖落那样，她伸胳臂做了几下伸展动作。我直觉这对我们的契合不是好兆头。

"这种椅子太硬了。"她对我说道，似乎是在为她站起来表示歉意。

她穿一条薄绸衣裙，坐着压皱了。我不禁想象起她的肌肤在椅背上硌出的花纹。

"走吧，陪我去商店，反正你打定主意不上课了。"玛特说道，她第一次提及我为她所忽略的事。

我陪她跑了好几家内衣商店，劝阻她订购她喜欢而我不喜欢的衣物，比如粉红色就排除掉，我讨厌粉色，而她偏爱这种颜色。

这是初步的胜利，接下来非得让玛特打消去婆家吃午饭的念头。我想她不可能只为有我相陪这小小的乐趣，就对她的公婆说谎，因此要找一个能使她随我逃学的由头。她渴望见识见识美国酒吧，却始终未敢要求未婚夫带她去。

况且，她未婚夫也没有光顾过。我就抓住这一借口，她拒绝了。我心想她会跟我去的，所以真是很失望，我费了半小时唇舌，话说尽了也未能说服她，就不再坚持了，只好陪她去婆家，心情就像一个赴刑的死囚，直到最后一刻还希望途中会有人出手相救。眼看就要到那条街了，什么情况也没有发生。可是突然，玛特敲敲玻璃窗，让出租车司机在邮局门前停一停。

"等我一下。我去给婆婆打个电话，就说我在很远的街区，不能按时赶到了。"

几分钟后，我再也按捺不住，瞧见一个卖花女，便精挑细选了几支红玫瑰，让她扎成一束。我所想的不是玛特会有多么高兴，而是担心晚上她向父母解释这些玫瑰的来历时，又不得不说谎了。我们初次见面时，就打算去画院；而今天晚上，她又得向父母重复她打电话时说的谎，再加上搪塞玫瑰来历的谎言，这些对我来说，都是比亲吻更甜美的青睐。因为，我曾吻过一些女孩的嘴唇，并没有多少感觉，我并不渴望玛特的亲吻。殊不知是因为我没多么喜欢她们才不渴望她们的嘴唇。其实，这种心照不宣的共犯感，对我来说是前所未有的。

玛特编了第一个谎之后，走出邮局时春风满面。我吩咐司机去多努街的一家酒吧。

她就像一名住校女生似的，见到侍者的白上衣，见到侍者摇动银制大口杯的优美动作，还有那些富有诗意或稀奇古怪的鸡尾酒名，惊叹不已。她不时低头嗅嗅那束红玫瑰，还打算把这束花绘成一幅水彩画，送给我作为这一天的纪念。我请她给我看看她未婚夫的照片。他确实相貌英俊。不过，我已经感到玛特对我意见的重视，便极尽虚假地嘴上说着他非常英俊，面部表情却流露出不屑，好让她察觉到我这么说是出于礼貌。照我的估计，这会搅乱玛特的心思，甚至还会引起她对我的感激。

然而下午，总得想一想她此行的目的了。她未婚夫的品位她是了解的，选择家具的事儿，他就完全交给她了，但是她母亲却非得跟来不可。玛特答应母亲决不乱来，才终于得到允许独自上街采购。这天，她要为新房挑选几件家具。我暗自决定，不对玛特的任何话表现出特别的高兴或不高兴，但是还得努力控制自己，才能继续迈着平静的步伐走在大街上，而此时我的步伐已不再同我的心律合拍了。

　　陪伴玛特采购，我觉得是一种倒霉的义务。帮她选择家具，就等于帮她布置她和另一个男人的卧室！继而一个模糊的念头掠过我脑海：也许这像在为玛特和我的卧室挑选家具。

　　很快我就忘掉了她的未婚夫，走了一刻钟之后，如果有人提醒我说，在这间卧室里，睡在她身边的是另一个男人，我都会惊诧不已。

　　她的未婚夫喜爱路易十五时期式样的家具。玛特的喜好与未婚夫不同，她倾向于选择日本式样。于是我便不得不同时对付这两个人。我们像是在比谁出牌最快谁就赢了。只要玛特一张口，我就猜出她受什么吸引，立即指给她另一种风格迥然相反的式样，其实那未必是我喜欢的，这样当我用另一件她看着顺眼的家具来替换时，看上去就像是我迁就了她。

她咕哝道："他本来要把房间布置成粉红色调的。"她自己的趣味，甚至都不敢向我承认了，说成是她未婚夫的。我推测再过几天，我们就会一起嘲笑这种趣味了。

然而我还不大理解她这种软弱。"如果她不爱我，"我想道，"那她有什么理由向我让步，为了我而舍弃她自己的，以及那个男人的喜好呢？"我找不出任何理由。最起码的理由，我告诉自己，便是玛特爱我。然而我知道事情并非如此。

玛特对我说过："至少我们给他留下粉红色墙纸吧。""给他留下！"只为这句话，我的心凉了半截。因为"给他留下粉红色墙纸"，就等于前功尽弃。我向玛特指出，这种粉色的墙壁，对我们挑选的朴素家具，会起多么严重的破坏作用；接着，我又顺势建议她把卧室刷成白灰墙！

这是致命的一击。这一整天，玛特让我死搅蛮缠，她终于不反抗了，只好对我说："真的，还是你有道理。"

这一天下来我累得筋疲力尽，但也庆幸自己所取得的进展。我一件一件家具争，终于把这桩因爱结合的婚姻，准确说来是轻率恋情的婚姻，变成一桩理智的婚姻，那又算作什么理智的婚姻呢！其中根本没有理智的位置，两人在对方身上看到的，只不过是婚姻所提供的种种好处。

这天傍晚分手时，她非但没有回避我的建议，反而请我随后几天再帮她挑选其他家具，我答应了，但是有个条件，她保证决不把这情况告诉她未婚夫，因为，他若是爱玛特的话，久而久之能接受这些家具的唯一理由，就是想到这全是她的心愿，全是她的喜好，而这要变成他们共同的喜好。

我回到家中，父亲看我的目光仿佛已经知道我逃学了。当然，他一无所知，他怎么可能知道呢?

"算了!雅克总会习惯这个房间的。"玛特这样说过。我上了床,心中还反复嘀咕:今天夜晚她入睡前,如果想到她的婚事,那么比起以往来,看法肯定就不一样了。对我来说,这段美妙的感情不管结局如何,我事先就报复了她那位雅克:我想象他们的新婚之夜,是在这个冷清朴素的房间,是在"我的"房间。

次日早晨,我在街上守候邮递员,他应当送来一份旷课通知书。我收下通知书,装进兜里,其余信件再投进我家栅栏门上的信箱。手法极其简单,每次都可以用。

在我看来,旷课表明我爱上玛特。然而我错了,玛特仅仅是我逃学的借口。证据是我由玛特陪伴,初尝到逍遥自在的乐趣之后,就很想再次独自享受这滋味了,后来我经常旷课。很快,我就对自由的感觉上瘾了。

学年即将结束,我不禁惊恐地看到,我的懒惰还未曾受到惩罚,而我倒盼望被学校开除,总之盼望一个足够戏剧性的结尾，能让我告别学生时代。

如果强烈地渴望一件事，总是沉浸在那些念头里，一旦渴望得太深，就不会再察觉那愿望之中藏着的罪恶了。毫无疑问，我无意惹父亲伤心，然而我渴望的东西，很可能要伤他最深。我一直觉得上课是件受罪的事儿，玛特和自由又更加使我最终无法忍受课堂了。我心里十分清楚，我不再那么喜爱勒内，仅仅是因为他总令我想起学校里的事。想到明年我又要回到那些幼稚可笑的同学堆里，我就难受得厉害，连身体都被这份焦虑搅得作呕。

也算勒内倒霉，我的不端行为完全把他牵扯进去了，他不如我滑头，因此，当他对我说他被亨利四世中学开除时，我还以为我被开除了呢。这事儿必须告诉父亲，在收到退学通知之前由我亲口先告诉他，他可能会宽恕我，藏匿学监的信，事态就更严重了。

这是个星期三，第二天是假日，我等父亲

去了巴黎，先把这事儿告诉母亲。家中要有四天不得安宁，这比消息本身还令她惊慌失措。我随即就去马恩河边了，玛特说过也许她会去那儿见我。她不在河边，这倒也好。否则如果在那样的心情下遇见玛特，我可能会从她那里获得一种错觉的勇气，回去时鼓起劲来和父亲硬碰硬。反之当天的空虚与失落，却让我低着头，正如一个"好孩子"该有的样子，回到了家。我知道父亲通常什么时候到家，我特意稍迟一点儿回来。他应该"知道"了。我在园子里转悠，等父亲唤我去。几个妹妹一声不响地玩耍，她们猜到出了什么事儿。我的一个弟弟有点幸灾乐祸地跑过来，叫我去父亲的房间，他已经躺下了。

大声斥责，厉言威胁，倒能允许我有所反抗。可是情况比这更糟，父亲沉默不语，继而，他丝毫也不动肝火，声音甚至比平时还要温和，对我说道：

"说说看，现在你打算怎么办？"

泪水没能从我的眼中涌出，却化作一群蜜蜂在我的脑袋里嗡鸣。如果他表现出明确的意志，我还可以拿自己的意志去对抗，哪怕注定失败。但面对这样的和蔼温柔，我脑中唯一的想法就是服从。

"你要我做什么，我就做什么。"

"算了，别再说谎了。你想做什么，我始终由着你；就这样下去吧，毫无疑问，你就是成心让我痛悔。"

小的时候，我们总是过分相信泪水能补偿一切。父亲甚至不让我流泪。面对他的宽宏大量，我为现时与未来而羞愧，只因我感到，我无论对他说什么都是在撒谎。"谎言至少能暂时安慰他，"我想道，"可也将带给他新的痛苦。"再不然，我就是还要自欺欺人。我真正想要做的事，既不比散步辛苦，又能像散步那样，思想保持自由，片刻也不离开玛特。我佯装一直想画画，但始终不敢讲。对此，父亲又一次顺应了我的要求，画画随我便，但是有个条件：我必须在家里继续学习学校规定的课程。

人与人之间的联系若还未稳固，只要错过一次约定，彼此就很容易从此不再联系。而我总是想玛特，反而想得越来越少了。我的思想活动，也像我们整天眼看着的房间壁纸一样，看多了，就视而不见了。

真令人难以置信！我甚至对学习都产生了兴趣。我并没有像我担心的那样说谎。

来自外界的某种东西迫使我主动想起玛特时，我的思念中并没有爱的成分，只有对本可以圆满之事的那种遗憾和伤感。"算了！"我心中暗道，"那样就太美了，人不可能既挑选床铺，又睡在上面。"

* * *

　　有件事我父亲很诧异，他始终没有收到学监的信件。为此他第一次对我发了火，以为是我从中截留了，然后故意讨好他，装作先把消息告诉他，以求得他的宽谅。事实上这封信并不存在。我以为我会被学校开除，实际上是我想错了。因此，开始放假时，我们收到校长的一封信，父亲如坠五里雾中。

　　校长在信中询问我是否病了，下学年是否还继续注册。

* * *

最终还是给了父亲一个满意的答案，这种快乐稍许填补了这阵子感情上的空虚，因为，我即便认为不再爱玛特了，但至少还把她视为唯一值得我爱的人。这就表明我其实还在爱她。

到了十一月底，即收到她的婚礼请帖一个月之后，我正处于这种心境，回到家忽见玛特的一封请柬，开头是这样写的：

"我实在不明白你为何断了音信。你为什么不来看看我呢？恐怕你都忘记了，我的家具还是你选的吧？……"

玛特住在 J 镇，她家的那条街下坡一直到马恩河边。每侧人行道旁，顶多排列有十二幢别墅。我不禁惊讶，她的宅子那么大。其实，玛特只住楼上，而楼下则住着房东一家和一对老用人。

我赶到这里用午后茶点时，天已经黑了。不见人影，只有一扇窗户映着火光。望见那扇窗户被波浪似的火焰照得通亮，我就以为要发生火灾。花园的铁门虚掩着，我真奇怪会如此疏忽大意。我寻找门铃，怎么也找不见。最后，我登上三级台阶，决定去敲楼下右侧的玻璃窗，仿佛听见里面有人说话。一位老妇人开了门，我问她拉孔布夫人（拉孔布是玛特婚后的姓氏）住在哪儿，得到回答："在楼上。"我摸黑上楼，在楼梯上跌跌撞撞，磕磕绊绊，担心得要命，唯恐发生什么不幸，我急忙敲门，给我开门的正是玛特。我差点儿扑上去搂住她的脖子，犹如素昧平生、同遇海难而死里逃生的人那样。真有如此举动，她会莫名其妙的。不过，她一定看出我惊慌的神色，因为我劈头就问她，为什么家里"有火光"。

"因为等你，我就在客厅壁炉烧起了橄榄木，借着火光看看书。"

她当作客厅的小房间，家具不多，挂着帷幔，大地毯如同野兽的皮毛一般柔软，房间越发显得小了，简直像个盒子。我走进屋，心情既高兴又难过，就像一位剧作家看到自己的作品上演，发现一些缺陷却又为时已晚。

玛特重又挨着壁炉躺下来，拨弄着炭火，留意不让烧黑的柴块混进炉灰里。

"你大概不爱闻橄榄木的气味吧？这些柴火，是我公婆让人从南方一块块给我运来的。"

她似乎表示歉意：这房间是我的作品，却有她添加的细节，而这一笔，就可能毁了她未必理解透的整体。

情况正相反。这炉火令我喜出望外，而且我还欣喜地看到，她像我一样，等半边身子烤暖了再转过另半边。在这欢跃的火光中，在我看来，她那沉静而庄重的面孔显得格外美丽。

火光没有散射到房间的其他角落，保持了其全部力量。一离开这火光，便是黑夜，走动就会撞到家具。

玛特不知何谓洒脱不拘，她在活泼时仍是一脸严肃。

在她身边，我的心神渐渐变钝了，就觉得她变了样。只因现在我确信不再爱她了，我却开始爱她了。我感到自己不会算计，不会捣鬼，迄今为止，直到这一刻我还认为爱情少不了的那一套我并不会。我突然感到自己变好了。这突如其来的变化，换了谁都会一清二楚，而我却意识不到我爱上了玛特。反之，我从中看到的是我的爱已死亡，被一种美好的友情所替代的证据。友谊的这种长久远景使我突然意识到，另一种情感该有多大罪过，会损害一个爱她的男人，那人本应拥有她，却不能时常同她见面。

不过，还有别的事情，也足以让我明了自

己真正的感情。几月前我遇到玛特，那时候，我所谓的爱情并不妨碍我评价她，她觉得美的东西，大多我都认为很丑；她说的话，大多我都认为幼稚。而今天呢？我若是没有和她想到一处，就会怪自己的不是了。欺骗蒙蔽我的，先前是初萌的粗鲁的情欲，现在是一种更加深沉的甜美感情。我心里有什么打算，自觉再也不能付诸实践了。我开始尊重玛特，只因我开始爱她了。

每天晚上我都来这里。我甚至没有想到请她带我参观她的卧室，更没有想到问她雅克怎么看待我挑的家具。我别无他求，但愿这种盟约永远延续，我们并排躺在炉火前，彼此意外触碰到对方时，我一动也不敢动，只怕一动就会驱走幸福。

玛特享受着同样的陶醉，但她还以为是独自在品味呢。她从我懒洋洋感受幸福的姿态中，看到的是我的无动于衷。她以为我并不爱她，因此会设想，如果她不设法做点什么使我眷恋她，那么我很快就会厌腻这间寂静的客厅了。

我们彼此沉默无语。在我看来这就是一种幸福的证据。

我感到自己同玛特挨得极近，深信此时此刻我们在想着同样的事情，仿佛对她开口说话反而多余，就像一个人独处却高声说话那样荒谬。像这样的相对无言，实在让姑娘受不了。我若是明智一点儿，也本可以使用言语或动作这样俗气的表达方式，但同时我又为没有更巧妙的办法与玛特沟通而难过。

玛特见我天天如此，越来越沉入这种惬意的缄默中，就推想我越来越感到无聊了，于是为了让我开心，决意做什么都在所不惜。

她喜欢解开发髻，睡在炉火旁边。确切点儿说，我以为她在睡觉，但睡觉不过是她的一种掩饰，这样手臂才好搂住我的脖子。她一醒来，眼角就湿润着，对我说她刚做了一个伤心的梦。但她始终不肯向我讲述她梦见了什么。我趁她假睡，就嗅她的头发、脖颈，以及她那烧红的面颊，轻轻地拂一拂，以免她醒来。任何爱抚，并不像人们以为的那样，是爱情中无足轻重的部分，恰恰相反，这是唯有激情才能追求的最珍稀的宝物。而我呢，我认为我出于友情，也能获准这种爱抚。如果唯有爱情才能赋予我们追求一个女人的权利，那我着实开始绝望了。我想，我舍弃爱情可以，但是对玛特没有一点权利，却万万不行。而且，为了拥有这种权利，我甚至决心拥抱爱情，同时又觉得这样下去会为此遗憾。我渴望得到玛特，却毫不自知。

　　她这样睡觉时，头就枕在我的一只手臂上，我俯下头，看她那张映着熊熊火光的脸。这就是在玩火。有一天我的脸凑得太近，但还没有真的触碰到，就犹如一枚铁针，超越禁区的一毫米，被磁石吸住。这要怪磁石还是铁针呢？事情就是这样，我感到我的嘴唇贴到了她的唇上。她眼睛仍闭着，但显然并没有入睡。我为自己吻了她而惊诧，自己居然这么胆大妄为，殊不知我靠近她的脸时，正是她把我的头引向她的嘴唇。她双手紧紧勾住我的脖子，像海上溺水的人在抓紧一根救命稻草那样紧。那一刻我弄不明白，她究竟是要我救她，还是希望我们一起沉下去。

这时，她坐了起来，把我的头抱在她膝上，抚摩着我的头发，声音极其轻柔，反复对我说："你该走了，永远也不要再来了。"我不敢以"你"称呼她，可是又不能不讲话，字斟句酌很久，组成的句子尽量避免是直接说给她听的。因为我既不能用"你"称呼她，用"您"更觉不妥。我热泪滚滚，如果有一滴落到玛特手上，准能听见她一声惊叫，我始终预料会这样。我责怪自己打破了迷醉的气氛，心想自己真是疯了，竟把嘴唇压到她的嘴唇上，却忘了是她吻我的。"你该走了，永远也不要再来了。"恼怒和痛苦的眼泪交织着。同样，对于被逮住的狼来说，狂怒给自己造成的痛苦并不亚于陷阱本身。当时我若是说话，那准是为了骂玛特。

我这样沉默令她不安——她从沉默中看到的是
屈从。我推断她是这样想的："为时已晚，不管
怎样，我宁肯让他痛苦。"我这种推断有失公正，
但也许是明智的。在这炉火旁，我却浑身发抖，
牙齿打战。我这种青春期的真正痛苦，又附加
上一些童稚的情感。我成了对结局不满就不肯
退场的观众。我对她说："我就是不走，您戏弄
了我，我再也不想见到您了。"

的确，如果说我不想回父母身边的话，我
也同样不愿再见到玛特。我简直想把她从她家
里赶出去！

然而，她哽咽着说："你真是个孩子，你不
明白，我是因为爱你才让你走的。"

我狠狠地对她说："我明白得很，你有义务，
你丈夫在战场上。"

她连连摇头："遇见你之前，我是幸福的，
我以为我爱我的未婚夫。是你让我意识到我不
爱他的。我的义务不是你所想的那种，并不是
不要对我丈夫说谎，而是不对你说谎。你走吧，

不要以为我心狠，用不了多久，你就会把我忘掉。我实在不愿意给你的生活带来不幸。我哭是因为我的年纪比你大多了！"

这几句表白爱情的话，因幼稚而显得高尚。不管以后我能见识到什么样的激情，再也不可能像那时那样动情——见到一位十九岁的姑娘因为觉得自己"太老"而哭泣。

初吻的滋味令我失望，犹如初次品尝从未吃过的水果。我们不是从新鲜感，而是从习惯中获取最大的愉悦。几分钟之后，我不仅习惯了玛特的嘴唇，而且再也离不开了。她恰恰挑这种时候，说是永远不让我亲吻了。

这天晚上，玛特一直送我到家门口。我蜷缩在斗篷里，搂住她的腰，好感到和她贴得更近些。她不再说些我们不该见面的话了。反之，她想到过一会儿就要分开，就很伤心。她让我对她发下许许多多荒唐的誓言。

到了我家门口，我不愿意让玛特独自一人回去，便又陪她一直走回到她家。这种孩子气的举动，很可能永无休止，因为她还要再送我。我接受了，条件是让她只送到半路。

回家吃晚饭的时间迟了半小时，头一次出现这种情况，我就说是火车晚点了。父亲佯装相信了。

我一点思想负担也没了。走在街上轻盈得犹在梦里。

迄今为止，我作为孩子所觊觎的一切，都不得不接受我的哀悼。另一方面，感激之情又破坏了我刚获得的新玩具。一件主动送上门的玩具，对一个孩子又能有多大影响力呢！我满怀激情，如醉如痴。玛特是我的，这不是我说的，而是她说的。我可以随心所欲触摸她的脸，吻她的眼睛和手臂，给她穿衣裳，甚至毁坏她。涌上狂热的劲头时，我就咬她裸露的肌肤，以便让她母亲猜测到她有了情人。我恨不能在她身上咬出我名字的缩写字母。我这种孩子气的野蛮劲，又寻回了文身的古老意义。玛特说："行啊，你咬吧，在我身上留下标记，但愿全世界都知道。"

我渴望亲她的乳房，但不敢直接要求，心想她会主动奉献的，就像她奉献她的嘴唇那样。几天过后，我习惯了她的嘴唇，便不再妄想寻求别种快感了。

* * *

　　我们借着壁炉的火光一起看书。她时常把她丈夫每天从前线寄来的信丢进炉火。从他信中不安的情绪可以猜出，玛特的信越来越冷淡，也越来越少了。看见这些信燃起来，我心里很不自在。信纸让火苗旺了刹那，说到底，我也害怕看得太清楚。

　　玛特现在经常问我，是不是我们初次见面时，我就爱上了她，还责备我没有在她结婚前就告诉她，否则的话，她肯定不会结婚。因为，如果说订婚初期她对雅克还有几分爱的话，那么由于战争的过错，婚期拖得太久，她心中逐渐抹去了这种爱。她同雅克结婚时，已经不爱他了。她希望雅克获准的十五天假，或许能改变她的感情。

雅克这个人挺笨拙。爱的人总惹不爱的人厌烦，而雅克呢，越来越爱她，他的信出自一个内心痛苦的，又把玛特捧得太高而相信她不会背叛的人的手笔，因此他只责怪自身，只恳求她明示他怎么伤害了她："我在你身边时太粗鲁，每句话都伤了你。"玛特也只是回信说他搞错了，她毫无责怪他的意思。

时值三月初，春天来得偏早。玛特不到巴黎陪我的日子，就赤身穿着一件浴衣，躺在壁炉前等我上完绘画课回去。壁炉依然烧着橄榄木，是她请公婆再次送来的。我思忖不前，不知是什么使然，恐怕是面对从未做的事所感到的那种怯懦。我联想到达佛尼斯 * 。在此处，

---

* 《达佛尼斯和克洛厄》（*Daphnis and Chloe*）是古希腊作家朗格斯创作的田园小说，讲述了牧童达佛尼斯和纯洁少女克洛厄相爱的故事。被认为是西方文学史上最早的爱情小说之一。

是克洛厄接受了一些指点，而达佛尼斯不敢请求她教授给他。事实上，我并没以为玛特还是处女，她在新婚的最初半个月，不是已委身给一个陌生人，多次被那人强行占有了么？

夜晚我独自躺在床上，呼唤着玛特，怪自己枉称男子汉，却没有男子汉气概，最终把她变成我的情人。每次我去她家，总怀着这样的决心：不把这事做实，就决不离去。

一九一八年三月，我十六岁生日这天，她送给我一件浴衣作礼物，同时恳求我不要生气。这件浴衣同她那件差不多，她希望看到我在她家就穿上。我一阵欢喜，我这从不搞文字游戏的人，差一点玩起文字游戏来。* 我这浴衣就是由头。因为我觉得迄今为止，阻遏我的欲望的，是害怕闹出笑话，是感到自己衣着齐整而她只穿着浴衣。我头一个念头，当即就想穿上

---

* 法文中的"穿上"（mettre）与"主人"（maitre）同音，因而主人公想玩文字游戏，"穿上"浴衣即成为此处的"主人"。

这件浴衣，继而又红了脸，我领会了她这礼物所包含的责备。

* * *

　　从我们一开始相爱，玛特就把她家的钥匙
给了我一把，以便赶上她正巧进城的时候，我
就不必在花园里等待了。这把钥匙，我完全可
以灵活点儿使用。这天是个星期六，我离开玛
特时，答应次日来同她共进午餐。但是我心下
决定，一有可能，当晚我还要回来。

　　在晚饭桌上，我对父母说，第二天要和勒
内一道远足，去塞纳尔森林。因此，早晨五点
钟我就得动身。那么早，全家人肯定还在睡觉，
谁也猜不出我是几点钟走的，是不是在外面过
的夜。

　　母亲一听我远足的打算，就要亲手给我准

备一篮子路上吃的食物。我好不懊丧：这一篮子食物，完全破坏了远足的浪漫情调和高雅情趣。我呢，事先就赏玩我进房间时玛特那副惊慌的神色，现在不得不想，她一见迷人王子挎着家庭主妇的篮子，准要咯咯大笑。我说勒内什么都准备好了，可是怎么说也没用，母亲根本听不进去。过分劝阻就会引起怀疑。

给一些人造成痛苦的事，又有可能给别人带来欢乐。母亲正装满篮子，事先就要毁掉我这爱情的初夜的时候，我看见弟弟们眼馋的神色，很想把食篮偷偷送给他们。然而，他们一旦把东西吃光，就有挨揍的危险，那个时候供我出去，坏我的事该怎么办。

我只好听之任之了，把东西藏在哪里似乎都不稳妥。

我早已决定午夜后出发，要确定父母睡着了。我试着看看书，可是听见镇政府的钟敲了十下，我父母进房睡下不一会儿，我就急不可耐了。他们睡在二楼，我在楼下。我没穿靴子，这样翻墙时尽可能不发出声响。我一手提着靴子，另一只手拎着装有怕打碎的酒瓶的篮子，小心翼翼地打开厨房的小角门。天正下雨。好极了！雨声会盖住响动。我忽然看见父母房间灯还亮着，差一点儿又回屋睡觉，最后还是上路了。由于下雨，我只好穿上靴子，不可能再加这份小心。然后，我必须翻墙出去，以免碰响门铃。我走近院墙，靠墙有架梯子，是晚饭后我有意从花园搬去，以便开溜的。墙头铺了瓦，浇了雨很滑。我爬到墙头上，碰掉了一块瓦，弄出声响，吓得我的心提到嗓子眼儿，立即要跳到街上去。我用牙齿叼住篮子，却跳到一洼水里。我站在原地愣了许久，抬眼望着我父母房间的窗户，看看他们是否有所发觉，有没有动静。窗口并无人影晃动，我没事儿啦！

我沿着马恩河边，就能一直走到玛特家，打算路上把食篮藏在一片灌木丛里，第二天再取走。然而战争期间，这样做很危险。事实上，唯一能藏食篮的一片灌木丛，就站着一名哨兵，守卫着 J 镇的桥。我犹豫了很久，脸色苍白，好似一个要放炸药包的人。最终，我还是把食篮藏起来了。

玛特家的铁栅门关着。我拿了总是放在信箱里的钥匙，踮着脚穿过小花园，又登上台阶，再脱下皮靴，到楼梯口再穿上。

玛特非常容易神经过敏！她看到我走进房间，也许会晕过去。我的手发抖，拿钥匙找不准锁孔。终于插进去了，我慢慢地转动，以免惊醒什么人。我走进门厅，绊到了挂伞的架子。我害怕把门铃按钮当成电灯开关，便摸黑一直走向卧室，到门口又站住，真想逃开。也许玛特永远也不会原谅我的。也许我会突然发现她欺骗我，正同一个男人在一起！

我推开门，悄声叫道：

"玛特？"

她应声答道：

"你就不能明天早晨来么？非得这么吓我，你的假期怎么提前了一星期？"

她把我当成了雅克！

这样一来，我看到她以什么态度对待雅克，但同时也得知她向我隐瞒了什么事。原来再过一星期，雅克就要回来！

我打亮灯。她始终面向墙壁。只要说一声"是我"就行了，然而我没有吭声，而是上前搂住她的脖子。

"你的脸全湿了，还不去擦一擦。"

她这才翻过身来，惊叫一声。

转瞬间，她的态度完全变了，也顾不上问一问我半夜来干什么。

"哎哟，我可怜的宝贝儿，你这样要生病的呀！快点儿脱掉衣裳。"

她跑去客厅拨旺炉火，再回到卧室，见我还没有动手，就说道：

"还要我帮你吗？"

我最怕的就是不得不脱衣裳的这一刻，事先就想见其可笑的样子，这会儿真要祝福这场雨，是雨赋予这次脱衣裳一种母爱般的意味。

这工夫，玛特又来来回回地走动，去厨房瞧掺了糖水的烧酒是否热了。最后，她见我脱光了身子，在床上半盖着鸭绒被，便呵斥我：简直疯了，光身子这样待着，必须用花露水给我搓一搓。

接着，玛特打开大衣柜，扔给我一套睡衣。"大概正合你的身。"雅克的睡衣！于是我想，这个大兵很可能就要来了，既然玛特还以为是他。

我躺在床上，玛特也钻进被窝。我叫她把灯熄掉，因为我情知胆怯，即使在她的搂抱中，也还有疑虑，黑暗会给我勇气。玛特柔声地回答：

"不用，我要看着你入睡。"

听到这句充满慈爱的话，我感到有点不自在，从中看出这女子令人感动的温情，她无所顾忌，一心要成为我的情人，却没有猜出我这种病态的胆怯，仍让我在她身边入睡。四个月以来，我说爱她，就是不以行动向她证明，而这种行动，男人们都特别慷慨，往往取代了他们的爱情。我还是强行关了灯。

我重新又感到刚来时，进玛特房间之前的那种心慌意乱。也像在房门前等待那样，欢爱前的等待不会很久。再说，我在想象中构想一定能享受多么强烈的快感，结果怎么也无法实现。同样，我也是第一次害怕我的表现类似她丈夫，初次交欢就给玛特留下坏印象。

看来，她比我更幸福。我们松开搂抱的身体那一刻，玛特那娇媚的双眼，大大宽慰了我的不安。

她的面容焕然一新，像宗教画上那样，脸庞周围笼罩着一圈触不可及的光环。

我的恐惧消除，又产生了新的恐惧。

只因我终于明白，我因胆怯而一直不敢做出的行为，具有多大威力，也就特别担心玛特觉得自己更属于她丈夫，他们的结合并不像她轻描淡写的那样。

我还无法理解透第一次所品尝的感觉，我

是在以后的每一天中更深地认识了这种爱的欢悦。

而眼下，这虚幻的欢乐则给我带来一种名副其实属于男人的痛苦：嫉妒。

我怨恨玛特，因为从她脸上那种感激的表情，我看明白了肉体关系的全部价值。我诅咒在我之前唤醒她肉体的那个男人。我认识到自己的愚蠢，竟然把玛特看作处女。换任何一个时代，盼望她丈夫死都是天真的幻想，然而这种祈愿，现在变得几乎跟我亲手杀掉他罪过相当了。我初萌的幸福归功于战争，我期待这幸福达到完满，并希望战争为我的仇恨效劳，如同找一个犯罪的替身。

现在，我们一起流泪——这全怪幸福。玛特责怪我没有阻止她结婚。如果那样的话，我还能躺在由我挑选的这张床上吗？她必然住在父母家中，我们也就不可能相会。她固然绝不会属于雅克，但是也绝不会属于我。没有雅克也就无法比较，也许她还会感到遗憾，还期望更好的。我并不恨雅克。我恨这种确凿的事实：一切都仰仗我们欺骗的这个男人。不过，我太爱玛特了，也就不觉得我们的幸福有什么罪过。

我们一起流泪，哭我们只是孩子，什么也无法掌握。把玛特劫走！本来她就属于我，而不属于其他人，但这样做就等于从我自己手中劫走，因为家里人势必将我们拆开。我们已经料想到战争结束时，也将是我们爱情的终结。我们都明白这一点。尽管玛特一再向我发誓，她要抛开一切跟随我。我天性不会反抗，设身处地替玛特考虑，也想象不出会做出这种不顾一切的荒唐决定。玛特还向我解释，为什么她觉得自己太老。再过十五年，生活对我来说还是刚刚开始，还会有她这般年龄的女子爱我。"我只能忍受痛苦了，"她补充道，"如果你离开我，我只有一死。如果你不忍心走，还留在我身边，那么我看到你牺牲自己的幸福，我同样会很痛苦。"

我虽然表示气愤，但还是怪自己没有充分

表现得让玛特相信我不会那样。玛特当然希望我说的才是真的。我最蹩脚的理由，她听着都觉得是好的。她回答说："对呀，这一点我没有想到。我确实感到你说的不是谎话。"而我呢，面对玛特的担心，感到自己的信心并不足，因此，我劝解的话也是软弱无力的。我那副样子表明，仅仅是出于礼貌不便让她看清事实才指出她想错了。我一再对她说："不，不，你简直疯了。"唉！我对青春特别敏感，不能不想到，一旦她花容凋残，而我年华高富，我就会离她而去。

我的爱情，在我看来虽已定型，但是仍处于萌芽阶段，稍微碰到一点障碍就会削弱。

因此，这天夜晚我们心灵的狂恋，比起我们肉体的狂恋还令我们疲惫。灵与肉其一的狂恋似乎能使我们停歇另一种狂恋，而其实，两者一起将我们彻底压垮。公鸡多了爱打鸣，它们鸣叫了一整夜。我这才发现公鸡在日出啼叫是诗意的谎言，并不是令人惊奇的事。我这种年龄还不知何谓失眠。玛特也注意到这一点，惊讶不已，说明这种情况只能是第一次。她无法理解我搂抱她会那么有力，因为她的惊讶神情向我证明，她同雅克还没有度过一个不眠之夜。

我基于种种忧虑，就把我们的爱情视为一种特殊的爱。我们自以为最早感受到某种神魂颠倒，殊不知爱情有如诗歌，所有恋人，即使是最平庸的，也都想象自己有所创新。为让玛特以为我分担她的不安，我口是心非地说："你迟早会厌弃我，喜欢上别的男人。"她向我保证她能把握住自己。而我呢，我本人也逐渐深信我会留在她身边，哪怕她不再年轻，我的被动最终以其效能，确保我们的幸福地久天长。

我们光着身子终于睡着了。我醒来时，见她没有盖被，怕她着了凉，就摸摸她的身子，觉得很烫。观赏她的睡容，使我产生一种无与伦比的快感。看了十分钟，这种快感让我按捺不住了。我亲吻玛特的肩膀，她没有醒。第二个吻就少些检点，像闹钟那样猛烈，把她惊醒了。她搓搓眼睛，吻遍了我的全身，犹如梦见自己所爱之人死了，醒了却发觉爱人就躺在床边那样激动。她则相反，以为昨晚的事实是在做梦，醒来时才看到我。

已经十一点了，我们正喝热巧克力，忽听门铃响了。我以为是雅克回来了："但愿他还带着枪。"我这人特别怕死，这会儿却不发抖。反之，我倒希望是雅克，就让他把我们杀死。任何别种结局，在我看来都是可笑的。

只有在我们独处时，考虑死亡才有意义。两个人一起死，已经算不上是死亡了。令人悲痛的，并不是告别生命，而是告别赋予生命以意义的东西。当爱情即是我们生命的时候，同生或共死，两者之间还有什么差异呢？

我还顾不上以英雄自居，只因想到也许雅克只杀玛特或者我，我就衡量出了我的自私。这两个惨剧，究竟哪一个更糟，难道我清楚吗？

由于玛特没有动弹，我还以为听错了，以

为响起的是房东家的门铃。可是，门铃又响了。

"别出声，不要动！"玛特悄声说，"可能是我母亲，她做完弥撒要过来一趟。我都忘到脑后了。"

我真高兴能亲眼见到她为我做出的牺牲。通常约会时女朋友或朋友一旦晚到几分钟，我就会想象他们死了。这种极度担心安到她母亲头上，我品味着她母亲所感受到的恐惧，而这种感受正是因我而起的。

我们听见几句交谈（显然格朗吉耶太太问楼下的人，上午是否见过她女儿），然后花园的铁栅门又关上了。玛特在百叶窗后偷看，对我说道："真是她。"看到格朗吉耶太太手拿弥撒经书，为女儿莫名其妙的外出而担心，不安地走了，我却控制不住自己心头的欢喜。她还回头望了望关着的百叶窗。

＊　＊　＊

　　现在我再也没有什么渴望了，感到自己变得不讲道理。玛特毫无顾忌地向她母亲说谎，我也感到难过，蛮不讲理地指责她居然说谎。其实爱情的本质，就是两个人的自私，为此牺牲一切，并且依赖谎言而生存。在这种魔鬼的驱使下，我还责备她向我隐瞒她丈夫即将归来的事。此前，我一直控制自己的专横态度，觉得自己还无权驾驭玛特。我的生硬态度缓和了一些，哀叹道："用不了多久你就要厌弃我，我跟你丈夫一样，都这样粗暴。""他才不粗暴呢。"她应声说。我一听就更来劲儿了："这么说，你欺骗了我们两个人，你就告诉我说你爱他好了，你也该满意：再过一星期，你就可以同他一起欺骗我了。"

她咬紧嘴唇，哭着说："我怎么了，就让你对我这么凶？求求你了，不要搅了我们幸福的第一天。"

"你爱我就这么一点点，谈不上今天是你幸福的第一天。"

这种攻击伤人伤己。我连想也不想就脱口而出，只为感到痛快。我无法向玛特解释清楚，我对她的爱正在壮大，无疑，这份爱已到了青春期，而这种恶言恶语的挑衅，正是爱情转为激情的蜕变。我心中苦不堪言，恳求玛特忘掉我的攻击。

＊　＊　＊

房东家的女仆从门下塞进来几封信。玛特拾起来，有两封是雅克寄来的。她好似回答我的怀疑，说道："这信随你怎么处理吧。"我不免惭愧，请她念一念，不过还是由她自己保存。就如我们硬充好汉那样，玛特当即就撕掉了一封信，可是撕不开，想必信写得很长。她这种举动，又提供给我一个可供指责的机会。我鄙视这种逞强的态度，她心里也不可能没有内疚。不管怎样我还是克制一下，不要她撕第二封信，我心里知道，经过这场争执，不可能不觉得玛特是个心狠的人。她应我的要求读了信。她一逞强撕了第一封信，可是浏览了第二封信后，这些话不是逞强能说出来的："幸好没撕掉这封信，雅克在信里说，他所在的地区刚刚暂停了休假，一个月内他都不会回来。"

只有爱情才能宽谅情调上的这种失误。

这个"丈夫"开始妨碍我了，比他在家需要小心设防还要让人不自在。他的信突然具有了一种幽灵的威力。我们很晚才吃午饭。下午将近五点钟，我们去河边散步。我就在哨兵的注视下，从草丛里取出一个篮子，真把玛特惊呆了。她听了篮子的来历，十分开心，我再也不怕这成为笑柄了。我们身子紧紧靠在一起，手指交缠，这样走着，却没有意识到这种举动有碍观瞻。这是头一个出太阳的星期天，许多人都戴着草帽出来散步，犹如雨后的春笋。认识玛特的人都不敢跟她打招呼，而玛特却若无其事，一本正经地向人家问好。那些人恐怕以为她在招摇过市。她要我告诉她，我是怎么从家里逃出来的。听完，她先是咯咯大笑，继而脸色又阴沉下来，并且用尽全力握紧我的手指，感谢我冒了这么大的风险。我们把提篮带回她家，说真的，从这只好似劳军用品的篮子上，我隐约看到足以为这场冒险画上句号的结局。但是，这种结果说出来太刺耳，我干脆藏在心里。

玛特想要沿着马恩河，一直走到拉瓦雷讷，我们打算在爱情岛对面吃饭。我答应带她去参观法兰西盾牌博物馆，那是我小时候参观过的第一家博物馆，当时把我看得眼花缭乱。我向玛特说起博物馆多么有趣。但当我们发现这家博物馆不过是个笑话时，我还不肯承认自己大错特错了。什么菲尔贝 * 用过的剪刀！所有展品！我全信以为真。我假装说这是随便跟玛特开个玩笑。玛特却很茫然不解，因为我很少开玩笑。说到底，这次大失所望让我不免沮丧，心想：我今天这么相

---

* 菲尔贝为一名巴黎教士，他的外甥女便是与经院哲学家阿伯拉尔发生著名恋情的爱洛依丝。据称，1117 年他指使人阉割了阿伯拉尔，剪刀便是暗指此事。——编者注

信玛特的爱，也许将来某一天会看出这是一种骗人的把戏，就像法兰西盾牌博物馆那样！

　　须知我经常怀疑她的爱。有时我心里琢磨，她跟我是不是即兴消遣一下，胡闹一阵，随时可能停止，和平一来临，她就会抛下我，回归自己的责任。然而我转念一想，有些时候，嘴巴和眼睛，是不可能说谎的。毫无疑问。即便最不大方的男人，一旦喝醉了，也会把怀表、钱包给人，如果不收下他们还会发火。在这种状态下，人们表现的真诚绝不输给清醒的时候。不能说谎的时候，恰恰是说谎最厉害的时候，尤其是自己骗自己。"她不会说谎"——相信一个女人，就等于相信一个吝啬鬼的假慷慨。

　　我自以为是的清醒，无非是一种更危险的天真。我以为自己不再天真，但其实只是以另一种形式表现了出来，因为任何年龄段都逃不脱天真，尤其是老年人的天真绝不逊色。这种所谓的"清醒"，把一切都蒙上一层阴影，令我怀疑玛特。更确切地说，是在怀疑自己，觉得自己不配得到她的爱。纵使我掌握了数以千计她爱我的证据，也不会因此减缓我的痛苦。

我深知人们从不对自己所爱的人展露内心珍藏的秘密，因为怕那样显得幼稚可笑，也就不能不担心玛特身上也有这种令人痛苦的矜持，因而我苦于看不透她的心思。

晚上九点半我才回到家中。父母问我这次游玩的情形，我兴冲冲地向他们描绘塞纳尔的森林，以及树林中高我两倍的蕨类。我还提到布吕努瓦——我们在那儿吃午饭的可爱的小村子。母亲突然打断我的话，以嘲笑的口气说：

"对了，勒内下午四点钟来过，听说你和他一道远足，他非常惊讶。"

我一阵气恼，涨得满脸通红。这件事，还有许多别的事件，都叫我知道我虽然有两下子，却天生不适合编造谎言，我总是被人揭穿。我父母再没有说什么，他们见好就收。

* * *

实际上，我父亲无意中成了我初恋的帮凶。
他倾向于鼓励我，欣喜地看着我的早熟以某种
形式表现出来。此前他也一直担心我落进一个
坏女人手中，现在得知我被一个正派的姑娘爱
上了，就感到很高兴。直到后来有一天，他有
了玛特要离婚的证据，才挺身出来反对。

我母亲则不然，她并不以友善的眼光看待
我们的关系。她心怀嫉妒，把玛特视为对头，
觉得玛特十分可憎，殊不知，任何我爱的女人
都会让她产生这种感觉。而且，她比我父亲更
关注外面的风言风语。她不免奇怪，玛特怎么
会愿意和一个像我这么大的毛头小子搅在一起。

再说，她是在 F 镇长大的。这些城郊小镇，既然远离了工人聚居的郊区，就像外省一样，说闲话的强烈兴趣与渴望就会肆虐。可是另一方面，这里临近巴黎，流言蜚语、猜测臆想就更加肆无忌惮。在这种舆论中，每个人都要维护自己的身份。正因为我有了一个丈夫在当兵的情人，我就看到我的同学们遵照父母的禁令，逐渐与我疏远了。他们一个接一个在我眼前消失：从公证人的儿子，一直到我们园丁的儿子。在我看来这种疏远却是一种尊敬。但这些做法深深刺伤了我母亲，她认为我是被一个疯女人给毁了。她肯定责怪父亲介绍我同她认识。不过这事儿，她认为应由我父亲出面处理，而我父亲没有讲话，她也就保持沉默了。

* * *

我天天到玛特家过夜。晚上十点半到达，早晨五六点钟离开。我出入不再跳墙了，干脆用钥匙开门。不过，这样明目张胆也需加点儿小心：为了不让门铃惊动别人，晚上我用棉絮将铃舌裹住，第二天离开时再把棉絮取下。

家里无人察觉夜晚我人不在，可是 J 镇情况就不同了。房东和那对老夫妇早已对我抱有偏见，不怎么理睬我的问候已经有一阵子了。

清晨五点钟，我拎着皮鞋下楼，尽量少弄出声响，到楼下再穿上鞋。一天早晨，我在楼梯上撞见送牛奶的小伙子。他手上提着奶箱，而我则拎着皮鞋。他向我问好时，那微笑叫人心虚。玛特算是完了。这件事他要讲遍全镇了。折磨我最厉害的，还是我这可笑的样子。我可以买通送牛奶的小伙子，让他保持沉默，但是我不知道该怎么开口，也就没有行动。

下午见到玛特，我什么也不敢对她讲。况且，有没有这个插曲，玛特的名声也照样坏了，事情早已成为定论。早在我们真正开展关系之前，外面就谣传她是我的情人了。我们始终毫无觉察，但是很快就要看清楚了。

有一天，我发现玛特无精打采。因为房东刚刚对她说，他一连四天暗中留意，都看到我在天亮时才离开。起先他简直不敢相信，现在可就深信不疑了。那对老夫妇的卧室就在玛特房间的下面，他们抱怨我们白天黑夜都弄出响动。玛特吓坏了，想要搬走。我们幽会时，根本谈不上收敛一点儿。我们感到无能为力：习惯已成自然了。

玛特这才开始明白过去她深感意外的好多事情。她唯一真正看重的好朋友，一位瑞典姑娘，不给她回信了。我知道那位姑娘的监护人曾在一趟列车上看到我们搂在一起，就劝她再也不要同玛特见面了。

我让玛特保证，这事儿不管在哪儿曝光，不管是她父母还是她丈夫闹起来，她都要表现得特别坚定。房东的威胁、外面的一些谣言，完全让我有理由担心，同时也有理由希望，玛特和雅克之间要摊牌了。

雅克休假期间，玛特也恳求我常去看她，她说自己已经向雅克提起过我。我拒绝了，怕亲眼看到玛特身边有个殷勤的男人，自己的角色就演砸了。假期大约十一天。也许他会再捣点儿鬼，设法多待两天。

我让玛特发誓，每天都给我写信。为了确保有信，我等了三天，才去邮局存物待领处。那里已经有四封信了，但我不能领取：我没有必要的身份证件。尤其麻烦的是，我改动了出生证，而年满十八岁才能办理存物待领。邮局那位小姐手里拿着信，就是不肯给我，而我在窗口一再恳求，真想往她眼里撒一把胡椒粉，把信抢过来。由于邮局的人认识我，又没有更好的办法，最后我让他们同意，次日把这几封信转到我父母那里。

自不待言，要成为一个男子汉，我还差得远。我拆开玛特的第一封信时，心中不免纳闷她是如何完成这一杰作的——写一封情书。我倒忘了，哪种书信体也不如这种容易：只需有爱就能写出来。我觉得玛特的信写得很出色，比得上我读过的最美妙的情书。然而，玛特在信中对我讲的无非是些日常琐事，以及她为与我分离所忍受的煎熬。

还真怪了，我的嫉妒也并不是多么强烈。我开始把雅克当作"丈夫"看待了，渐渐地也忘记他还年轻，我把他看成一个老家伙了。

我不给玛特写信，那样做毕竟风险太大。其实，不能给她写信，我心中倒很高兴，感到就像面对任何新事物那样，隐隐担心我的信写不好，她看了会恼火，或者觉得天真幼稚。

两天后，我忘了从书桌上收起玛特的一封信，信不见了。次日，信又被放回到了桌上。信件被人发现，便打乱了我的计划——我本想利用雅克这次休假，长时间待在家里，让家里人以为我同玛特分手了。如果说当初我逞能，要让父母得知我有了情人，那么现在我倒开始希望他们少掌握点证据。然而这封信一败露，我父亲就明白我这阵子守规矩的真正原因了。

我利用这段空闲的时间重新去了画院，因为有好一阵子，我是以玛特为模特画裸体画的。不知父亲是否看出来了，但是看到模特总是一个样子，他至少表示奇怪，那副狡黠的神态弄得我脸红。于是，我又回到大草屋画院，起劲地作画，以便为今年所余的时间准备一批速写，等那位丈夫下次回来，我再画一批来更新。

我又同被亨利四世中学开除的勒内见面了，他去路易大帝中学读书了。每天晚上离开画院，我就去学校找他。我们私下交往密切，因为他父母从前认为我是个好榜样，但是从他被亨利四世中学开除之后，尤其出了玛特的事儿之后，就禁止他同我来往了。

勒内认为，性爱中的爱情是个累赘的包袱，他总嘲笑我迷恋玛特。我受不了他那些尖刻的话，就昧着良心对他说，我并没有产生真正的爱情。他对我的赞赏，近来一段时间有所削弱，这一下又大大加强了。

在玛特的爱情上，我开始麻木了。现在最折磨我的，还是肉体的斋戒。我情绪焦躁，犹如钢琴家没有琴弹，烟鬼没有烟抽。

勒内一方面嘲笑我的感情，另一方面却迷上一个女人，他自认为那种爱无关爱情。那个尤物是一位西班牙金发女郎，必得是从马戏团出来的，才有她这般柔韧的身体。因为关节脱臼而不得不离开一家马戏团。勒内佯装洒脱，实则醋意很重。他半是笑着，半是脸色苍白地恳求我帮他一个奇怪的忙。熟悉中学的人都了解，这类帮忙是中学生的典型想法。勒内渴望弄清楚这个女人会不会骗他，要弄明白这点，

106

就需要安排另一个人追求她。

帮这种忙让我很为难，胆怯的心理又占了上风。然而无论如何，我也不愿意显得怯懦，没想到那女人竟抢先出招，她对我非常主动，甚至有些急切，这让我那种本能的羞怯既阻止了我去做某些事，又迫使我做出另一些事。结果，我再也无法对勒内和玛特保持真正的尊重了。至少，我曾希望从中尝到乐趣，哪知我像抽惯一个牌子的烟鬼，对别的烟毫无感觉。事后我仅余下背叛勒内所感到的愧疚。我向他发誓说，他的情人对任何示好都不为所动。

对玛特我倒没什么愧疚。我这是迫不得已，心想如果她欺骗我，我决不会原谅，可是再怎么想也没用，我根本无能为力。"这不一样"，我这样为自己开脱，但这理由毫无新意，这正是自私自利的特点。同样，我不给玛特写信，也是完全正常的；可是，如果她没有给我写信来，我就会认为她不爱我了。不过，这次略显不忠的事件，反倒巩固了我的爱情。

* * *

雅克摸不着头脑：妻子何以这种态度？玛特本来是爱讲话的人，却不跟他说话。他若是问一句"你怎么啦"，她就只答一句"没什么"。

格朗吉耶太太已经发了几次火，指责雅克对她女儿太笨拙，悔不该把女儿嫁给他。女儿性格的突然变化，她都归咎于雅克的笨拙，还要把女儿接回家去住。雅克只好顺从了。没过几天，他就陪玛特回娘家了。玛特怎么任性，母亲都迎合，不知不觉中就助长了她对我的爱。玛特是在这座宅子里出生的，她对雅克说，每件物品都令她想起做姑娘时的幸福时光。她要睡在当初的闺房里，雅克提出在房里至少也给他支一张床。这样的要求却又引起一场大闹，玛特不许玷污她那神圣的房间。

格朗吉耶先生认为这种羞耻是荒唐的，格朗吉耶太太则趁机告诉丈夫和女婿，他们根本不懂女人的细腻情感。她感到十分得意——女儿的心灵极少属于雅克。因为，凡是玛特从丈夫那里夺走的，格朗吉耶太太都当成自己的收获，认为女儿的这些顾虑是崇高的。而说到崇高，这确实没错，但那崇高感却是为了我而存在的。

在玛特声称最不舒服的日子里，就必须出去走走。雅克完全明白，要想陪伴她就是自讨没趣。其实是玛特给我写的信不能托付给任何人，只能亲自去邮局投寄。

我更加要庆幸自己保持沉默了，因为她在信中叙述如何折磨人家，我若是回信谈及，非同情受害者不可。我给人造成的痛苦，有时想想也真恐怖；可是在另外一些时候，我想到把贞洁的玛特从我这儿夺走的罪行，就觉得玛特怎么惩罚他也不为过。再说，什么也不如炽热的爱情这样使我们"多愁善感"，我因为不能写信，任由玛特继续折磨雅克，归根结底还是心中窃喜。

他垂头丧气地归队了。

这场危机，大家都认为是玛特难以忍受孤独生活的缘故。须知我们的关系，唯独她父母和丈夫还蒙在鼓里，房东一家出于对雅克军装的敬畏，什么也不敢告诉他。格朗吉耶太太已经开始庆幸又找回女儿，又能像女儿婚前那样一起生活了。因此，雅克走的次日，玛特一说要回 J 镇去住，格朗吉耶夫妇简直不胜诧异。

当天我就去见玛特了。一见面我就轻声责备她的心狠，然而，当我读了雅克写来的第一封信，就不免惊慌失措。他在信中说如果失去了爱，他会很容易让自己送命。

我没有看透其中的"勒索"，仿佛看到自己将对一条命负责，忘记了我早就希望他去死了。我越发变得不可思议，蛮不讲理了。无论我们走向哪个方向，都会揭开一道伤口。尽管玛特一再告诉我，不再给雅克希望反而更为人道，我却强迫她温柔地回应他。她一边写，一边反抗，一边哭泣，但我威胁她，如果不听话，我就再也不回来了。雅克唯一的快乐来自我指导的信件，这多少减轻了我的内疚感。

从他给"我们"回信中溢出的希望，我看清了他自杀的念头在多大程度上是作戏。

我很欣赏自己对待可怜的雅克的态度，而我这样做是出于自私，也是怕良心承担罪责。

* * *

一阵风波过后，便是一个幸福的阶段。唉！总有一种临时的感觉，这同我的年龄和懦弱的秉性有关。做任何事我都没有毅力——既不能逃离玛特，她可能忘掉我而重守妇道，也不能把雅克往死里推。我和玛特能否结合，取决于能否实现和平，部队是否最终撤回来。如果他赶走妻子，那么她还能继续同我厮守。如果他还抓住不放，我觉得自己根本无力硬把她夺回来。我们的幸福就像一座沙堡，而这片海滩涨潮的时间并不固定，但愿来得越晚越好。

真是邪门，现在雅克倒维护起玛特，对付不满她回 J 镇的母亲。况且，这次搬回去住，再加上言语尖刻些，就引起了格朗吉耶太太的怀疑。还有一件事她觉得可疑——玛特不肯雇用仆人，这惹起全家人，尤其是她婆家人的纷纷议论。然而，她父母和公婆对雅克又能怎么样呢？雅克已经成为我们的同盟者，这也多亏我通过玛特向他提供的种种理由。

正是这种时候，J镇人向玛特开火了。

房东故意不再跟她说话了，谁也不同她打招呼。唯有供货商以生意为重，态度不那么傲慢。因此，玛特有时也需要跟人交谈，就在店铺里多逗留一会儿。我去她家里，碰巧她出去买牛奶和糕点，等五分钟如果还不回来，我就想象她让有轨电车给轧了，于是拼命跑向乳品店或糕点铺，看见她正在那里和人聊天。我因自己的神经质焦虑而发狂，出了店门便大发雷霆，指责她品味低俗，同那些商贩交谈来寻求乐趣。那些被我打断谈话的店主对我也恨得入骨。

贵族礼仪相对简单，因为一切高贵的东西都很简单。但平民的礼仪却满是谜团。他们对资历尊卑的狂热，首先是建立在年龄之上。他们特别恼火的事，就是一位年迈的公爵夫人，向一个年轻王子行屈膝礼。糕点商、乳品店老板娘，看见一个小家伙打断他们同玛特的亲热谈话，可以想见他们有多恼恨。他们由于这类谈话，本来可以找出无数原谅她的理由。

房东有个二十二岁的儿子，他从部队回来休假。玛特邀请他喝茶。

当晚，我们听见叫嚷声——父母不准他再去见女房客。我已经习惯做什么事都不会遭到父亲的禁止，因此看到这个傻小子唯唯诺诺，就觉得是天大的怪事。

第二天我们穿过花园时，看见他正用铁锹翻土，也许是受罚干活儿吧。不管怎样，他还是有点尴尬，赶紧扭过头去，避免和我们打招呼。

这类小冲突令玛特难过，她足够爱我，也足够聪明，自然明白幸福并不寓于邻居的看法中。她好似那些诗人，明知真正的诗歌是"被诅咒的"东西，即便对自己的道路深信不疑，仍会为得不到那些自己其实鄙视的掌声而感到痛苦。

* * *

镇参政员在我的风波中起了作用。住在玛特楼下的马兰先生是一个胡须花白、德高望重的老者，他当过 J 镇的参政员，虽说战前就退出政坛，但是只要有他能够得到的机会，他还是很喜欢为国效劳。他专爱同镇上的政务唱反调，和妻子生活深居简出，只有新年将至时才接待客人和外出拜访。

近几天，楼下总有折腾东西的响动，尤其从我们房间听得非常清楚，因为平时楼下有一点点声响都听得见。擦地板的工人也来了。他们家的女仆在房东家女仆的帮助下，正在花园里擦拭银器，清理铜吊灯上的绿锈。我们从乳品店老板娘那儿得知，马兰家正在筹备一次秘密的聚会，主题秘而不宣。马兰太太甚至亲自去邀请镇长，恳求他批准给她八升牛奶——说不定还会答应奶贩子做点奶油呢。

　　得到特批后，聚会的日子定在了星期五。约有十五位社会名流携夫人准时赴会。每位太太都有头衔，不是母乳喂养协会的创始人，便是救护伤员协会的发起者，不是会长就是理事。女主人要"装装样子"，站在门口迎接客人。她利用故弄玄虚的诱惑力，将社交聚会变成聚餐。这些太太无不提倡节俭，发明了新的食谱。因此，她们的甜食是不放面粉的糕点、掺了苔藓的奶油，等等。每位刚到的女客，都要对马兰太太说："哦！别看外观差一些，但我相信照样会很可口。"

　　马兰先生借这次聚会，准备"重返政坛"。

　　至于那个"秘密惊喜"，就是玛特和我。我有个伙伴，在铁路上工作，是一位社会名流的儿子，他出于好心向我透露了奥秘。这次聚会的"乐趣"是下午晚些时候站在我们卧室的窗下，偷听我们的亲热声。显然他们对此颇为着迷，并且想要公开他们的"发现"。当我得知这一情况时，想想看我是多么惊愕。

他们大概对我们的事早已产生兴趣，现在还要把他们的乐趣公布于众。马兰夫妇是有身份的人，他们把这种不道德的行为冠以道德的名义，并希望鼓动镇上所有的体面人，同他们一道分享他们的愤怒。

客人入席了。马兰太太知道我在玛特家中，就把餐桌布置在了玛特卧室的下面。她急得直跺脚，恨不能有一根舞台监督的指挥棒，宣布好戏开场。幸亏那个年轻人泄密，我们得以保持安静——他这样做是要愚弄一下他的家人，也出于同龄人的意气相投。楼下聚餐的目的，我未敢告诉玛特。我想到马兰太太眼睛望着钟的指针，一脸失态的样子，也想到客人们不耐烦的神态。约莫七点钟时，客人们一无所获，一对对终于告辞，走时还小声骂马兰夫妇是骗子，骂年过七旬的可怜的马兰先生是野心家。这个未来的参政员向他们夸下了海口，这下食了言，甚至打消了参选的念头。至于马兰太太，那些太太认为组织这次社交聚会，是她捞好处的一种手段——餐后的甜食有了保障。镇长亲自到场，只停留了几分钟，而这几分钟，以及那八升牛奶，也引起窃窃私语，说他同马兰夫妇那个当小学教员的女儿关系极为密切。当初马兰小姐的婚姻曾闹得满城风雨——她有失小学教员的身份，嫁给了一名警察。

我干脆恶作剧到底，让马兰夫妇听见他们想让别人听见的响声。玛特还奇怪，我这种求欢的热望何以姗姗来迟。我再也按捺不住，不惜冒着会惹她伤心的危险，对她说了这次社交聚会的目的。我们好一阵笑，笑得流出眼泪。

假如我配合她的计划，马兰太太也许会宽宏大量些，她不料搬起石头砸自己的脚，自然饶不过我们了。这次砸锅令她心生仇恨，可她又无法解心头之恨，束手无策，又不敢写匿名信。

* * *

　　时值五月。我去玛特家幽会的次数减少，若睡在那里，也得给家里编个谎话，确保能在那里待到上午才行。一周我总要编一两次这样的谎话。每次编谎都能得逞，我心里不胜惊诧。其实，父亲并不真正相信我。他宽容大度，睁一只眼闭一只眼，唯一的条件是不要让我弟弟和家里的用人知道。我只需说清晨五点钟走就可以了，就像去塞纳尔森林远足的那天，不过，我母亲不再准备野餐篮了。

　　我父亲什么都容忍了，继而，也没个过渡，又突然大动肝火，指责我懒惰。这种发作犹如汹涌的浪涛，来得快去得也快。

什么也比不上爱情消耗精力。有的人并不懒惰，只因坠入情网才懒起来。爱情隐约感到，真正能使它分心的，是工作。因此，它把工作视为一个对手，而它容不得任何对手存在。不过，爱情是有益的懒惰，宛若滋润丰收的细雨。

青少年之所以显得稚拙，那是因为他们还没有学会懒惰。我们教育制度的缺陷在于，它是针对平庸者设计的，毕竟平庸者占多数。对于一个不断进步的心灵来说，懒散是不存在的。我收获最多的时候，还是这些漫长的时日，在旁人眼中这些日子或许显得空虚，而我却在其间观察自己这颗少不更事的心，犹如一个发迹者在餐桌上审视自己的举动。

我不在玛特家里过夜的时候，也就是说差不多每天，我们晚饭后就一道散步，沿着马恩河一直走到十一点。我解开父亲小船的缆绳，由玛特划桨，我枕在她膝上躺着。我这样碍她事。有时她一桨敲了我一下，就像是在提醒我，这样的散步不会持续一辈子。

　　爱情总要人分享它的至福至乐，因此，一个性情相当冷漠的女子，做了情人就变得妩媚多情了。她在我们写信的时候，就会搂住我们的脖子，变着花样儿来撒娇。只有当玛特忙别的事情，心思从我身上移开时，我拥抱她的欲望才最为强烈；只有在她梳头的时候，我才从来没有那样强烈的愿望，非要抚摩她的头发，把她头发弄乱不可。在小船上，我扑过去，吻遍她的周身，让她丢下桨，任由小船漂荡，困在水草和白色、黄色睡莲中。她看出了激情难以抑制的迹象，而事实上，我不过是热衷于打乱一切，这种冲动是如此强烈。于是，我们就把小船系在高高的草丛后面，怕被人瞧见，又怕翻船，这样一来，这种紧张感让我们欢愉的快感浓烈了千百倍。

　　我丝毫也不怪罪房东了——正是他们的敌意，使我很难去玛特家。

　　我所谓的执念，便是以不同于雅克的方式占有她：我先让她发誓，她的某一部位，从来

没有任何人的嘴唇触碰过，然后我再亲吻，但
这无非是放荡的行为。我内心承认这一点吗？
凡是爱情，必有其青春期、成熟期、老年期。
我是否到了这最后阶段，爱情不变点花样就不
能满足我了呢？我的情欲，如果说依赖于习惯，
那么也要从这种微小的变化，从这类稍微改变
习惯的行为中寻求刺激。同样，一名瘾君子为
求得心醉神迷，首先不是增加很快会致命的剂
量，而是创造新的节奏，或者改变时间，或者
耍点小伎俩，以便迷乱身体的惯性。

我特别喜爱马恩河的左岸，以至于常去与
它大相径庭的右岸，只为更好地眺望我所爱的
地方。右岸不如左岸那么闲适，它被菜农和庄
稼汉所占据，而我的左岸是闲人的乐园。我们
将船系在树上，去麦田里躺着。晚风习习，田
野微微颤动。我们的私情在隐蔽之处，忘记了
危险，我们让麦子倒伏成床，为的是使爱情更
舒适，正如我们为此而牺牲雅克一样。

* * *

　　一缕短暂的气息刺激着我的感官。品尝过更加粗暴激烈的欢愉，类似同一个没有爱意的陌生人分享的那种欢乐，冲淡了其他的乐趣。

　　我开始珍惜贞洁而自由的睡眠，珍惜独自躺在干净的床单里的舒适自在了。我找了些理由，决定不再在玛特家过夜。她赞赏我的意志力。我也真怕女人之声给我的不适之感——女人天生会演戏，每天早晨醒来，就操着天使般的声调，仿佛从另一个世界走来。

　　我责备自己心中对她的挑剔、对她不够真诚的虚伪，每过一天总要扪心自问，比起从前，我对玛特的爱多了还是少了？我的爱情使一切都变得复杂。我总是曲解玛特的话，认为话外有话。同样，她的沉默我也有种种解释，难道我总是错的？可那种电光石火般的直觉，却仿佛告诉我，我碰到了真相。我的欢悦、我的痛苦，都更为强烈了。我躺在她身边，却时刻渴望单独睡在自己的家中，这就向我预示了共同生活是无法忍受的。另一方面，我又无法想象没有玛特该如何生活。我开始意识到出轨所带来的惩罚。

我还怪玛特在我们相爱之前，就按我的意思布置雅克的家了。这些家具，简直不堪入目，我挑选时不是为自己喜欢，而是要扫雅克的兴。我看着讨厌，又怨不得别人，真后悔没有让玛特独自挑选。毫无疑问，开头我觉得很刺眼，但是后来，又因为爱她而习惯了，这该是多大的魅力啊！我不免嫉妒，这种习惯的好处，又落到雅克头上。

因此，玛特对我瞪着天真的大眼睛，听我苦涩地对她说："以后我们一起生活的时候，我希望不要保留这些家具。"她认真倾听我说的每一句话。她以为我忘了这些家具是我选的，但又不敢提醒我，只是在心里为我的健忘而叹息。

* * *

六月上旬，玛特收到雅克的一封信。他在这封信中，终于不只是向她谈爱情了。他病了，被人送进布尔日 * 医院。得知他生病，我并不高兴，但他终于有其他事情要说，这让我松了一口气。他将在第二天或第三天经过 J 镇，恳求玛特在火车站的站台上等着见他一面。玛特把信给我看，她在等着我的决定。

爱情赋予她一种奴性。而我面对她这种百依百顺的态度，反而难以发号施令或明确禁止。照我的想法，我不说话就表示同意。 难道我能

---

* 巴黎南面的一座小城，相距约二百公里。

不让她有几秒的工夫，见一见自己的丈夫吗？她也同样保持沉默。因此，出于某种默契，我第二天没有去她家。

第三天上午，一个送信员给我送来一封信，信只能交给我一个人。是玛特写来的。她正在河边等我，她恳求我前去，如果我还爱她的话。

我飞奔到玛特坐着等我的长椅那里。她问好的口气，远不像她便条上那么迫切；我的心顿时凉了半截，还以为她变了心。

原来，玛特把我前天的沉默看作反对的表示，根本就没有想到什么默契。她度过了焦虑的几个小时，现在看到我活得好好的，心中便生出怨恨，觉得除非我死了，否则我前一天不可能不去。我不胜惊愕，这是装不出来的。我向她解释了自己的克制态度，尊重她对患病的雅克所应负的义务。她还半信半疑。我真火了，差一点就要对她说："难得我没有撒谎……"我们俩都哭了。

两个人只要有一个不肯出来收拾，这一盘

盘乱棋就没完没了，耗得人精疲力竭。总的看来，玛特对雅克的态度真是难以恭维。我亲吻她，轻轻地安抚她："沉默对我们没有好处。"我们决心什么也不隐瞒，彼此把内心的想法都谈出来，而我多少有些可怜她——她竟天真地认为这件事是办得到的。

火车经过 J 镇时，雅克用目光寻找玛特，而火车经过他们家时，他望见百叶窗开着。他在信中恳求玛特让他安心养病，还请求她去布尔日一趟。"你应当去。"我说道，这样简单的一句话听起来并不像是责备。

"我去，"她说道，"如果有你陪着。"

这话连想也没想，实在太过荒唐了。不过，她表达爱情的言行再怎么叫人反感，我也会很快从恼火转为感激。我先是冒火，继而又平静下来。看她这么天真，我深受感动，对她说话就特别温和了，就像对待让人给她摘月亮的一个孩子。我指出她要我陪着去，该有多么不道德。我的回答没有像受了侮辱的情人那样充满了火药味儿，这反而增强了其分量。她第一次听我讲出"道德"这个词，这个词来得恰到好处。因为，她本性并不坏，肯定像我一样，对于我们的爱情是否道德，也产生过极大的怀疑。不讲出这个词，她就很可能认为我是没有道德观的人；这也很自然，尽管她反抗那些根深蒂固的资产阶级偏见，但骨子里她依然是个相当传统的资产阶级女子。这下就不一样了，我既然第一次提醒她注意，这就表明迄今为止，我始终认为我们没有做任何坏事。

玛特后悔提出这个荒唐的"蜜月旅行"般的主意，现在她明白了，这种事情是不可能实现的。

"至少，"她说道，"你要允许我不去。"

随口讲出"道德"这个词，使我成了她的"良心导师"。我像那些刚获得权力的暴君一样，享受着这种新的掌控感。权势只有滥用时才突显出来。于是我告诉她，我并不认为她不去布尔日是什么罪过，还找出几条令她信服的理由，诸如旅途劳顿啊，雅克即将康复啊。有了这些理由，玛特这样做就情有可原了，即使雅克不这么看，至少对婆家说得过去。

不断引导玛特走向对我有利的方向，久而久之，也就逐步将她塑造成了我的模样。这是我该自责的一点，我清楚意识到自己正有意毁掉我们的幸福。她像我了，成为我的作品，对此我既高兴又恼火。我从中能看到我们情投意合的一个理由，但也分辨出未来的祸根。事实上，我把自己的犹豫不决逐渐传染给她了，到了需要决断的日子，那便会阻止她做出任何决定。我感到她像我一样双手绵软无力，只希望大海会放过我们的沙堡，而其他孩子早已在更远的地方搭建新的堡垒了。

这种思想的相似，也波及肉体，眼神、步履都一样。有好几次，一些陌生人把我们当成姐弟了。这是因为我们内心有某种相似的种子，由爱情浇灌长大。即使是最谨慎的恋人，也迟早会被一个手势、一种腔调的变化出卖。

应当承认，心灵有理智一无所知的道理，只因心灵比理智更加通情达理。我们每个人恐怕都是自恋的那耳喀索斯*，既喜爱又憎恶自己的影子，而对任何别的形象都无动于衷。正是这种相似的本能，将我们引入生活，在我们碰到一处景色、一位女子、一首诗的时候，便喝令我们"站住！"其他的我们照样可以欣赏，但不会感受到那种冲击。相似的本能，是唯一一种自然的行为准绳。不过，在社会中，似乎唯有感知迟钝的人，始终追求同一种类型，才显得未曾逾越道德界限。因此，一些男人特别迷恋"金发女郎"，殊不知最大的相似性往往是最为隐秘的。

---

* 古希腊神话中的美少年，他孤芳自赏，恋上自己在水中的倒影，拒绝回应女神的求爱，最后憔悴而死，化为水仙花。

* * *

 几天来，玛特虽不忧伤，却显得心不在焉。若她是心不在焉且带着愁绪，我还可以将她的忧虑归结为七月十五日的临近：她必须去拉芒什海峡的一处海滨浴场，同正在康复的雅克及其全家人会合。这回，玛特沉默不语了，听到我的声音时还会猛然惊跳一下。她在忍受着不能忍受的事情——家庭拜访，当众出丑，母亲尖酸的影射，父亲总当好好先生——她父亲推测她有情人，但并不真的相信。

 她为什么要忍受这一切呢？是因为受了我的影响吗？我总责怪她遇事过分认真，哪怕是些微小的事也能影响她的情绪。看样子她挺高兴，但是这种喜悦又很特别，搀杂着惶惶不安的感觉——这令我反感，因为我无从分享。玛特把我的沉默视为冷漠，我认为这种看法太幼稚了，但现在，我也因为她不言不语，就反过来指责她不爱我了。

　　玛特哪儿敢告诉我，她怀孕了。

* * *

得知这一消息，我本该显得高兴，但起初却感到愕然。我从未想过自己还要对什么事负有责任，现在却要承担起最糟糕的责任。我也为自己不够男子汉而恼怒，不能把这事看作无所谓。玛特是出于无奈才说出真相的。她害怕这个本该让我们更亲近的时刻，反而会将我们分开。我装出欣喜的样子，消除了她的担心。她深受传统道德观的影响，这孩子对她来说，代表着上帝酬偿我们的爱情，上帝是不惩罚任何罪过的。

当玛特将她的怀孕视作我永远不会离开她的理由时，这个消息却令我懊丧。我们在这个年纪有孩子，简直是对青春的一种浪费，这让我觉得不可思议，也不公平。有生以来，我第一次屈从于物质方面的担心——我们可能被家庭抛弃。

尽管我已经开始爱上这个孩子，但也出于爱，我抗拒他。我不愿为他注定悲惨的一生负责，因为我自己都无法承受这种生活。

本能就是我们的向导，却是把我们带向毁灭的一位向导。玛特昨天还怕她的怀孕使我们疏远，而今天，她比任何时候都更加爱我，认为我的爱也和她的爱一样在成长。至于我，昨天还排斥这个孩子，今天就开始爱他了，这是我从玛特身上夺取的一份爱，正如在我们相恋的初期，我从别人身上抽回爱给她一样。

现在，我的嘴贴到玛特的腹部时，吻的不再是她，而是我的孩子了。唉！玛特不再是我的情人，而是一个做母亲的人了。

我的一举一动，再也不像我们曾经单独在一起时那样自然了。我们身边似乎总有个见证者，我们的每个行为都必须向他交代。我难以原谅这种突变，并且把责任完全推到玛特头上，然而我又感到，如果她对我隐瞒了真相，我就更加无法原谅她。有些瞬间，我甚至怀疑玛特在骗我，好让我们的爱情再延续一段时间，她的孩子可能并不是我的。

就像病人辗转反侧渴望找到一个舒服的姿势一样，我也不知该如何寻求内心的安宁。我感到再也不爱同一个玛特了，也感到我的孩子只有认为自己是雅克的孩子，他的生活才可能幸福。自不待言，这种逃避的计策也令我沮丧，我必须放弃玛特。另一方面，我枉称男子汉，但眼下的现实太沉重了，我不可能还趾高气扬，认为自己可以继续过那样疯狂（或许在心里觉得是理智）的生活了。

* * *

因为归根结底，雅克还是要回来的。经历这样一个特殊的时期，他会像许多因特殊情况而被欺骗的士兵一样，回到一个忧伤而温顺的妻子身边，谁也看不出她曾有过不忠。然而若要让丈夫接受有孩子的消息，她只有在休假时与他同房，才解释得通。我实在怯懦，恳求她这样做。

在我们所有的争执中，这一次算得上最为奇特，最为难堪的了。我不免奇怪的是，几乎没有任何反抗。后来我才知道这是为什么，玛特没敢向我承认，雅克最后那次休假时得逞了，本来她是佯装听我的话，到格朗维尔＊那里借口身体不适，打算拒绝与他同房的。这样一大堆说法，再加上虚假巧合的日期，弄得很复杂，到了分娩时就没人怀疑了。"算了！"我心中暗道，"反正我们还有时间。玛特的父母肯定害怕丢脸，就要把她带到乡下，让这消息晚点传出去。"

玛特动身的日子临近了。她离开一段时间，对我只有益处。这将是一次考验。但愿我能断了对玛特的爱恋。如果我断不掉，如果我的爱太强烈，不能自拔，那么我也深知，我再见到的玛特仍会忠诚地等我。

七月十二日早晨七点钟，她启程了。临行前的夜晚，我留在 J 镇，去时我发誓要整夜不合眼，想要积攒足够的爱抚，好让自己之后不再需要玛特。可躺下没多久，我便睡着了。

一般来说，玛特在身边会打扰我的睡眠。

＊ 法国西北拉芒什海峡海滨小城。

魔鬼附身

这是第一次，我睡得像是独自一人。我醒来时，她已经起床了，未敢叫醒我。离火车开车只有半小时了，我懊恼自己竟在睡梦中虚度了我们最后的时光，而她也因为即将离别而流泪。然而，这最后几分钟不能光顾饮泣，我还要做点儿别的事情。

玛特将房门钥匙留给我，嘱咐我常去，要我思念她，在她的桌上给她写信。

我本来暗下决心，不会陪她到巴黎，然而我战胜不了自己的欲望，总想跟她接吻。而且，我怯懦地希望减少对她的爱，但我把这种渴望归结于离别的情感，算在这所谓的"最后一次"的账上，是多么虚假，因为我十分清楚，真正的最后一次并不会发生，除非她愿意。

她要在蒙帕纳斯车站 * 同公婆会合，而到了车站，我还毫无节制地吻她，不怕被她公婆撞见，幻想借此引发一场决定性的冲突，想以

---

* 蒙帕纳斯车站是巴黎市区火车站之一。

此为自己开脱。

回到 F 镇后，已习惯了生活的全部意义只是为了再见玛特的我，试着自寻消遣分散注意力。我给花园翻翻土，尽量看看书，还同妹妹们玩玩捉迷藏，我已有五年多没有同她们玩这种游戏了。晚上，我不得不出去散步，以免引起怀疑。通常那条通往马恩河的路总是轻松愉快，但那天晚上，我走得很吃力，总绊着石子，弄得心跳也加速了。我躺在小船上，第一次想死了算了。不过，既死不了，也无法好好活着。只好盼望来个慈悲的凶手。真遗憾，人不能因厌倦或痛苦而死。渐渐地，我的思绪也随之抽离，像一个即将把水放空的浴缸。最后一次深长的呼吸后，我的脑袋彻底空了，沉沉地陷入了睡眠。

七月拂晓的凉意将我冻醒，我浑身都冻僵了，朝家走去。家门大敞四开，我父亲在前厅，见了我态度很严厉。我母亲身体不舒服，曾派女佣来叫醒我，让我去请医生。这样一来，我的夜不归宿成了众人皆知的事实。

我默默忍受着斥责，也佩服这位好法官出于本能的体恤之心，在无数应受谴责的行为中，偏偏选了唯一情有可原的、能让罪人为自己辩解的那种。不过，我没有为自己辩解，这太难启齿了。我让父亲相信我是从 J 镇回来的，听他说今后禁止我晚饭后出门，我心中又暗暗感谢他再次成为我的同谋，为我提供一个由头，不必独自出去放荡了。

我在等待邮差，这就是我的全部生活。我毫无忘却的能力。

玛特给过我一把裁纸刀，要求我只用来拆她的信。我能顾得上用吗？我简直急不可待，信一到手就撕开。说来惭愧，每次我都打算原封不动，把信保留一刻钟，希望久而久之，能用这种方法训练自控力，信塞进兜里不拆开。然而总是把这项计划推到明天。

我对自己的软弱失去了耐心，有一天气急败坏，接到一封信没看就撕毁了。花园的地上撒满纸片，我趴到地上捡拾。信里装了玛特的一张照片。作为一个迷信的人，我碰到多小的事都习惯往坏处想，如今我竟然撕碎了她的脸。我将之视作上天的警告。直到花了四个小时把信和照片重新拼贴好，这颗惶恐不安的心才平静下来。我还从未这样卖过力气。正是对玛特遭遇不测的恐惧支撑我完成了这荒谬的工作，几乎弄得头昏眼花，神经崩溃。

一位专家建议玛特去洗海水浴。我一边责备自己的狠心，一边禁止她遵从医嘱，因我不愿意任何人看见她的身体。

此外，无论如何玛特也得在格朗维尔住上一个月。既然如此，我倒庆幸有雅克在那里。记得买家具那天，玛特给我看过雅克那张黑白照片，海滩上那些青年最让我担心了。事先我就认定他们肯定比我更英俊，更健壮，更加风度翩翩。

她丈夫会保护她，不让那些人接近。

有时我情意缠绵，好似见人就想拥抱的醉

汉，甚至想到给雅克写信，承认我是玛特的情人，以这种名义将玛特托付给他。有时我还羡慕玛特，她得到雅克和我两个人的宠爱。难道我们就不该共同努力给她幸福吗？在这种狂想中，我感到自己是个很体贴随和的情人。我很想认识雅克，向他解释这件事，以及为什么我们不该互相嫉妒。继而，仇恨却突然涌上心头，掀翻这种温情的倾向。

* * *

　　玛特每来一封信，都要我去她家。她那种唠叨劲儿，令我想起我的一位十分虔诚的姑妈，她责备我从未去过我祖母的坟墓。我天生就不爱扫墓。这种讨厌的义务是限定死亡，限定爱的。

　　思念一位逝者，或思念远方的情人，难道就不能在别的地方，而不是去墓地或在特定的房间里吗？我没有尝试向玛特解释这一点，只和她说我去了她家；同样，我对姑妈也谎称我去过墓地。后来我还真去了玛特家，但情况很特殊。

　　有一天，我在铁路上碰见那位被她的家长

劝阻不要见玛特的瑞典姑娘，我感到孤独，就对那姑娘的天真发生了兴趣。我请她第二天下午偷偷来 J 镇用茶点。我没有告诉她玛特不在，怕吓得她不敢去，我甚至还补充说，玛特见到她会有多高兴。可以肯定地讲，当时我也没有特意要做什么，只不过像孩子那样，彼此认识，相互间寻求点新奇感。我真忍不住要看一看，等我不得不说明玛特不在时，斯维亚那张天使般的脸上会显得多么吃惊或恼怒。

不错，我寻求的无疑是这种幼稚可笑的乐趣，因为我没有什么新奇事儿让她感到惊讶，而她身居异国，却有许多感受，每句话都令我深感意外。两个相互不大了解的人，突然这样单独在一起，真是再美妙不过的事了。她颈上挂着一副上了蓝釉的小金十字架，垂在一件我觉得不太好看的衣裙上，我真想按照自己的审美观重新剪裁。她就像一个活生生的洋娃娃。我心中萌生了一种渴望，想要在车厢外，换个地方再同她独处。

稍微破坏她那修女般气质的，是她作为皮吉耶学院学生的举止。她每天去那所学校，学习一小时法语和打字，但是收获不大。她给我看她的打字练习，每个字都出错，由老师在页边改正。她从一个显然是她自己做的难看的手提包里，掏出一个饰有伯爵冠冕的烟盒，递给我一支香烟。她不吸烟，但总带着烟盒，因为她那些女同学吸烟。她给我讲瑞典的风俗习惯，诸如仲夏节、越橘果酱等等。随后，她又从提包里取出她的孪生妹妹的一张照片，是昨天刚从瑞典寄来的：她妹妹赤身裸体骑在马背上，头戴她们祖父的一顶高筒礼帽。我的脸红了。她们姐妹俩像极了，我简直怀疑她是不是跟我开玩笑，给我看的是她本人的照片。我咬住嘴唇，要克制亲吻这个天真而调皮的姑娘的欲望。我的表情一定像野兽，因为我见她害怕了，四处张望找寻报警的信号。

第二天下午四点，她来到玛特家。我告诉她，玛特去巴黎了，不过很快就回来。我还说："她

不准我放您走，要等她回来。"我要到悔之已晚
的时候，再向她承认我的策略。

幸好她贪吃。而我的嘴馋，却以一种全新
的形式表现出来。看着奶油水果馅饼、覆盆子
冰激凌，我一点胃口也没有，倒是希望我能成
为她嘴边的馅饼和冰激凌，能靠近她的嘴。我
不由自主地做着鬼脸。

我是由于贪吃才垂涎斯维亚，而不是出于
邪念。吃不到她的嘴，脸蛋儿我也满足了。

我将每个音都发得很清楚，好让她完全听
明白。这顿便餐很有趣，吊起了我的胃口，往
常我总是沉默不语，现在却因为不能讲快点儿
而感到焦急。我突然有了倾诉的冲动，想讲些
天真幼稚的知心话。我将耳朵凑近她的嘴边，
我也畅饮她的每一句轻声细语。

我强迫她喝了一种甜烧酒，继而又可怜起
她来，瞧她多像一只被人灌醉的小鸟。

我希望她的醉意有利于我的企图，她是否
情愿对我无所谓，反正她的嘴唇给我就行。我

想到，这种场面出现在玛特家是不合适的，然而我心里也一再嘀咕，归根结底，这并没有背叛我们的爱情。我对待斯维亚，就像眼馋一颗果实，这不应当引起情人的嫉妒。

我握住她的手，觉得自己的手笨拙得可笑，很想爱抚她。她躺在长沙发上。我站起来，俯下身去亲吻她的发际线，那还是一层绒毛。从她的沉默中，我还得不出她喜欢我亲吻的结论；但是，她也难以表示气愤，无法用礼貌的方式拒绝我。我便继续啃咬她的脸颊，仿佛期望像吃桃子那样让甜美的汁液喷涌而出。

最终，我吻了她的嘴。她真是个有耐性的受害者，忍受着我的爱抚，只是闭上嘴和眼睛。她唯一拒绝的动作就是微微摇头，从右到左，再从左到右。我不会误解，但我的嘴却在那一刻找到了响应的幻觉，我就这样待在她身边，感到与玛特在一起时从未有过的满足。她这种装装样子的抵抗，给我壮了胆，让我以逸待劳了。终于吻得餍足了，正如奶油和甜食吃得过多，就不再贪嘴了。该告诉她了，这是我的小骗局，玛特去旅行了。我让她答应，如果见到玛特，绝不要讲我们见过面的事。我没有向她承认我是玛特的情人，但是让她明白有这层关系。我感到餍足了，就出于礼貌问她，明天是否再见面，她对这样神秘的约会发生了兴趣，就回答说："明天见。"

我没有再去玛特家，也许斯维亚也没有去按响那扇紧闭着的大门的门铃。我感到从时下的道德来看，我的行为该受多么严厉的谴责。因为，正是在当时的环境里，我才觉得斯维亚非常可贵。换个地方，若不是在玛特的卧室里，我还会对斯维亚产生欲望吗？

不过，我也没有愧疚之感。我并不是想到了玛特，才放掉这个瑞典姑娘，而是因为她的甜汁我全吮吸了。

过了几天，我收到了玛特的一封信。房东的一封信附在里面，指责她将房子弄成了幽会之所，质问我拿她房间的钥匙不干什么好事，居然带去了女人。"我有证据证明你背情负义"，玛特还补上一句。她永远也不会再同我见面了。为此她当然很痛苦，但是宁愿痛苦也不能容忍受骗。

这种不痛不痒的威胁我了解，只需编个谎话，或者必要时讲出实情，就可以化解了。然而令我不快的是，玛特在绝交信中，竟没有提起自杀。我责备她态度冷淡，觉得这种信不值得解释。因为换了我，在类似情况下，即便不想到自杀，我认为也应该适当以自杀威胁玛特。这是青春期和中学留下的难以磨灭的烙印——我相信某些谎言是由感情规则支配的。

在我学习爱情的过程中，又出现一件新差事——在玛特面前洗刷自己的罪名，同时指责玛特对我不如对她的房东信任。我向她指出，马兰那伙人多么会耍手段。实际上，有一天我正在她家写信，碰上斯维亚来看她，我从窗口望见了，也知道有人让那姑娘同她疏远，我给她开门，就是不愿意让她以为，对于令人难过的生分，玛特还耿耿于怀。毫无疑问，她是偷偷来的，克服了许多困难才到达。

这样，我就能向玛特宣布，斯维亚一点儿也没有变心。我在信的结尾还表示欣慰，能在玛特家，同她最亲密的女友谈论她。

这一惊险事件使我诅咒爱情——爱情迫使我们为自己的行为辩解，而我本该更享受那种不必对任何人，也不必对自己交代的状态。

然而，我转念一想，爱情肯定会带来巨大的益处，要不然，为何所有人都甘愿把自由交给爱情掌管呢？我盼望自己尽快坚强起来，从而摆脱爱情，也就无须为它牺牲任何欲望了。我当时并不知道，反正也得受束缚，宁可受心灵的奴役，也胜过当肉欲的奴隶。

蜜蜂采花酿蜜，保证蜂群繁盛；一个恋人也为他的爱情不断增添热情，他的情人也从中受益。当初我还没有发现，这门学问能赋予不忠之人保持忠诚的自律。如果一个男人垂涎某个女子，并把这份激情转移到他所爱的女人身上，他这种欲望就会因为没有得到满足而更加强烈，就会使这个女人相信，她得到的爱是前所未有的。其实他在欺骗她，可照世人看法，道德依然完好无损。放荡的苗头出现了，就是基于这种盘算。有些人在爱得炽烈时仍会背叛自己的情人，希望大家不要急于谴责他们，也不要指责他们轻浮。他们也厌恶这种自欺欺人，甚至从未想过要混淆他们的幸福与享乐。

玛特期待着我的申辩，她恳求我原谅她的指责。我宽谅了，但不是很情愿。她给房东写信，讥讽地请求他同意，在她外出期间，我可以接待她的朋友。

* * *

八月下旬，玛特回来了，不住在 J 镇，而住到娘家——她父母的假期延长了。这是玛特出嫁前一直生活的地方，这个新环境对我来说成了催情的药物。肉欲的疲惫、独自安眠的隐秘渴望，都纷纷消失了。那一夜我也没有睡在家里。我浑身火烧火燎，急匆匆跑去，就像年纪轻轻就要死的人，两口饭并作一口吃似的。

玛特这间闺房，曾经不准雅克进入，现在成为我们的卧室。我躺在狭窄的床上，喜欢看上方她那初领圣体时的形象。我迫使她注视另一幅她自己的婴儿像，仿佛这样能让我们的孩子也像她一样。在这幢见证她出生并长成如花少女的房子里，我到处游荡，真是欣喜若狂。在堆放杂物的一间屋里，我摸到了她的摇篮，希望它还能派上用场；我让她找出她婴儿时穿的小背心和小裤衩，作为格朗吉耶家族的珍贵遗物。

我并不留恋 J 镇的那套房子，那里的家具甚至不如普通人家最难看的陈设有魅力。这里的家具则不同，每一件都仿佛向我讲述玛特的故事，她小时候可能在上面磕碰过小脑袋。而且，我们在这里可以独处，没有镇参政员，也没有房东了。有时，我几乎赤身裸体，在这堪称荒岛的花园里散步，就跟野人一样无拘无束。我们躺在草坪上，坐在马兜铃、金银花和爬山虎的棚架下吃茶点。我们嘴对着嘴抢吃李子——那是我拾来的，全摔烂了，被太阳晒得暖乎乎的。父亲怎么也没法说动我像我弟弟那样侍弄家里的花园。可是现在，我却照料起玛特的花园，翻土呀，拔草呀。炎热的一天过后，到了傍晚我就浇水，给土地和哀求的花儿解渴，我感受到那种令人陶醉的自豪感，这与满足情人的欲望是一样的。从前我总觉得善良有点儿幼稚，现在我领悟了善良的全部力量。鲜花经我的照料盛开了，母鸡吃完我撒的谷粒，便在树荫下打盹儿。有多少善意？——又有多少私心！花儿死了，母鸡瘦了，就会给我们的爱情岛增添凄凉。我浇水和撒谷粒，与其是为了花儿和母鸡，倒不如说为我自己。

我的心情焕然一新，也就忘却了，或者说鄙视我最近的发现。由接触这所住宅而挑起的放荡行为，我也将其视为放荡的终结。因此，八月份的最后一周和九月份，是我唯一真正幸福的时期。我没有虚情假意，既不伤害自己，也不伤害玛特。我看不到任何障碍了。年仅十六岁的我，开始设想一种人们通常在中年才渴望的生活方式。我们要到乡下生活，在那里永葆青春。

我和玛特并肩躺在草地上，用一根草茎拂

弄她的脸，缓慢地、平静地向她描绘我们今后的生活。玛特回来之后，一直在为我们寻找巴黎的公寓。她听我说渴望生活在乡下，眼睛就湿润了，对我说道："我怎么也不敢向你提出住到乡下。我还以为你离不开城市，只跟我在一起，会觉得生活无聊的。""你也太不了解我了。"我回答。我多么想住到芒德尔附近，那里遍地栽着玫瑰花。有一天我们去那儿散过步，从那以后，每当我们在巴黎吃完晚餐后，赶上最后一班火车回去时，我总能闻到玫瑰的香气。在车站的货场里，搬运工正在卸车，搬下一只只芬芳扑鼻的大箱子。整个童年时代，我常听人讲运送玫瑰花的那列神秘火车，总是在孩子们睡觉的时候驶过。

玛特说道："玫瑰只有一个花季。花落之后，你就不怕觉得芒德尔很丑吗？挑一个不太美，但四季都同样有魅力的地方，不是更为明智吗？"

从这件事上，我又看清了自己。由于渴望

享受两个月的玫瑰花季，我竟无视了其余十个月；选择芒德尔一事，又向我提供一个明证：我们的爱情注定是短暂的。

我经常借口要散步或者有人邀请，和玛特在一起，而不在 F 镇吃晚饭。

一天下午，我瞧见她身边有个穿飞行员服装的青年，那是她表哥。玛特见我不以"你"相称，就站起身，走过来亲我的脖颈。她表哥则笑我那副尴尬的样子。"在保罗面前丝毫不必担心，"玛特说，"我全都跟他讲了。"我虽说尴尬，但也喜不自胜，玛特居然告诉她表兄她爱我。这个小伙子挺可爱，有点儿浅薄，只关心他的军装是否合规；他对我们的爱情倒显得颇为欣喜，认为这是对雅克开的一个大玩笑。他瞧不起雅克，因为他既不是飞行员，又不是酒吧的常客。

保罗回顾童年时以这花园为舞台的每次嬉戏。我不时发问，贪婪地聆听这场谈话，它让我从意想不到的视角了解玛特。同时我也黯然神伤，因为，我距童年还特别近，不会忘记父母不了解的那些游戏，大人们不是把这类游戏忘得一干二净，就是视为难以避免的一种罪恶。我嫉妒玛特的过去。

我们边说边笑，向保罗讲述房东马兰家的仇视和那次社交聚会；保罗一听来了劲儿，干脆建议我们去住他在巴黎的单身公寓。

我注意到，玛特不敢向他承认我们一起生活的计划。感觉得出来，他鼓励我们的爱情，只是作为一种消遣，可一旦弄出丑闻，他也会加入狼群的嗥叫。

玛特起身去端菜。仆人们都随格朗吉耶太太去乡下了，只因玛特总是很谨慎，表明自己只爱鲁滨逊那样的生活。父母认为女儿满脑子浪漫念头，而浪漫的人就跟疯子一样，绝不能违拗他们，也就把她一个人丢在家中。

我们这一餐吃了许久，保罗拿出最好的酒。我们特别开心，而这种开心恐怕事后会让我们后悔，因为保罗作为知情人，在帮衬一种通奸。他嘲笑雅克。我沉默不语，真想开口暗示他有失分寸。不过，我觉得最好还是凑个热闹，不能让这位随和的表兄失了面子。

等我们一看时间，驶往巴黎的最后一趟火车已经开走了。玛特提议留宿，保罗同意了。我用期待的目光看着玛特，于是她又补充一句："亲爱的，你当然要留下了。"保罗在门口向我们道晚安，十分自然地吻了表妹的面颊。我面对这种场景，就恍若在自己家中，作为玛特的丈夫，接待我妻子的一位表兄。

* * *

已是九月底，我明明白白地感到，离开这座宅子，就是离开幸福。还有几个月可以宽限，我们就必须做出抉择了——生活在谎言里还是真实中，无论哪种生活都不会如意。在我们的孩子出世之前，玛特不能被父母抛弃，这一点非常关键，因此，最终我还是鼓起勇气问她，怀孕的事是否告诉了格朗吉耶太太。她跟我说告诉了，还告诉了雅克。这样，我也就有机会验证，她也有对我撒谎的时候，因为五月份雅克回来住了几天之后，她曾对我发誓，称雅克没有碰过她。

* * *

天黑得越来越早了，傍晚的凉意妨碍了我们外出散步。在 J 镇见面也越发困难。我们像贼一样万分小心，留意和躲避着马兰夫妇和房东的视线，以免闹得满城风雨。

十月的天气阴沉，傍晚凉风习习，但还没有冷到非生火不可，这促使我们一到五点钟就干脆上床。在我父母家中，白天躺在床上就意味着病倒，而五点钟上这张床，我却乐不可支。我想象不出此时还有谁会躺到床上。在忙忙碌碌的人世当中，唯独我和玛特停下来，上床歇息。玛特光着身子，我真不敢看她。难道我是怪物吗？我对人类最崇高的行为竟感到愧疚。看着玛特肚子大起来，毁了她的美姿，我认为自己就是破坏艺术品的家伙。还记得当初我们相爱时，我轻轻咬她，她曾对我说过"给我打上印记吧"，我这不是给她打上最卑劣的印记了吗？

现在，玛特不仅是我最心爱的女人，更是我的一切。我甚至不想念我那些朋友了，反而还有些怕他们，深知他们要我们改弦易辙，还认为是帮助我们。幸而他们受不了我们的情人，觉得配不上我们，这也是我们唯一的保障。若有一天他们不再这样想，我们的情人就有可能投入他们的怀抱。

* * *

　　我父亲开始惊慌了。但因为一直在姑妈和母亲面前袒护我，他不愿显得反悔，便在暗地里站到了她们那一边。对我，他则毫不含糊，不惜一切代价把我和玛特拆开。他甚至威胁要告诉她父母，告诉她丈夫……可是第二天，他又不管我了。

　　我看准他的弱点，便加以利用。我甚至敢顶嘴，指责他附和我母亲和姑妈，怪他权威施展得太迟了。当初不正是他要我认识玛特的吗？于是，他也深深自责。家里弥漫着一种苦闷的气氛。给我两个弟弟树立的什么榜样啊！我父亲已预料到，有朝一日，当他们因我的放纵而为自己开脱时，他就会无言以对。

此前，他以为这不过是一场风流韵事，不料，母亲又截获了一封信。她将这些证据得意扬扬地呈给父亲。玛特在信中谈到我们的未来，甚至提到我们的孩子！

母亲仍然把我看成小孩子，年龄还太小，因此完全无法想象自己居然会在这么年轻的时候当上祖母。她本能地认为这孩子不可能是我的。

正派也可以引发最强烈的感情。我母亲为人十分正派，不能赞同一个女人欺骗自己的丈夫。在她看来，这是一种极其放荡的行为，根本谈不上是爱情。我母亲认为，我是玛特的情人这个事实本身，就意味着她还有别的情人。我父亲虽然明白这样的推理多么荒谬，但他还是用其来搅乱我的信念，贬低玛特。他向我暗示，唯独我不"了解"情况。我反驳说，就因为她爱我才会受此诽谤。父亲不愿意让我以此自我安慰，他向我断言，这种谣传早在我们发生关系之前，甚至在她结婚之前就有了。

他为我们家庭保全了体面之后，完全无所顾忌；由于我一连几天没有回家，他就派女仆到玛特家给我送来一张便条，命令我火速回去，否则就要向警察局报告我离家出走，并且控告玛特太太诱拐未成年人。

玛特也保全了面子，她佯装吃惊，对女仆说一见到我就把信转交给我。过了一阵，我回家了，恨自己年纪尚轻，还不能为自己做主。父亲见了我，没有说什么，母亲也一样。我去查阅法典，却没有查到关于未成年人的法律条款。我实在蒙昧无知，不相信这种行为会导致自己被送进教养院。我翻遍了法典却一无所获，最后又求助于《拉鲁斯大词典》，我把"未成年人"这个词条看了十遍，也没有发现任何一点适用于我们的释义。

第二天，父亲又随我的便了。

他这种奇怪行为的缘由，如果有人想探讨，我倒可以归纳为三条：他让我自行其是；过后，他对此又感到羞愧，进行威胁，非常恼火，但主要不是恼我，而是恼他自己；最后，他又因为发了脾气而惭愧，干脆撒手不管了。

格朗吉耶太太从乡下一回来，就警觉起来：邻居的询问都话中有话，他们佯装相信我是雅克的弟弟，跟她说了我们在一起生活的事。此外，玛特也忍不住，总把我的名字挂在嘴边，还提及我做过的什么事，说过的什么话，无需多久，她母亲就不再对"雅克的弟弟"这一身份感到疑惑了。

她还是原谅了，只因她相信孩子是雅克的，确信孩子一出世，就会结束这场风流事。她一点风也没有向格朗吉耶先生透露，怕他听了大发雷霆。不过，她把这种隐忍归结于宽容的心胸，必须向玛特指明这一点，好让女儿心存感激。为了向女儿表明她什么都知道，就跟女儿啰唆个没完，总说些暗示的话，可方式又笨拙得很。格朗吉耶先生听不下去，单独和她在一起的时候，就求她饶过他们的可怜而无辜的女儿，说她没完没了的这些猜测，最后非把女儿搞昏头不可。格朗吉耶太太听了，往往微微一笑，那神情分明是说玛特已经承认了。

格朗吉耶太太的这种态度，以及她在雅克第一次休假回来时的态度，都使得我相信，她即使完全不赞同女儿的行为，仅仅为了反驳丈夫和女婿，也需当着他们的面偏袒玛特。归根结底，格朗吉耶太太还是很赞赏玛特欺骗丈夫的，这是她由于顾虑，或者没有机会，一生也未敢做的事。她自认为不被人理解，是女儿替她出了这口气。她的理想主义也十分天真，只怪女儿爱上我这样一个毛头小伙子，一个不会懂得"女性的细腻情感"的人。

婆家，玛特去得越来越少了。老拉孔布夫妇住在巴黎，不可能怀疑什么，只觉得玛特越来越古怪，也就越来越不喜欢她了。瞻念将来，他们十分担心，不知道几年之后这对夫妻会变成什么样。一般来说，天下的母亲最盼望的事，无非是希望儿子结婚，但又看不上儿子挑选的妻子。雅克的母亲可怜儿子娶了这么一个女人。至于雅克的妹妹拉孔布小姐，她讲坏话的主要缘由，就是玛特在海滨结识雅克的那年夏天，二人的情缘进展得相当快，玛特独掌其中的秘密，而她不得而知。这个妹妹预言哥嫂将来的日子肯定暗淡极了，并说玛特将会欺骗雅克，也许她已经干过那种事了。

妻子和女儿唇枪舌剑，有时逼得拉孔布先生干脆离开餐桌——拉孔布先生为人忠厚，挺喜欢玛特。于是，母女二人就交换一下意味深长的目光。拉孔布太太的目光表示："瞧见了吧，我的宝贝，这类女人多会迷惑我们的男人。"拉孔布小姐的目光则表示："我找不到人家，就因为我不是玛特那种女人。"实际上，这个不幸的姑娘借口"世道变了，习俗也不一样"，说是婚姻再也不能照老规矩办了，结果把反叛精神不够的求婚者全给吓跑了。她那一次次结婚的希望，仅仅持续一个海滨度假的季节。那些青年许诺一回到巴黎就向拉孔布小姐求婚，可一分手就杳无音信了。拉孔布小姐快成为大龄单身姑娘了，她的主要怨恨也许就是玛特轻而易举地找了个丈夫。不过，她也聊以自慰地想，只有她哥哥那个大傻瓜，才可能吃亏上当。

* * *

　　然而，这两家人无论怎样猜疑，谁也没有考虑，玛特所怀孩子的父亲可能另有其人而不是雅克。对此我相当恼火。有些日子，我甚至指责玛特懦弱，怎么还没有说出真相。其实源自我的软弱，我却总觉得显露在别人身上。因此我想，格朗吉耶太太既然视而不见这出戏的开场，那么，她便会一路保持沉默。

　　暴风雨快来了。父亲威胁要把一些信寄给格朗吉耶太太。我倒盼望他说到做到。然而一细想，格朗吉耶太太收到信之后，是会对她丈夫隐瞒的。再说，他们夫妇二人都不愿意看到这样一场暴风雨。这种压抑让我窒息，我渴望风暴降临。这些信件，我父亲应当直接交给雅克才对。

那天他大动肝火对我说，事情已经办了，我听了真想扑上去搂住他的脖子。终于到了这一天！终于帮了我这个忙，他替我把雅克应该了解的真相告诉他。我可怜的父亲低估了我，以为我的爱情十分脆弱。这些信件也会打消雅克写信的念头，不再对我们的孩子大动感情了。我处于狂热状态，无法判明这种举动是荒唐的，也不可能判断。直到第二天我才看得清了，只见父亲平静多了，他对我承认说了谎，以为这样就使我放心了。

他认为那样做就没有人性了。这话当然对。不过，人性、非人性，界限又在哪儿呢？

我这年龄的千百种矛盾，同一桩成年人的风流事纠缠起来，我实在不堪重负，时而懦弱，时而大胆，逐渐耗尽了自己的精力。

*　*　*

爱情麻醉了我身上一切与玛特无关的事物。我从未想到父亲也会因此受伤。我对一切的判断都那么荒谬，那么偏狭，以至于认为他和我之间开战了。因此，我践踏做子女的义务，不再仅仅出于对玛特的爱，而且有时（我敢于承认吗？）是一种出于报复的心理啊！

我也不再特别理会父亲派人送到玛特家的信。倒是玛特恳求我多回几趟家，要表现得通情达理些。于是我叫嚷起来："怎么，你也一样，要同我作对吗？"我咬牙切齿，连连跺脚。只消想到要离开她几小时，我便会处于这种状态。玛特把这视为炽热爱情的表现。这种被深爱的证据让她前所未有地坚定。确信我会时刻想着她，也就坚持让我回家了。

我很快就明白她何以有这样的勇气，于是开始改变策略，佯装服从她的理由了。结果，她就突然换上另一副面孔。她见我如此"听话"，变得不安，怕我对她的爱会减少几分，于是反倒又来恳求我留下——她太需要心里能够踏实了。

然而有一次，她再也没法劝动我。我一连三天没回家，决意再在她这里过一晚。她百般尝试，用尽温柔与威胁，甚至学会了装腔作势。最终，她放话说，如果我不回去，她就回娘家。

我冷冷地说她这种慷慨的举动我父亲丝毫也不会领情。"好嘛！"她愤然道。不，她不会回家，而是去马恩河边，她会在那里冻死，彻底解脱："至少，你也得可怜可怜我们的孩子啊，"玛特说，"不要这么随便毁了孩子的一生。"她指责我在玩弄她的爱，试图探究这份感情的极限。我见她这样坚持，就向她重复我父亲的话——她随便什么人都能迷惑，我才不上那个当呢。"你不肯让步，无非是因为有别的情人等着你接待吧。"面对这般无理指责，她无言以对，转身离去。我却责怪她为何不反驳。我死缠烂打，最终她妥协了，但前提是不能在她家过夜。她绝不愿意房东第二天又该对我父母派来送信的人说她在家。

睡在哪儿呢？

我们就像站在椅子上，比大人高出一头而得意扬扬的孩子。环境把我们捧起来，自觉高人一等，但我们仍然成事不足。如果说我们由于缺乏经验，把一些复杂的事完全看简单了，那么非常简单的事，碰到我们反而变成障碍了。我们始终未敢用保罗那间独立的公寓。我想不大可能塞给看门女人一枚硬币，就可以跟她说好我们有时会去过夜。

看来，我们必须住旅馆。我从未去过那

种地方，一想到要跨进旅馆的大门就让我胆战心惊。

童年总寻找借口，在父母面前总是要自我辩解，到头来谎言便成了必然。

即使是面对旅馆的一个独眼伙计，我也觉得有必要辩解。因此，我借口要带些衣物和洗漱用具，就逼着玛特装一只箱子。我们还得要两间客房。别人会以为我们是姐弟关系。我不敢冒险只订一个房间，毕竟我这年龄（会让人从夜总会给赶出来的年龄），很可能受人刁难。

晚上十一点钟，旅行仿佛没有尽头。车厢里还有两个人：一位妻子送当上尉的丈夫去巴黎车站。车厢里没有暖气，也没有照明。玛特头抵着潮湿的玻璃窗，承受着一个年轻男孩的任性折磨。我感到羞愧，心里很不是滋味，想到雅克对她总是特别温柔体贴，他远比我值得她的爱。

我禁不住低声为自己辩白。她连连摇头，喃喃道："我宁愿一辈子跟你一起受苦，也不愿意跟他过幸福日子。"这类情话毫无意义，转述起来也觉得丢人，然而只要从所爱的人口里讲出来，就令人沉醉。我甚至觉得听懂了玛特的这句话。然而，这句话到底是什么意思呢？跟一个不爱的人一起生活能感到幸福吗？

我不禁反思，甚至至今仍在反思，爱情是否给你这种权利，硬把一个女人从安宁但或许平庸的命运中夺走的权利。"我宁肯跟你在一起受苦……"这句话是否也包含着无意识的责备？毫无疑问，玛特爱我，跟我度过的一些时刻，是她跟雅克一起所没有尝过的。然而，这些时刻难道就给了我残忍的权利吗？

我们在巴士底车站下了车。寒冷，我受得了，只因在我的想象中，这是世间最洁净的东西。可在车站大厅里，寒冷比海港的热浪更污浊，少了那种能让人宽慰的欢愉。玛特抱怨浑身冻得直发抖，她紧紧搂住我的胳膊。凄惨的一对，已经忘掉自己的美丽、青春，好似一对乞丐自惭形秽！

我觉得玛特那么大的肚子很可笑，便低垂着目光走路，远远没有做父亲的那种骄傲。

我们顶着凄风冷雨，在巴士底广场和里昂车站之间游荡。每经过一家旅馆，我总得编出一个拙劣的借口，就是不肯进去。我对玛特说，我要寻找一家合适的旅馆，一家客栈，只接待游客的旅馆。

到了里昂车站广场，我再也无法躲避了。玛特恳求我不要再这么折磨人了。

她在外面等候，我走进一家旅馆的门厅，但是自己也不太清楚希望得到什么。伙计问我是否需要一间客房。回答一声"是的"如此简单，简单到让我不安。我像在旅馆行窃被当场捉住的小偷，只好找一个托词，跟他说要找拉孔布夫人。我向他打听时脸红了，真怕他回答说："小伙子，您开玩笑吧？她就在街上呢。"他查阅了客人登记簿，告诉我可能记错地址了。我走出旅馆，向玛特解释说，这里没有空房了，我们在这个街区恐怕找不到了。我松了口气，赶紧走开，就像个逃脱的小偷。

刚才，我一心想着逃离，完全忽略了玛特。现在我看着她，心里泛起怜惜。我忍住泪水，恳求她不要责怪我这个"病人"，恳求她老老实实回 J 镇，而我回我父母那里。"病人！""老老实实地！"听到这些语无伦次的话，她勉强露出一丝无奈的笑容。

我的羞愧心理，又给回程制造了波澜。玛特遭了这份罪之后，又不幸地对我说："你也真够狠的。"我一听就火了，觉得她心胸狭窄。假如情况相反，她沉默不语，仿佛把事情置于脑后了，那么我又会怕她这样做，因为她这样就是把我视为病人，视为精神有问题的人。于是，我绝不罢休，我逼她坦言她并未忘记，说她即使宽谅了我，我也不能利用她的大度，说她总有一天会厌倦我的恶劣态度，而厌倦战胜了爱，她就会离我而去。我就这样逼着她对我说话强硬，尽管我不相信她的威胁，却也总能感到一种快意的隐痛。其强烈程度，比得上坐过山车时那种撕心裂肺的快感。然后，我扑向玛特，比以往更加狂热地拥抱她。

"再对我说一遍，你会离开我。"我气喘吁吁地对她说，同时抱紧她，几乎要把她捏碎。玛特驯顺的程度，甚至超过了一名女奴，更像一个灵媒，仅为取悦我，却一遍遍重复她根本不明白的那些话。

* * *

寻找旅馆那一夜十分关键，这是我干了那么多荒唐事之后，也没有认清的事实。如果说我相信，整个一生就可能在这样坎坷折磨中度过，那么玛特则什么都明白了。在回程的车上，她蜷缩在角落里，精疲力竭，神情沮丧，牙齿打战；或许她已经认清了，当这场长达一年的疯狂旅程结束时，除了一死，再也没有别的出路了。

* * *

　　第二天，我去玛特家，看见她像往常一样躺在床上。我也想爬上床去，但被她轻轻推开了。"我不舒服，"她说，"你走吧，别待在我身边。我感冒了，免得你也被传染。"她又咳嗽又发烧，说大概是昨天夜里着凉了，脸上带着微笑，以免像责备我似的。尽管她慌了神儿，但不让我去找大夫。"没什么关系，"她说，"我只要暖和暖和就好了。"其实，大夫是她家的老朋友，她不愿意派我去，是怕坏了名声。我巴不得放下心来，而玛特不要请大夫，也就打消了我的不安。然而，我回家吃晚饭时，玛特问我能不能绕道去给大夫送一封信，这又唤起我心中的不安，而且比之前还强烈。

次日我去玛特家，正好在楼梯上碰见大夫。我不敢打听，只是焦虑地看了他一眼。他那平静的表情使我欣慰——那仅仅是一种专业态度而已。

我走进玛特的房间。她在哪儿呢？房间空无一人。玛特蒙着被子在哭泣。大夫规定她分娩之前不得外出，而且，她的身体状况不佳，必须回到父母家去。我们就这样被分开了。

倒霉的事儿，人绝不情愿接受，唯有幸福才被视作理所当然的。我没有反抗就接受了这次离别，不是出于勇气，只因还没来得及弄明白。我木然地听着医生的诊断，如同犯人听着对他的宣判。如果罪犯脸色丝毫不变，人们会赞叹："多有勇气啊！"其实不然——恐怕还是缺乏想象力。等人唤醒他去受刑时，他才算听见宣判。同样，直到有人来通知玛特，大夫派来的车子到了，我才意识到我们再也不能相见了。

魔鬼附身

玛特要出其不意地回到娘家，大夫也答应事先不通知任何人。还有一段路就到格朗吉耶家了，我喊车夫停下。车夫回头看了我们三次，我们才下车。这家伙以为能抓到我们第三次亲吻，但看到的却是同样的一幕。我根本没有考虑以后如何联系，就离开玛特了，甚至没有跟她说一声再见，就好像是在对待一小时后还要见面的人。已经有几个好奇的邻居在窗口窥视了。

母亲注意到我眼睛红红的，妹妹们也笑我接连两次掉了汤匙。我觉得地板在摇晃，心中翻涌的苦痛如同晕船。再说，我认为要描述心灵的这种眩晕，没有比晕船更贴切的比喻了。没有玛特的生活，就是远渡重洋。我能够到达彼岸吗？开始有晕船反应的人，就想马上死掉，根本不在乎抵达港口了，同样，我也毫不在意未来。几天以后，这种症状逐渐缓解，我就有闲暇考虑陆地了。玛特的父母再也不用费力猜测了。他们不仅对我的来信置之不理，还要当着玛特的面，把信扔进她房间的壁炉里焚毁。她的回信潦草，用铅笔写成，几乎难以辨认。她的弟弟代为邮寄。

家里也不再吵闹了。晚上在炉火前，我又恢复了同父亲的愉快谈话。一年下来，在妹妹们的眼里，我快成了陌路人。现在，她们又同我亲近了，又习惯了我。我将小妹妹抱到膝上，趁着坐的地方灯光昏暗，把她紧紧搂在怀里，由于用力太猛，她挣扎起来，又笑又流眼泪。我想着自己的孩子，不过心里很愁苦。我似乎无法再有更深的情感了。我是否已经成熟，能把一个婴儿视为亲生的骨肉，而不仅仅像弟弟或妹妹了？

父亲劝我多散散心。心情平静了，才会产生这类劝告。除了我不能再做的事情，我还能干什么呢？每当听见门铃响，或有车辆驶过，我就浑身一抖。仿佛在监牢里等待获释的那一刻。我总是侧耳倾听，窥伺孩子出世的蛛丝马迹。终于，有一天我耳中传来钟声，那是停战的消息。

魔鬼附身

186

在我看来，停战就意味着雅克还乡。我眼前似乎已经出现这种情景——雅克守在玛特的床头，而我却无能为力。我完蛋了。

父亲要我陪他去巴黎："这样的盛典不能错过。"我不敢拒绝，害怕被视为冷血。况且，在痛不欲生的时候，去看看别人的欢乐，毕竟不是什么讨厌的事情。

不过老实说，这个节日引不起我多大兴趣，我自认为比所有人都更能体会那种理应属于大众的情感，满怀激情地寻找所谓的爱国情怀。而实际景象令我愤愤，人们仿佛只是因为意外的假日而欢乐：咖啡馆营业的时间延长，军人可以亲吻轻佻的姑娘。这种景象，我原以为会惹我伤心，会引我嫉妒，甚至会感染我，使我忘却崇高的感情，却像圣卡特琳节＊一样令我厌倦。

＊ 原为纪念圣卡特琳（Sainte Catherine），她通常被认为是未婚女性的保护神。这一天后来逐渐演变成了一个为年纪较大的未婚女性庆祝的日子。

* * *

　　一连几天我都没有收到一封信。一天下午难得下了雪，弟弟交给我小格朗吉耶送来的一封信。这封冷冰冰的信是格朗吉耶太太写来的，她要我尽快去一趟。她要见我能有什么事呢？能有机会接触玛特，即使是间接的，也打消了我的种种担心。我想象见面的情景：格朗吉耶太太不准我再见她女儿，也不准通信，而我呢，就像一个差学生似的，耷拉着脑袋听她训斥，既不能顶撞，也不能发火，绝不能有任何表达仇恨的举动。我要有礼貌地施礼告辞，而大门要永远对我关闭了。于是，去之前我要想好如何回答，想好尖锐的反驳理由，让不逊的言辞给格朗吉耶太太留下她女儿情人的形象，还不至于像一个犯了错误的学生那样可怜。我一秒钟一秒钟地在心里预演那一场面。

当我走进那个小客厅时，眼前又浮现了我初次拜访的情景，而这次拜访却意味着，也许我再也见不到玛特了。

格朗吉耶太太走了出来。我真为她那矮小的身材难受，因为她竭力要摆出高傲的派头。为一点小事麻烦我跑一趟，她表示歉意。她声称写信要同我见面，是由于要了解的情况太复杂，不好在信中谈，可是信送出之后这段时间，她已经了解了情况。这种故弄玄虚给我的折磨，比任何灾难都让我不安。

我走到马恩河附近，碰见了小格朗吉耶，他靠在一扇栅栏门上，脸上刚刚挨了一雪球，正哽咽着，我好言哄他，向他打听玛特的情况。他告诉我说，他姐姐叫我去看她，可母亲就是不同意，父亲却说："玛特状况糟极了，我要求大家顺着她。"

　　我当即就明白格朗吉耶太太那种既世故又冷漠的举动了。她是尊重丈夫和病危女儿的意愿，才叫我去的。然而，随着危机解除，她见玛特安然无恙，便收回成命了。我本该高兴，却可惜这次病症发作没有拖长些，容我有看看病人的时间。

　　过了两天，玛特给我写信来，但只字未提我那次拜访，家里大概对她隐瞒了。玛特谈到我们的未来，她的语气很特别，既恬静又超然，有点儿叫我心神不安。爱情的确是自私最激烈的表现形式，因为我探究自己不安的原因，就不免想到我是在嫉妒我们的孩子——今天玛特跟我谈的主要是我们的孩子，而不是我本人。

　　这个孩子，我们预计三月份出生。可是，一月间的一个星期五，弟弟们跑得上气不接下气，来告诉我们说，小格朗吉耶有了外甥了。我不明白他们的样子为什么那么得意，为什么跑得那么急。他们肯定意识不到，这个消息在我看来有什么异乎寻常的方面。不过，对弟弟们来说，"舅舅"应该是年长的代名词，而小格朗吉耶当上舅舅，简直就是个奇迹；他们急匆匆跑来，就是要我同他们一起分享这份惊奇。

正是时刻在我们眼皮底下的物品，稍微挪个位置，我们就极难认出来了。小格朗吉耶的外甥，我竟然没有立刻意识到这是玛特的孩子——我的孩子。

这突如其来的黑暗在我心中蔓延，像是一场短路。我在这黑暗中摸索着自己的情感，翻找日期，寻找确切的信息。我掰着手指计算，就像玛特有时也做的那样，那时我从未怀疑过她的背叛。然而，这样计算无济于事。我不知道怎么算了。本来要等到三月出生的孩子，怎么一月就出生了？究竟是怎么回事儿？这种异常情况，我百思不得其解，而这些解释，全是我的嫉妒之心提供的。我当即确信这孩子是雅克的。九个月前，他不是回来休假的吗？从那之后，玛特就对我说谎了。事实上，她曾发誓说自己在那被诅咒的十五天里拒绝了雅克，好久才向我承认，雅克好几次与她同床了！

我从来没有深入地想过，这孩子可能是雅克的。如果说在玛特怀孕之初，我还可以懦弱地希望孩子最好是雅克的，那么到了今天，我就不得不承认，我以为自己面对的是无可挽回的事实，数月里，我沉迷于自己要当爸爸的幻想中，喜欢上这个孩子，喜欢上这个不属于我的孩子。为什么非得到我得知自己不是父亲的那一刻，才感受到做父亲的一颗心呢！

看得出来，我陷入难以置信的混乱之中，仿佛夜中溺水，不会游泳。什么事儿我也弄不明白了。尤其有一件事我不明白，玛特就那么大胆，给她合法的孩子起了我的名字。有时在我看来，这是对命运的一种挑衅，怪命运没有让这孩子是我的；还有些时候，我干脆认为玛特做事毫无分寸，是情趣的一种过失，而她身上的这类过失，也曾多次令我恼火，但归根结底是她太痴情的缘故。

* * *

 我已经开了头要写信骂她一通。为了面子，我认为也应当给她写这样一封信！然而我心不在焉，思绪早已飘到更崇高的境界，写不出来要骂她的话。

 信我撕掉了，再另写一封，表达我的心声，请求玛特原谅。原谅什么呢？当然原谅这孩子是雅克的了。我恳求她还照样爱我。

 特别年轻的人，就是一只抗拒痛苦的野兽。我却几乎已经安排好我的机遇，差不多接受这是另一个人的孩子。可我的信还未写完，就收到玛特的一封信，满含喜悦的一封信——这孩子是我们的，早产了两个月，必须把早产儿放进暖箱里。"我差点死了。"她写着。这句玩笑话，逗乐了我。

因为我心中只有欢乐的位置。我渴望将这份喜讯告知全世界，告诉我的弟弟们，他们要当上叔叔了。欣喜之余，我鄙视自己——怎么能怀疑玛特呢？这种愧疚搀杂着幸福，使我越发爱她，也越发爱我的儿子了。我在思想混乱中，倒庆幸发生这种误会。不管怎样，在一段时间认识一下痛苦，我还是很高兴的。至少我认为是这样。不过，事物离得越近越失真。一个人险些死了，就以为认识了死亡，而到了他终于面临死亡的那一天，他却不认得了："这不是它。"他在弥留之际如此说道。

玛特在信中还对我说："他长得像你。"新生儿我见过——我的几个弟弟和妹妹，而我知道，唯独一个女人的爱，才能在孩子身上发现她所希望的相像。

"他的眼睛像我。"她还补充道。她渴望看到我们在一个人身上合二为一，唯有这种渴望才能使她认出，孩子的眼睛长得像她。

　　格朗吉耶夫妇再也没有任何怀疑了。他们斥骂玛特，同时却成了她的同谋，以免丑闻"再次冲击"这个家庭。医生是维护秩序的另一个帮凶，他隐瞒早产的事实，并负责向那位丈夫解释，编个理由说新生儿必须放进暖箱。

　　接下来几天没有玛特的音信，我觉得是很自然的，雅克可能就守在她身边。这个倒霉鬼，因"他的"孩子出世而获准休假；对这次休假，我最不以为然了。我的幼稚最后占据了我，想到他这次休假得归功于我，我的脸上甚至泛起了微笑。

* * *

我们家又恢复了平静。

真正的预感，是在我们的思想光顾不到的深层形成的。因此，预感促使我们完成的一些行为，我们往往解释不通……

我由于幸福而觉得自己温柔多了，并为玛特住在那座被我美好回忆神化的房子里感到欣慰。

一个散漫的人不知道自己要死了，突然开始把身边的事务整理得井井有条。他的生活变了。他将文件材料分门别类放好。他早睡早起，改掉恶习。周围的人都拍手称快。这样一来，他的猝死尤其显得不公道。他本可以幸福地活下去。

同样，我的生活复归平静，而这是我赴刑前的梳洗。我有了个儿子，就自认为是好儿子。而且，这份温情使我更靠近了我的父母，因为我心有所悟，我不久就将需要他们的温情了。

一天中午，弟弟们放学回来，冲我们嚷道："玛特死了。"

晴天霹雳，因为突如其来，反而感觉不到疼痛了。然而，陪伴在侧的人却目睹了凄惨的景象。我毫无感觉，父亲却大惊失色，他当即把弟弟们推开，磕磕巴巴地说："你们出去吧。你们净胡闹，你们净胡闹。"我感到全身变得僵硬，发冷，完全麻木，逐渐化为石块。继而，如垂死之人眼前掠过一生的回忆，那一秒我眼前也清晰地展现我的爱情，及其所有荒唐透顶的场景。我见父亲流泪，也跟着抽泣起来。这时，母亲拉住我的手。她两眼无泪，只是冷静而温柔地照顾我，就好像我只是得了猩红热。

头几天我人事不省，家里保持肃静，弟弟们觉得还有情可原。但是随后一些日子，他们就不再理解了。虽然家里从来没有禁止过他们吵闹玩耍，可他们一直保持沉默。到了中午时分，他们踏在玄关石板地上的脚步声，也会使我再度失去知觉，仿佛他们每次都是来向我通报玛特死亡的消息。

玛特啊！我的嫉妒一直追随着她，直到坟墓，但愿死后万事皆空。爱人独自在我们不在的宴席上，与众人作伴，这想法令人无法忍受。处于我这种年龄，心灵还不会考虑未来。是的，我热望玛特去的是虚无世界，而不是某一天我也会与她重逢的新天地。

我只见到雅克一面，那是在数月之后。他听说我父亲拥有几幅玛特的水彩画，就希望看一看。我们总是贪婪地探听有关所爱之人的一切。我很想瞧瞧玛特所嫁的那个男人。

我屏住呼吸，蹑手蹑脚地走向虚掩的房门，到门口时恰巧听见：

"我妻子临死时呼唤着他的名字。可怜的孩子！这不是我活下去的唯一理由吗？"

看到这位鳏夫如此高尚，能克制悲痛的心情，我就明白久而久之，事物的秩序会自行恢复。刚才我不是听见玛特唤着我的名字死去，而我儿子会过上一种合情合理的生活吗？

德·奥热尔伯爵的舞会

Le Bal du comte d'Orgel

(1924)

在这场危险的游戏之中，
"纯洁的心灵"远比
"罪恶的筹谋"更为奇特。

让·科克托为《德·奥热尔伯爵的舞会》所作插图

"恰恰是在这种动乱年代，
轻浮，乃至放荡，
能最有效地促使人相互理解。"

* * *

有如德·奥热尔伯爵夫人的那种情感波动，想必不合时宜了吧？如今看来，本分和放浪如此交混并存，即使体现在大家闺秀和有克里奥尔血统的女子 * 身上，似乎也是不可思议的。人们不再注重纯洁，说纯洁不如放纵来得有情趣，恐怕只是借口吧？

其实，纯洁心灵下无意识的暗流远比罪恶的筹谋更为奇特。我们就将用这种看法，回答

---

* 在安的列斯群岛等地，克里奥尔人通常是指在殖民地出生的欧洲移民后裔（主要是法国或西班牙裔），这一群体的文化既保留了欧洲的传统，也逐渐融合了当地其他种族的元素。

非议德·奥热尔夫人的女人们，一些人认为她太正经，而另一些人则认为她太轻浮。

德·奥热尔伯爵夫人出身名门世家，格里莫阿·德·拉韦伯里家族兴旺数百年，名望无与伦比。这并不表明德·奥热尔夫人的先祖们丝毫不费周折。这个家族引以为豪的是，始终不走其他家族夺取功名、加官晋爵的各种门路。这种处世态度沿袭既久，并非不会遇到险境。路易十三决意削弱封建贵族的权势，就把格里莫阿家族列入第一批名单。该家族的族长受不了这等屈辱，便大张旗鼓离开法国本土，率领格里莫阿家族的全体成员迁到马提尼克岛 * 定居。

德·拉韦伯里侯爵不辱家风，承继先祖们对奥尔良地区农民的影响力，重建统御该岛土著人的威望。他经营了几座甘蔗种植园，既满足了对权力的欲望，又极大增加了财富。

---

* 位于中美洲加勒比海，安的列斯群岛的一部分。

正是在这个时期，我们开始注意到，这个家族的性情发生了奇特的变化。在惬意的阳光下，他们一直僵滞的傲慢态度逐渐融化了。格里莫阿家族犹如一株未经修剪的大树，粗枝细杈向四面八方伸展，几乎覆盖全岛。远渡重洋的人一旦上岛，必得先行登门拜访他们。初来乍到的人，只要发现同他们沾亲带故，发迹也就有了保障。因此，加斯帕尔·塔舍·德·拉帕热里抵岛上岸，就一件要办的事，就是赶去认亲，不管多远的表亲。格里莫阿家族的一个成员娶了塔舍家族一位小姐，这种联姻关系颇为疏远。又过了多少年，尽管有格里莫阿家族的帮衬，塔舍·德·拉帕热里家族依然未能享有很高的声望，甚至还惹起众议诋毁，名望跌

至谷底。正巧这期间，玛丽 – 约瑟芬·塔舍 *
小姐出嫁，乘船回到法国，而结婚公告已经发布，
未婚夫是博阿尔内家族的成员，其父在圣多曼
格拥有多处种植园。

约瑟芬离婚之后，贵族世家中唯独格里莫阿
家族对她丝毫没有责怪。正是约瑟芬告知他们，
法国爆发了革命。他们将这个消息当作喜讯，当
初怎么也想不到，剥夺他们权力的这个家族，竟
然还能这么久把持王位。或许他们初闻这个消息
时，还以为是大贵族们为自身利益发动了这场革
命。然而不久之后，他们获悉法国势态的变化，
反倒怪罪那些被砍了头的人咎由自取，没有效仿

---

* 　约瑟芬·德·博阿尔内（1763—1814）于1779年嫁给法国贵
　族德·博阿尔内子爵，育有一儿一女；1794年成为孀妇，1796
　年成为拿破仑将军的妻子。拿破仑称帝时加冕她为皇后，即成
　为法兰西第一帝国的第一任皇后，1809年因无子嗣而被休。她
　以优雅的风采和传奇的经历闻名于世。

他们抓住好时机，即当路易十三在位 * 时，就毅然离开法国。

格里莫阿家族安居岛国，遥望旧大陆，犹如幸灾乐祸的邻人。他们乐见这场大革命。就说这个小表妹吧，居然嫁给拿破仑·波拿巴将军，岂不滑天下之大稽！然而，等到帝国宣告成立了，他们方始觉得这场玩笑开得太过分了，从而看到革命达到顶点的情景：这场烟火飞腾而起，烟花如雨，勋章、爵衔、财富纷纷散落下来。这场举国的假面舞会，在他们看来实在刺眼了：轻易就改换贵族姓氏，如同安上假鼻子。一场奇特的动荡正在马提尼克岛上发生。转瞬间，这座宜人的岛屿人口锐减。约瑟芬自行组成一个家族，极力联系她所有沾点儿边的远亲，哪管地位极其低微，只要属于旧贵族即可，统统

---

* 路易十三于 1610 年至 1643 年在位，与法国爆发革命的 1789 年相隔近 150 年。但他的统治奠定了法国绝对君主制的基础，为后来的社会矛盾埋下了伏笔。

拉进宫廷。她首先想到格里莫阿家族。格里莫阿家族未予答复。直到约瑟芬被休了，他们才同她恢复联系。侯爵甚至还给她写了一封满是说教意味的信，告诉她，他从来就没把这件事当回事。他的府邸可以作为她的寄身之所。侯爵对帝国的仇恨这才突然爆发，此前碍于他们的亲情关系，他一直隐忍不言。

说来可能令人诧异，我们追随这个家族的历史数个世纪，却装作只看到一个人物，仿佛始终是同一个人物，只因在这里，我们并不在意格里莫阿家族那些成员，仅仅看重延续他们生命的这位女子。要知道，格里莫阿·德·拉韦伯里小姐，生来便属于温柔天空下的吊床，缺乏巴黎女性，或是其他地方的女性，不论其出身所天然具备的那些"本领"。

玛奥出生时，没有受到多么喜庆的欢迎。格里莫阿·德·拉韦伯里侯爵夫人从未见过新生婴儿，这个女人勇敢地忍受了分娩的痛苦，一见到被举着展示给母亲的玛奥，她以为生下个怪物，当场就昏迷过去。这次初见的冲击给母亲心里留下阴影，围绕着小玛奥总是疑虑重重，又见女儿迟迟不会说话，母亲还以为她生了哑巴。

格里莫阿夫人急切地期待另一个孩子，并一心希望生个男孩。她把未来的儿子想得十全十美，具备女儿没有的品性。不料在她妊娠期间，一场特大洪水突袭，冲垮了圣皮埃尔城。侯爵夫人虽奇迹般地获救了，但是一时间，家人还是为她的精神状态，也为即将出世的孩子担心。从此再留在这个岛上，她只能惶惶不可终日，绝不肯住下去了。几位医生也都向她丈夫表明，若违背她的意愿，罪莫大焉。任何道理，即使许诺个王国也劝说不动的格里莫阿家族，就这样于一九〇二年七月踏上了法国的土地。说来也巧，拉韦伯里庄园正在公开拍卖。侯爵怀着为先祖报仇雪耻的信念，收回了家族的领地，自身俨然就是先祖，应路易十三国王之诏回来了。他还以领主自居，此后跟当地农户打了一辈子官司。

格里莫阿夫人后来生下了一个死婴，又因意外患了某种妇女病，从而丧失了生育能力，再也不能做母亲了。尤其那是一个男孩，更加令她痛不欲生了。侯爵夫人消沉下去，恹恹病态，仿佛成了画作中的克里奥尔女人，整日瘫在躺椅上度过余生。

她那颗母爱之心，再也无望得子，不是正好增益几分，放到玛奥身上，爱她更多吗？然而，这个小姑娘生命力太盛，闹腾得过分，反倒大大挫伤了她那破碎的希望。

在拉韦伯里庄园，玛奥活似野藤疯长。她的美貌、她的智慧，不是一天造就的，而是随着年龄日渐丰盈。她在年迈的黑佣玛丽身边找到了真正的温情，而玛丽老妈好似格里莫阿家的一个物件，可以随意使唤，她所表现出来的是一种低声下气的温情，却最像真正的爱。

玛奥离开黑人老妈之后，仍需在拉韦伯里

庄园里成长，格里莫阿小姐就由一位老姑娘接手，她虽家境贫寒，但终究出身外省名门。母亲终日昏昏沉沉；父亲唯一的关切，就是向女儿头脑里灌输，世上没人配得上格里莫阿家的千金。不过，她童年时期那种纯真的活泛劲儿，直到十八岁结婚时才得以恢复。丈夫安纳·德·奥热尔伯爵，其门第在当地相当响亮。玛奥狂热地爱上了丈夫，而丈夫也万分感激，回报给她极为热忱的情谊，自以为这便是爱情了。唯独黑佣玛丽不看好这桩婚事，她指责二人年龄有差异，认为德·奥热尔伯爵太老了。玛丽也随嫁住进奥热尔公馆，不忍离开伯爵夫人了。据说，她那是无事可干了。其实倒是没有确定她的职务，结果各类杂活儿，府上用人都推给她干了，一天下来，黑佣玛丽就累得浑身散了架。

按说，安纳·德·奥热尔伯爵还挺年轻，刚满三十岁。外人不清楚他的声望从何而来，只知道他确立了特殊的地位。他靠的主要不是姓氏。即使门第显赫的人，也得首先有才干。

不过，应该承认，他的才能不外乎世袭的家风，即在上流社会生活特有的社交身手。他父亲刚刚过世，赢得的赞誉中也夹杂着嘲讽。安纳有玛奥这个帮手，一扫原先无聊沉闷的气氛，再次让奥热尔公馆大放光彩。应当交代一句，奥热尔是战后第一个恢复舞会传统的家族。已故的老伯爵如果回府瞧瞧，准会认为他儿子太出风头，在宾客中炫耀自己的才华与财富。这种开放式的做法，经过严格筛选，应是德·奥热尔夫妇社交成功的不可小觑的原因。不过，这也招致一些亲戚的责难。那些人只和身份相当的人往来，总是无聊得要命，因此，对这些亲戚来说，德·奥热尔公馆的舞会，是他们既得以消遣，又能说三道四的唯一机会。

应邀参加舞会的客人中，有几位会让已故的老伯爵不知所措，其中排在首位的，必推年轻的外交官保罗·罗班。他认为受到一些贵族之家的接待，是一种运气，而在他眼里，最大的运气莫过于参加奥热尔府上的舞会。他把人分为两大类：一类是能参加大学街举办的家庭舞会者，另一类则是根本无缘于这种舞会的人。这种分类方式甚至影响了他对人的看法，他对他最好的朋友弗朗索瓦·德·塞里厄斯也这么衡量，暗暗责怪人家白白顶着姓氏，没好好利用自己的贵族身份。

保罗·罗班颇为天真地以己度人。他想都想不到，在弗朗索瓦看来，奥热尔夫妇根本算不上出类拔萃的人，毫无必要千方百计利用这种机遇。保罗·罗班倒是乐得拥有这种虚幻的优越感，并不想轻易罢休。

很难想象这两位朋友性格迥异，却以为彼此相像而结交，关系十分紧密。换言之，他们的友谊只是在尽可能的限度内，推动二人如出一辙罢了。

保罗·罗班一门心思想"飞黄腾达"。有些人天真地认为机会一直等着自己，而保罗则焦虑得跳脚，生怕错过能搭上的机遇。他迷信所谓的"人物"是可以扮演的，只要掌握了合适的时机。

如果他能摆脱掉十九世纪那种虚伪庸俗的矫饰，他本该是个很有魅力的人。

然而，有些人感觉不出深厚的资质，容易受外在的假象迷惑，他们就不敢乱闯，唯恐失足身陷流沙。保罗则不然，他为自己塑造了一个春风得意的"形象"，实际上故步自封，不想改掉自己的毛病。这些缺点像杂草般滋长，渐渐吞噬了他的性格，这无非表明他意志薄弱，但他硬要让人以为他是在耍手腕，觉得这样更为便当些。他慎之又慎，简直到了怯懦的程度，同各界都来往，心想哪里都有必要插一脚。他玩这种把戏，难免会让人丧失平衡。保罗自认为小心行事，其实只是喜欢藏着掖着。为此，他把自己的生活分割为许多格子：他忖度唯有自己能在这些格子之间游走，殊不知这个世界小得很，到处都可能不期而遇。

"我去别人家用晚餐。"弗朗索瓦问他晚上

干什么时，他这样回答。所谓"别人家"，对他而言，就意味着"我的人"。那些人都属于他了，一切尽在他的掌控中。一小时之后，他在晚餐桌上又见到了弗朗索瓦。故弄玄虚耍弄了自己，尽管如此，他就是改不掉这个遮遮掩掩的毛病。

弗朗索瓦则恰恰相反，他就是无忧无虑本身。年仅二十岁，既年轻又无所事事，却能受到有才干的年长者器重。他在许多方面或许轻率，但也具备了一种从不急于求成的智慧。说他早熟，那完全是误解。每个年龄都有其果实，只需懂得如何采摘。然而，年轻人往往急不可待，想要得到那些难以企及的东西，想要一夜长大成人，却忽视了人生各个阶段唾手可得的收获。

总而言之，弗朗索瓦恰如其年纪的模样；四季之中，春季是最为宜人的季节，但也最难把握。

唯独跟保罗·罗班在一起的时候，弗朗索瓦才觉得年纪大了。他俩彼此施加一种相当负面的影响。

一九二〇年二月七日，星期六，我们这两位朋友去了梅德拉诺马戏团。有几台出色的小丑表演节目，将各家剧院的观众全吸引来了。

演出开场了。保罗的注意力，不是投向上场的小丑，而是盯着入场的观众，搜寻熟人的面孔。忽然，他惊跳一下。

从两位朋友对面的入口进来一对夫妇。那男子挥了一下手套，略微向保罗打了个招呼。

"那就是德·奥热尔伯爵吗？"弗朗索瓦问道。

"正是。"保罗不无骄傲地回答。

"他是同谁一起来的？是他妻子吗？"

"正是，她叫玛奥·德·奥热尔。"

一到幕间休息，保罗就形同干坏事的人偷偷溜掉，趁着场内混乱之机，寻找德·奥热尔夫妇。他很想见到他们，不过要独自相见。弗朗索瓦绕走廊转了一圈之后，就推开弗拉泰利尼兄弟的房间门。进他们的化妆室，就像走进舞女的化妆室一般。

　　房间里摆放着一些残旧而气派的物件，已失去了原本的用途，而在小丑的手中，这些物件却更具一种高贵的意义。奥热尔夫妇既然到了马戏团，自然少不了要探望一下小丑们。对安纳·德·奥热尔而言，这不过是出于一种谦和的表现。

　　伯爵一见弗朗索瓦进来，当即就将这姓氏与其面孔对上号了。从剧院的一端到另一端，他能认出每个人来，哪怕只见过一面；除非他别有用意，才会故意认错人，说错姓氏。他继承了父亲的习惯，主动跟素昧平生的人说话。已故的德·奥热尔老伯爵时常惹来刺耳的应答，因为有些人不接受当他好奇心的"猎物"。

　　而此时，房间的狭小使得人们无法彼此忽视。起初，安纳故意跟弗朗索瓦寒暄几句，表明还从未与他见过面。伯爵看出来，没有当即被对方认出，弗朗索瓦显得局促，这种状况显得不平等。于是，他转向夫人，说道："德·塞里厄斯先生似乎不大认识我们，不如我们对他那么熟悉。"玛奥从未听说过这个姓氏，但她早已习惯丈夫的招数。

"我经常要请罗班'安排些活动'，"伯爵微笑着对弗朗索瓦补充道，"我怀疑他没有办好我的嘱托。"

刚才他就见到弗朗索瓦同保罗在一起，也深知保罗有此怪癖，于是就像那些擅长套近乎的人一样说起谎来。

三个人调侃了一阵罗班的故弄玄虚，还决定也开他一个玩笑。安纳和弗朗索瓦商定，装作彼此是老相识了。

这种恶作剧毫无恶意，倒是越过初识，一下子拉近了友谊的距离。安纳热情提议带弗朗索瓦参观马戏团的马厩，就好像那是他自家的设施，殊不知弗朗索瓦早就见识过了。

趁德·奥热尔夫人不注意，弗朗索瓦不时瞟她一眼，觉得她美丽冷淡，心不在焉。她的确心不在焉。几乎没有什么能让她从对伯爵的热切关注中分心。她的谈吐带着一种严厉的优雅，声音略微沙哑，有男性音色，为天真的人所特有的纯正无邪的韵味。比起五官来，嗓音更能体现出身。安纳的嗓音，如果带有同样的天真气，听来就会像女性化的嗓音了。他有一副家族遗传的，并与还保留在舞台上的假声相融合的嗓音。

　　经历一场童话故事不足为奇，只有回忆起来，我们才会发现有多么美妙。同德·奥热尔夫妇的这场相遇，弗朗索瓦还看不出有多么浓厚的浪漫色彩。他们想要戏弄一下保罗，就感到彼此是同谋，关系一下子密切起来。他们甚至落入了自己设的圈套，只因决定了要让罗班相信他们相识已久，自己也就确信无疑了。

　　结束幕间休息的铃声响了。弗朗索瓦一想到这就要跟德·奥热尔夫妇分手，回到保罗身边，不免有些伤感。安纳于是提议换座位，让旁边的一位观众挪一挪，这样他们就可以"待在一起"了。这场玩笑越发美妙了。

保罗讨厌迟到，也讨厌任何会引人注目的举动。他一贯在意他人的看法甚于自己的意见。没有找见奥热尔夫妇，又不善于摆脱路上碰到的随便什么人，保罗已经怨气满腹了，心里正埋怨弗朗索瓦迟不归，忽然瞧见那三人坐在一块儿，简直不能相信自己的眼睛。

安纳一举一动，总有名扬四海的人那种派头，但又不同于老伯爵，他的风度优雅得多，能产生好评的效果。这种自信，或者这种无意识的举止，再次助他心想事成。他只是开口说了一声，便让女引座员调换了两位观众的座位。

安纳和弗朗索瓦相谈甚欢，保罗不善于跳跃性思维，便断定他们相识很久了。他感到受人愚弄了，不由得心头火起，但又极力掩饰自己的惊诧。

安纳洋溢的热情无穷无尽。他表现得像是第一次来看马戏表演，却毫不掩饰自己对节目的熟悉。当小丑上场的时候，安纳还像那会儿见到保罗那样，向人家轻轻扬手打招呼。

因为他经常以一种模糊的方式谈论那些我们称之为"大人物"的人，这样做时总是带着那种谈论自己时该有的谦逊。不过也有时候，提及一位女王，他却颇为不敬，仅仅轻描淡写应付两句，而谈到另一种阶层的人，拿他的话来说即是那些"低人一等"的人，他可是激动万分，详详细细能谈上一小时，如同描绘昆虫的习性那样。只是一旦面对这个陌生的种类，他就不知所措了，干脆摇唇鼓舌，大肆炫耀。这种话多的羞怯促使他做出最糟糕的笨拙举动，色厉内荏，夸夸其谈，像飞蛾扑火般绕着灯光做出疯狂的举动。

战争期间，他得以接近不同阶级的人。正因如此，战争让他十分"开心"。

他收获了这种开心，却丧失了英勇行为的奖赏：他受到怀疑。将军们不喜欢一个喋喋不休的年轻人，怪他毫无敬畏等级的观念，还居然要用德意志的精神状态提升自己的士气，而且并不隐讳，他通过瑞士的途径，跟奥地利籍的几位表兄弟保持通信关系。尽管他多次立下战功，每次都有资格荣获勋章，可是一枚也没有授予他。

这等不公正，在很大程度上，要怪他父亲从中作祟：此公，名副其实，厉害的角色。老父亲固守在香槟地区的科洛梅城堡。他每天都吩咐套车驶出去兜风，还向车夫嚷道："我不相信炮弹长眼睛！"哨兵们问他口令，他就回答："我是德·奥热尔先生。"

老伯爵不懂识别军衔，见到戴军衔的军人，不分中士还是上校，一律称"军官先生"。那些军官进行报复，就搞五花八门的恶作剧，例如借口祖国需要信鸽，住在他城堡的军官就征用了鸽棚的鸽子，当天晚上就做成了他们食堂的佳肴。德·奥热尔先生得知真相，就把这句话挂在嘴边："我不知道霞飞* 先生有何德能，但

---

* 霞飞（1852—1931），第一次世界大战期间西线法军总司令，马恩河战役扭转危局。1916 年晋升元帅。

他手下人可是些骗子。"

不久后，在撤退时，士兵们以鸽舍挡住射击视线为由，下令摧毁了鸽舍。老人拥有鸽塔比拥有城堡还自豪。建起一座鸽棚塔楼，乃是一种封建特权。

因此当我们的军队撤退时，德·奥热尔先生眼看由德国人来占领，也不大觉得遗憾。那些德国军官都敬重他。一个贵族的姓氏，令他们肃然起敬，尤其德·奥热尔这门姓氏，在他们的辞典里占有两三行位置。德国很看重我国流亡贵族的尊名。大革命初始阶段，奥热尔家族就迁往德国和奥地利，到那里落地生根。

等到德国人放弃了科洛梅城堡，德·奥热尔先生就赶回巴黎，不想再见到我们的军官。他赞扬德国，就先行断送他儿子的十字军功章。"普鲁士人的表现无可挑剔。"他一再重复。他那是夸赞他们的文雅举止。

"再者说，"他得出结论，"我们世代的仇敌，就是法兰西。"

安纳还在战斗，他妹妹在前线护理伤员，奥热尔伯爵最终在一次空袭警报中因心脏骤停去世，死于他位于巴黎大学街的酒店地下室，周围是他的家人们。他向他们解释说："那是我们的飞行员，按政府的命令投放假炸弹，目的是让巴黎撤离。"

"您就随我们去参加鲁滨逊城堡的舞会吧。"安纳出了梅德拉诺马戏团，就对弗朗索瓦说道。妻子瞧了瞧他，不胜惊讶。

弗朗索瓦也吓了一跳。他万万没有想到，他跟奥热尔夫妇分不开了，不管他们去哪里。

奥热尔夫妇家的轿车没有副座，后排只能挤下三个人。保罗不惜伤风感冒也不愿错过舞会，他立即上车，并靠着司机。此举意在向弗朗索瓦示威，表明他保罗与奥热尔夫妇的关系相当紧密，不妨坐到最差的位置上。弗朗索瓦坐在他们夫妇俩之间。

"您去过鲁滨逊吧？"玛奥问道。

弗朗索瓦常听到家里的朋友福尔巴赫老夫妇讲起那个村子。弗朗索瓦刚生下不久，他母亲就守了寡，从而搬离圣母院街，长年住到尚皮尼。每当进城用晚餐时，弗朗索瓦就到福尔巴赫家换装，聚会后回来过夜。福尔巴赫夫妇给他讲述他们青年时期的鲁滨逊，弗朗索瓦却从未去过，想象那片田园风光，老年人骑驴遛弯儿，在树顶用晚餐。

停战后那一年光景，在郊区举办舞会成为时尚。任何时尚，只要应需而生，不为搞怪，自会美不胜收。警察管制非常严厉，把不肯早睡的人赶到郊区。乡村舞会夜间举办，几乎都在草地上野餐。

这趟行程，弗朗索瓦真像蒙上了眼睛，说不好走的是哪条路。汽车停下了，他便问：

"到地方了吗？"

他们才刚刚行驶到奥尔良门。等待的汽车排成长列，两侧簇拥着夹道欢迎的人群。自从鲁滨逊跳舞成风以来，到城关附近闲逛的人，以及住在蒙鲁日的居民，都聚到这道城门前，观赏上流社会人士。看热闹的人组成人墙，像恶作剧似的，将脸贴在车窗上，肆无忌惮地朝车内窥视，好看清里边坐着的人。车内的女士只得忍受这种示众的刑罚，还强装出觉得有趣的样子。城市关税征收员动作缓慢，将受罪的时间拖得太长。隔着玻璃窗这样被人审视，被人窥探，正如在大吉尼奥尔剧院观看戏剧时，一些胆小的女人几乎要昏过去。

这些群氓发起的革命，毫无威胁可言。一个新贵夫人会感到项链越来越勒脖子；但正是这些目光，让优雅的女人感到她们的珍珠变得更具分量。那些更加谨慎的，则悄悄地把珍贵的貂皮领子拉高。

细究起来，车里的人远比车外的人念念不忘革命。民众太陶醉于每晚的免费演出了。周末，蒙鲁日各家影院散场后，观众再随意找补点儿观赏的热闹，看上去就像豪华电影继续上演。

看热闹的人群，对当今这些幸运儿，极少

怀有敌意。保罗颇为不安，回头冲朋友们微笑。过了好几分钟，汽车队列还是停着不动。安纳探出头去。

"奥棠丝！"他对玛奥说，"奥棠丝遇了事儿，我们不能不管啊！她的车抛锚了。"

只见在一盏煤气路灯下，德·奥斯特利茨王妃身穿晚礼服长裙，头上梳成冠冕式发式，指挥她的司机修车。她还一边笑着，一边吆喝着人群。一位美国女士陪伴她：韦恩女士是著名的大美女。这种美貌上的声望，如同上流社会的各种名望，被吹捧得过分了。稍有点眼力的人就能发现，韦恩女士的举止并不具备明显的优势，只是徒有其表而已。

德·奥斯特利茨王妃实在雍容华贵，煤气路灯比多枝大吊灯光照效果好，突显了她的风韵。她在群氓之间自如周旋，仿佛她习惯与这些人交往一般。大家都直接叫她奥棠丝，省却呼出她那种过分响亮的姓氏，这样叫起来，她就成为所有人的朋友了。事实也的确如此，除非毫无这种意愿的人，只因她是善良的化身。
不过，一些卫道士也许会为善良感到惋惜。她
自由的生活方式引起了一些家族的敌视。她是
帝国一位元帅的曾孙女，嫁给了另一位元帅的
后裔。在认识他妻子的所有人中，唯独德·奥
斯特利茨亲王跟她若即若离。况且，王妃并不
打扰这位亲王，亲王一生潜心改良马种，总是
不声不响；年轻人还以为他早已故去了。奥棠
丝的相貌，得其先祖拉杜元帅的遗传。元帅年
少时当过屠夫的伙计，一张红脸膛，满头鬈发，
让人自然而然产生疑问：是不是总跟鲜猪肉接
触的缘故？奥棠丝不愧是好妻子，好女儿，深
得普通人的好感，寻常百姓都认为她是美妇。
好女儿，甚至是好曾孙女，因为她非但没有背
离自己的出身，还非常敬重，甚至爱戴曾祖元帅。
她只爱吃中央菜市场的健康菜蔬，有人却指责
她胃口不正常！

　　这代年轻人对待王妃，不像她同代人那样
严厉。品行无可怀疑的奥热尔夫妇也不疏远她。

因而不奇怪，弗朗索瓦还未结识奥热尔夫妇，就早已认识奥棠丝了。

三个男人吻德·奥斯特利茨王妃的手，惹得围观的人哈哈大笑。

弗朗索瓦同奥热尔夫妇已经融为一体，他根本不明白众人笑什么。不仅吻手的举动，奥热尔的声音也同样引人开怀大笑。

有件事情，德·奥热尔夫人怎么也弄不明白，公众的好感这么盲目，不是投向她本人，而是更多地投向奥斯特利茨王妃，投向赫丝特·韦恩，就因为王妃和美国女人穿上晚礼服，不戴帽子，在普通妇女眼里，贵妇人的标志，首先是不戴帽子。

只有一个大高个子，不屑于向王妃表示善意，他站在第二排，口里嘟嘟囔囔："哼！我要是有几颗手榴弹该多好！"他当即惹起众怒，都轻声教训他放老实点儿，别找不自在。那人就转而把恶气发向司机，骂司机"笨蛋"。倒霉的司机满头大汗，每次以为修好了，一发动，突突响几下，发动机就熄火了，还是把汽车撂在原地。王妃就冲那个说怪话的人嚷道：

"别说风凉话，懒蛋，你不来帮我们一把，充什么好汉！"

有时处于某种态势，抛出什么话，就像掷硬币，情况难料了。

"这下子糟了。"保罗心下暗道。

情况正相反，王妃这句话赢得一片喝彩。

喝彩声无疑让大个头儿待不住了，他嘴里还是不干不净——然而，大大出人意料的是，他肯出手帮忙了——他挤开人群，钻到汽车下面，瞬间工夫，车子就能重新发动了。

"给这位先生倒一杯波尔图酒。"奥棠丝吩咐司机。于是，后者从后备箱里取出一瓶酒和几只无脚杯。王妃同施救者碰杯，就彻底征服了众人。

"好啦！喏，上路！"她嚷道。

奥热尔夫妇、弗朗索瓦和惊叹不已的保罗，沐浴一点儿奥斯特利茨王妃的阳光，一道驶往鲁滨逊。

风云突变，就是这样发生的。

热拉尔从前在赌场当过荷官。二战期间为巴黎人组织娱乐活动，敢这么干的加上他，仅三两人而已。他是最早创办地下舞厅的人之一。他惧怕警察，现在一直干违反法令的事，尤其怕算他的老账，为逃避追捕，他每半个月就变换一个场所。

巴黎城里转了一圈儿，各地方都干遍了，又是热拉尔，跑到郊区找小房子替代舞厅，讷伊舞场就名噪一时。连续办了数月，一对对优雅的夫妇，聚到这个罪孽的房舍，将地砖磨得油光锃亮，间歇时就坐在铁椅子上喘口气。

热拉尔每每得手，便利欲熏心，想要扩大自己的经营。于是，他以超低价租下了鲁滨逊城堡。那座巨大的城堡建于上世纪末，是由著名的化妆品制造商杜克出资，为其疯女儿建造的，并且遵照疯女的旨意，利用"杜克"和"公爵"同音同形的巧合，在城堡的标记和简介上，添加了公爵王冠的图饰。

王冠图饰也安装在铁栅正门上，以及主楼门的三角楣上。杜克小姐就守在那里，终生等待那个背弃她的波希米亚人回来。

离奥尔良门几公里处，有人引路，带司机驶向城堡。

保罗不时回头，冲奥热尔夫妇和弗朗索瓦笑一笑。他那微笑可能有不同的意思。可能是"没事儿，你们放心吧，我很好，一点也不冷"，或者，那是宽容的微笑，他隐隐感到，别人在戏弄他……也许他的微笑就像一个孩子乘车兜风时的快乐流露。

奥热尔的汽车一直跟在后面，随着奥斯特利茨王妃的汽车驶入城堡大庭院，车还未停到台阶前，他们就透过车窗张望，瞧见热拉尔所说的侍卫大厅里，摆着一张极大的桌案，四周散乱坐满了穿燕尾服的男人。仅有两个女人，坐在桌案两端。

奥热尔夫妇、保罗和弗朗索瓦在马戏散场后直接赶来，依然穿着白天的礼服。保罗退缩在后，庆幸见识这样光彩夺目的场面，有奥热尔夫妇和德·奥斯特利茨王妃在前面挡驾，也就抵消了他衣冠不整的尴尬。这时，汽车一鸣笛，保罗简直惊呆了，忽见厅里男男女女飞身起来，转瞬间，那张童话布景般的大桌案就不翼而飞了。其中一人大开双扇门，忙不迭地迎候王妃，正是热拉尔那主儿，也不难猜出，围坐在桌案的人必是服务人员，一见顾客到来，便各就各位了。只因近日运气不佳，舞池冷落，热拉尔至少要笼络他这些人员，就拿出为昨天未到的顾客准备的食品给大家分享。他还派出一个"同事"，到路口用手电筒引路，照应初次开车前来跳舞的人。

乐队开始演奏。弗朗索瓦喜不自胜，有了音乐响动，他就可以沉默不语了。他转向德·奥热尔夫人，没意识到自己在对她微笑。

"米尔扎！米尔扎来啦！"德·奥斯特利茨

王妃高声说。果然，国王的表弟偕同几位朋友进来。这个波斯人，大家叫他"米尔扎"，这并不是他的名字，而是他的头衔。大家都采用这种简便的称呼，遂成为友好的名号。

没有什么比米尔扎更"波斯"的了。祖先的奢华以另一种形式在他身上重现。他没有大群妻妾，就连唯一的妻子也已香消玉殒了。他专门收集汽车。新车他总是第一个买家。不待完善，定型，他就买下了。有一次，他驾驶世上型号最大的小轿车，在驶往迪耶普的路上抛锚了，而这种型号的轿车，只有在纽约才能修理。

他对政治狂热，一如他的全体同胞。

米尔扎在巴黎给人一种轻浮的印象，都说这位亲王爱寻欢作乐。原因很简单，哪里沉闷，他掉头就离开。米尔扎猎奇、不知疲倦，也从不纠缠，他追欢逐乐的那种精神头儿，足以证明他毫不执着。

米尔扎对弗朗索瓦，倒是非常友好。弗朗索瓦也回报了这种友谊，他觉出这位亲王不只是拥有可爱的名声。

米尔扎变成一个受人崇拜的偶像，大家认为他具有活跃聚会的特殊能力；一见他到场，气氛就变得热闹起来。这天晚上，弗朗索瓦却把米尔扎视为搅局者。他一露面，就搅动全场。本来，谁也没有想到跳舞，现在都翩翩起舞了。弗朗索瓦却不会跳舞，他万分遗憾，不能搂住德·奥热尔夫人跳几场。

一对夫妻在跳起舞时，能显露出感情融洽的程度。德·奥热尔伯爵和夫人舞姿非常协调，表露出唯独相爱或习惯才会有的默契。

难道说安纳与玛奥的和谐只是源自习惯吗？不然就是伯爵夫人的爱足以包容两个人。她的爱过于炽烈，便感染了安纳，让人以为两人相爱甚笃。这种情形，弗朗索瓦根本揣测不出来。他面对的是相亲相爱的夫妻俩，这种和睦也令他愉悦。他一反常态，体会到一种截然不同的情感——嫉妒心常常在爱之前燃起，但这回他的思绪却停滞了。弗朗索瓦不再试图寻找这对夫妻之间可以插进去的缝隙。他注视着德·奥热尔夫人同丈夫跳舞，高兴得就仿佛同她跳舞的是他本人。他看得出神，满心羡慕他们，都没有回答赫丝特·韦恩的问话，连听都没有听见，一门心思在想，若能如愿获得一种幸福，那么其中要有德·奥热尔夫人扮演的角色，而这份幸福的前提必是安纳和玛奥的和美，而非他们的失和。

德·奥热尔伯爵简直坐不下来了。他跳累了要歇一歇，于是动手配制各种调和酒，他显示出来的何止是酒吧侍者的技艺，简直就是施展巫术。所有人品尝了头一杯，可没人肯再喝一杯，连调酒师本人都没有意愿，唯独德·奥热尔夫人还要喝，因为是安纳调配的，弗朗索瓦就追随德·奥热尔夫人。

韦恩夫人先头就想邀弗朗索瓦跳舞，随后索性放弃舞池，过来坐到弗朗索瓦身边。而他宁愿独自坐着。面对这个美国女人笨拙打趣的话，他深感自己涉世太浅。她所谈论的事情是弗朗索瓦早已丢在脑后的，她却把它们当作前一天的事。她使用一些法语"字眼"，在他听来错误百出。

她极力讨好，极力表现，紧紧抓住一个形象、一个思想，本来不值得探究，她却喋喋不休。刚才品尝安纳调制的鸡尾酒时，有人用了"巫术"一词，她便借题发挥，说到"春药"，自以为巧妙地向他解释，不会惹他反感，悄悄给他讲述，让特利斯当和伊瑟*永世结合的春药，就是这类调和酒的配方。如同各个时代，各个国家其他鸡尾酒的配制，也旨在激发爱情。

弗朗索瓦醒悟了。她这是胡说些什么？他

---

* 《特利斯当与伊瑟》（Tristan et Iseut）是法国中世纪著名的浪漫传奇故事。关于骑士特利斯当的传说，有多种版本，这篇传奇故事流传最广。国王马克派侄儿特利斯当去爱尔兰，为国王迎娶伊瑟。母亲交给伊瑟一瓶药酒，愿她与国王永远相爱。在横渡海峡时，特利斯当和伊瑟误饮了药酒，遂相爱而难舍难分，最终酿成了悲剧。它以爱情与忠诚的冲突，以及命运的不可抗拒为核心，探讨人性复杂的情感深度。

想到唯独他同德·奥热尔夫人喝了一种调和酒，本来她应该同安纳一起喝，而安纳却没有沾唇。

弗朗索瓦以为，赫丝特·韦恩猜出了他的心思，便显露出不安的神色。美国女人见他一番局促不安的表现，心想弗朗索瓦比她想象的还要笨拙，认为有必要调教一番，帮他摆脱傻气。

"凡是这类饮料，"她故作风雅，继续调情，"一定得添加曼德拉草根＊的粉末。我想让谁爱我都办得到，因为我有一株曼德拉草。真值得去我那儿瞧瞧，满世界只有五株啊。"

她于一九一三年到君士坦丁堡集市花了几文钱买的，曼德拉草根似人形，她还以为买了件黑人小雕像。

"我真得给您做个半身雕像。"她沉默片刻，忽然又说道。

"您还会雕刻啊？"弗朗索瓦问得漫不

＊ 欧洲传统中知名的巫术植物，在传说中可用作毒药、解药及春药。

经心。

　　"会的，不专业。我小时候样样艺术都学过。"

　　这个弗朗索瓦究竟对什么感兴趣呢？她心下暗道，自己的话是否太含蓄了。于是她尽力去迎合他，以为这样可以逗他开心，同时传递她那炙热的欲火。弗朗索瓦却有些失礼了，难掩厌烦情绪。赫丝特·韦恩不免慌了神，犹如一个求职的女人，到了音乐厅经理办公室，为了被录用而急于展示自己所有的才能。她向侍者领班借了一支铅笔，随手画出两个并连的"8"字，证明怎么颠来倒去，都是交织连在一起的两颗心。

　　这时，乐队停止演奏，德·奥热尔夫人几场舞下来，有点晕头转向，也疲惫不堪，就随便找了个地方坐下了。可是，对弗朗索瓦而言，那可不是随便什么地方，因为恰好挨在他身边。她看到桌布上画的两颗相连的心。抬起眼睛，无意中流露出询问的神色。

　　美国女人装出羞愧的样子，仿佛行为不当

被人当场逮住似的。弗朗索瓦感到厌恶，居然让德·奥热尔夫人误以为他们之间在合谋什么。

"韦恩夫人这是给我露了一手。"弗朗索瓦说道，回答了玛奥无声的困惑。

弗朗索瓦这话讲得生硬而无礼，玛奥听了毫不反感。她得知这两颗心是由数字组成的，倒认为这种构思很有趣，赶紧在赫丝特·韦恩夫人面前纠正弗朗索瓦的唐突。

"这阵舞跳得我脑子都乱了，"她不免反思，"我想到哪儿去了，怎么能认为这个青年在桌布上画心呢！"

她对韦恩夫人说话表现得十分和蔼，弗朗索瓦想要取悦玛奥，也显得友好多了，而赫丝特·韦恩却以为，她终于征服了弗朗索瓦。

自己这张脸总让人这样端详，弗朗索瓦感到很疲惫。赫丝特那双艺术家的眼睛，不断眨巴着凝视他。

"您保持这种神态，个性就突出多了。要我

给您雕半身像，可得挨累。"

她已经想到，一遍接一遍让他摆姿势了吗？弗朗索瓦以单纯的想法理解她的话，他完全没有想到：韦恩夫人除了唠唠叨叨，还有可能变换别的花样让他挨累。他忘记了这个美国人是一个女人，而且是一个很有姿色的女人。

玛奥掏出小镜子照了照，并不是为了整理姿容，而是像看表一样，想了解是否到了该离开的时间。显然她从镜子中读出了已经很晚的讯息，于是她站了起来。

"你们车上一定很挤吧，"赫丝特对德·奥热尔夫人说，"奥棠丝和我可以带一位。"

她说这话时语气很轻松，但是瞥了弗朗索瓦一眼，足以表明搭乘她和德·奥斯特利茨王妃汽车的人，是保罗还是弗朗索瓦，对她绝不是无所谓的事。

保罗迅速地在心里盘算着。该让他的朋友单独跟奥热尔夫妇，还是韦恩夫人在一起呢？他认为弗朗索瓦更为关注韦恩夫人。

保罗属于运气不佳的赌客，他看到一个赢家，决定跟着下注，总是为时已晚，赢家开始输了，他才跟着下注，双倍赌注，越赌越乱。

他在梅德拉诺马戏团受了戏弄，对弗朗索瓦还耿耿于怀，以为抓机会报复一下，抢了在奥棠丝车上的位置，就能阻止弗朗索瓦的算盘得逞。

实际上，他救了弗朗索瓦。

在车里，德·奥热尔对他的客人说："说起来，你跟赫丝特·韦恩能谈些什么呢？"

对于了解安纳的人来说，这个问题表明，他对弗朗索瓦已经产生了兴趣。德·奥热尔伯爵这个人思想极富情趣，但又特别专断，唯我独尊。他"接纳"人，广交人而不交友。他有点儿好指挥别人，并总是有些主导和控制的意味。

弗朗索瓦听他这样问，颇为吃惊。不过，他也不恼火：安纳正好给了他机会，当着伯爵夫人的面澄清一下。他心里还在怪罪自己，对赫丝特·韦恩态度那么粗鲁，恐怕引起了德·奥热尔夫人不悦，于是，他这样辩解道：

"事情很简单。唯独我不会跳舞，当然很感激她肯来陪我了。"

"这倒也是，"安纳对妻子说，责备的语气是冲他们夫妻二人的，"可怜见的！我们拉他来鲁滨逊，他却不会跳舞！"

弗朗索瓦没有回应。不错，他没有跳舞，但是喝了那魔法般的饮品。

安纳想弥补自己的疏忽，心里琢磨，只有当即发出邀请，才可能将这事儿摆平。

"您何不近日来家里共进午餐呢？"他说道，就好像他与弗朗索瓦相识已久了，"后天怎么样？"

后天，弗朗索瓦不方便。

"那就明天吧。"

德·奥热尔夫人还一直未开口。

安纳如此殷勤恳切，极不合乎她本人的性格，但她觉得这也合情合理。他们很开心，跳完了舞，实在亏欠了弗朗索瓦。

弗朗索瓦曾对他母亲德·塞里厄斯夫人说

过，他会回到尚皮尼家里吃午饭。然而，德·奥热尔伯爵如此信赖他，拿他当知己看待，他没法拒绝人家的盛情邀请。弗朗索瓦接受了，但不知奥热尔夫妇如何安排。他们下午才开始社交生活，通常在家里独自用午餐。因此，他们请来共进午餐的客人，往往是他们不觉得有义务相待的人，而是真正愿意交往的朋友。不过，这类客人，在一天的其他时间，难得有机会踏入府内。可见，邀请共进午餐，既表示友情，又显得不大敬重。然而，弗朗索瓦并不晓得社交这部机器复杂运转的机制。他哪里敢奢求晚宴的邀请，请吃午饭他更高兴。他喜形于色，接受了邀请。

德·奥热尔伯爵喜欢这种兴致。他有奔放的热情，天生情感丰沛，不讲条件，也不加掩饰。伯爵就喜欢在别人身上发现他那种慷慨豪情，在他看来这是贵族气质的最佳标志。他接受多么普通的邀请、多么小的礼物，无不流露出喜悦的神色，这是贵族天性的本色，不要臆想什么都是应该的，或者至少也会掩藏这种想法。像罗班那种人，就总是极力掩饰事物给自己带来的喜悦，生怕显得幼稚，或者受宠若惊。因此，弗朗索瓦这种性情的反应，便赢得了伯爵的心，胜过了任何精心的盘算。

　　清晨五点钟，他们在安茹码头分手。

* * *

"你回来得真够晚的。"福尔巴赫太太见弗朗索瓦九点钟走进餐室，同他们共进早餐，就对他说道。"我听到你回来了，"她又补充一句，"至少是半夜一点钟了吧。"

福尔巴赫太太跟所有老妇人一样，总说自己睡觉很轻，这是一种无心的卖弄。三十年来她和儿子阿道夫就住在圣路易岛上这座老房舍的一楼。福尔巴赫太太七十五岁了，双目失明。她的儿子阿道夫患有脑积水，从小就显得像个小老头。

弗朗索瓦给这个家庭带来了青春气息，当然，他进这个家时，从未注意到有什么悲惨，这两个人本身也没有一丝一毫悲凉的影子。失明的老太太对弗朗索瓦说："你的脸色看起来不太好！"他听到这话一点儿也不惊讶，因为自己的这种生活，对她这样一位老妇是无法想象的——她一辈子每晚九点钟就上床睡觉去了。

弗朗索瓦一到能行使点自由的年龄，德·塞里厄斯夫人就想出了这种一举两得的办法：在福尔巴赫家为他安置一个房间。她每月向他们支付儿子的膳宿费。福尔巴赫太太起初还极力推让，觉得给得太多了。德·塞里厄斯夫人不容分说，坚持这么做。她很高兴抓住了这个借口，既能帮助一点塞里厄斯家族的这两位老朋友，又能对儿子实施一种监督。而弗朗索瓦对这种安排毫无怨言，反而从中得到一种平衡感。

福尔巴赫太太一八五〇年结婚，嫁给普鲁士乡绅冯·福尔巴赫。福尔巴赫是个酒鬼，还是个逗号收集者。收集的方式就是计数但丁的某部作品所包含的逗号总数。每次查核的总数都不一致，他毫不气馁，从头再来。他也是最早一批集邮者之一，在那个年代，收藏邮票的人简直就是疯子。

可怜的妻子盼了十五年后，生了这个"怪物"。她不仅拒绝承认儿子相貌丑陋，还夸患脑积水的孩子："他长了维克多·雨果般的额头。"

福尔巴赫太太怀孕期间，就隐居在鲁滨逊的女友家中。眼看就要分娩了，派人去请助产婆，助产婆却来不了，只得叫来乡村医生。可是，福尔巴赫太太口口声声表示，宁愿像牲口那样下崽儿，也不肯接受男人助产。别人就劝她："当了大夫，就不是男人了。"她嚷嚷得就更凶了。到头来她不得不屈服。几年过后，听说鲁滨逊村的医生死了，福尔巴赫太太坦言这条死讯令她松了一口气。唯有圣人才能如此坦然地承认这种想法吧。

弗朗索瓦面对福尔巴赫太太，常常为自己寻欢作乐的生活感到懊悔。不过，这天早晨，他满心欢喜，憋不住话，就想说说他遇到了什么人，去鲁滨逊这趟游玩的情景，哪怕捎带着讲一讲也好。他心里马上又嘀咕，如果真的问起来，他也实在有点犯难，描绘不出那座村庄。一提起鲁滨逊，福尔巴赫太太脑中往事如泉涌。她没有发问，反而开始了自己的讲述。

这些往事，弗朗索瓦都耳熟能详了。在福尔巴赫母子家，谈话的范围很窄，反反复复说同样的事儿。不过，相比于道听途说外界的流言蜚语，这些往事反倒让他清净。因为听的次数多了，几乎就成了他自己的记忆了。至于阿道夫·福尔巴赫，甚至都确信无疑，自己参加过那些早在他出生之前的郊游。

久而久之，他们相处的状态仿佛不是母子，而是一对老夫老妻。

这户人家把他们残疾的生活安排得井井有条；幸福的细水长流，让弗朗索瓦惊叹不已，也让他从这两个一无所需的人身上，汲取了铭心刻骨的教益。福尔巴赫双眼不失明，又有什么用呢？她就生活在前尘往事中，她所珍视的一切都历历在目，无不铭刻在心。有时，弗朗索瓦坐在她身旁，翻看着相册，其中一册就满是德·塞里厄斯先生的老照片。母亲藏起来，始终未给弗朗索瓦看过父亲的照片。只因德·塞里厄斯是海军军官，当年死在海上，德·塞里厄斯夫人就倍加小心，避免儿子接触到任何可能唤起他对这个"被诅咒的"职业向往的东西。福尔巴赫太太却不以为然，德·塞里厄斯夫人何必对儿子隐瞒遗物呢？这是因为她没有体会过母亲的担忧，做母亲的担惊受怕，对她来说也会是一种幸福。因为她那不幸的儿子阿道夫连人生的一步都无法独立迈出。

福尔巴赫太太虽双目失明，但对相册里的照片了如指掌，心里仿佛烙印一般清晰。她像先知一样对弗朗索瓦介绍："这是你父亲四岁时的样子，这是他十八岁时的样子。这是他在船上的最后一张照片，他寄给我们的。"

"我真希望能和他相处，那该多好。"弗朗索瓦叹息道。这叹息并非针对他的母亲，因为要谈理解与否，必须有共同的关注点。而塞里厄斯夫人的生活充满"内在性"，无论从哪个意义上来说，她的生活都内向、隐忍。而弗朗索瓦的生活则向外展开，像花瓣一样盛放。塞里厄斯夫人的冷淡不过是她深藏的感情，也许是无法表达自己感情的无能。人们都以为她麻木不仁，连她的儿子也觉得她冷漠。塞里厄斯夫人深爱着她的儿子，但她二十岁就守寡，因害怕给弗朗索瓦一种过于女性化的教育，她压抑了自己的感情。像一个家庭主妇看不惯掉落的面包屑一样，塞里厄斯夫人觉得拥抱和爱抚是挥霍情感，很可能消磨孩子的远大志向。

弗朗索瓦丝毫感觉不到母亲是在伪装冷淡，直到他意识到母亲原来也可以有不同的举止。不过，朋友来访的时候，他又看到母亲对别人表现出虚假的热情。德·塞里厄斯夫人态度的这两种极端，弗朗索瓦做了比较，不免暗自神伤。因此，这对母子彼此对对方一无所知，却各自感到痛苦伤心。他们面对面的时候，都那么冷若冰霜。德·塞里厄斯夫人总在想，丈夫若是在世会怎么对待儿子呢？她也就抑制住自己的眼泪。"一个二十岁的儿子疏远母亲，不是很正常吗？"她这样自言自语，"难道我缺乏勇气吗？"按照德·塞里厄斯夫人制订的法则，弗朗索瓦因母亲而产生的失落之情，也在外面得到了安慰。

有一件事困扰着弗朗索瓦，那就是福尔巴赫太太谈论他父亲的方式；只因她幼年时就认识他的父亲，她将弗朗索瓦视为大小伙子，却和他谈论一个孩子，而这个孩子是他的父亲。同样，福尔巴赫家的一些密友，像德·拉帕利埃先生、维古勒船长，就这么说："我非常熟悉令尊。" 跟他谈起他父亲时，就像在谈论他本人一样，仿佛在说一个能寄予厚望的人。

弗朗索瓦·德·塞里厄斯在这群老人中享有相当高的声望，他成为他们与青年和解的纽带。他肯倾听这些老年人讲话；单凭这种善意，别人就预言他有出息。福尔巴赫太太的朋友们都说，他头脑一点儿也不发热，不像如今的年轻人那样疯疯癫癫。而且，大家都称赞他谦虚，因为每当被问到学业时，他总是不作答，岔开话题，重新将谈话引回追忆往事。到福尔巴赫家的人，谁都不会认为，这个如此善于倾听的年轻人，是个懒惰的人。

福尔巴赫一家的生活，除了接待这些朋友之外，就是致力于"拯救中国儿童"了。至少，这项事业一直坚持到一九一四年。弗朗索瓦童年时期就很着迷，觉得这项慈善事业很神秘。他仅仅知道，收集邮票能为中国的孤儿筹集善款。弗朗索瓦家族就有了这种传统，无论姆母姨娘，还是堂姐表妹，都尽量为阿道夫收集邮票。阿道夫像父亲收集逗号一样一丝不苟地清点核对别人送给他的邮票，一旦达到规定的数量，他就寄给慈善机构。

阿道夫为了慈善事业，自然不会放过冯·福尔巴赫的集邮。这样一来，在这项平等事业中，"法兰西共和国邮票"虽无价值了，却夹杂着毛里求斯岛的珍贵邮票，其中一枚的价值，就足以救助所有的中国孤儿了。

一九一四年战争爆发，改变了阿道夫的营生。大家不再给福尔巴赫家送邮票，改为送报纸了。阿道夫和母亲就把那些假消息裁剪成护胸，用以御寒。福尔巴赫太太甚至还编织了手套、毛衣、毛袜和风雪帽。

福尔巴赫母子每年都在尚皮尼战役 * 纪念日这一天，去塞里厄斯夫人家吃午饭。那天一早，弗朗索瓦会租辆车去接他们。无论如何，他们都不会错过这个仪式。

福尔巴赫太太和阿道夫都是爱国者同盟的成员，他们在尚皮尼战役打响的地方参加纪念活动，为那些演说热烈鼓掌。而冯·福尔巴赫倒下的地点却是在对立的一方，因为当一八七○年普法战争爆发时，他正巧去了普鲁士，领取

---

* 普法战争（1870 年至 1871 年）中的一场战役，双方都死伤惨重。
尚皮尼战役纪念活动多在战役发生的日期（11 月 30 日至 12 月 2 日）举行。

一小笔继承的遗产。因此，阿道夫在尚皮尼纪念碑前投掷的花朵，既是作为福尔巴赫之子的献花，也是以爱国者同盟成员身份的献礼。

* * *

德·奥热尔伯爵刚一落座，就投入了他所谓的谈话，那其实是一大段独白。为了给他的客人"定位"，他往独白中嵌入大量姓氏，借此观察弗朗索瓦是否熟知。这次迂回的测试结果令德·奥热尔伯爵相当满意。他暗自庆幸，热情地对待弗朗索瓦，他做得完全对路。

弗朗索瓦一向欣赏健谈的人，不是因为他们说了什么，而是因为他们让人有机会保持沉默。然而这次，他却因为无法插话而感到恼火，而安纳打断他说话的方式，虽然带着奉承，却令他更为不悦。每当弗朗索瓦刚要开口，安纳便大笑不止，头向后仰，笑声里透着某种不自然，音调尖锐而奇怪。"没想到我居然这么幽默。"弗朗索瓦心里想着。安纳不仅对他的每句话大笑，热烈地赞同，尽管那些话其实十分平淡无奇，甚至还称赞他绝妙、出色、令人钦佩，并将他的句子复述给他的妻子听。

这种行为让弗朗索瓦尤为不安。因为安纳复述弗朗索瓦的话时，原原本本，逐字逐句，就仿佛他在翻译一门外语，而玛奥基于夫妻的恩爱，似乎只有当安纳说话时才真正听得进去。安纳这么做，无非是要牢牢掌握谈话的主动权。哪怕是饮酒和用餐时，他也腾出一只手来比比画画，阻止别人抢话头儿，迫使别人静默。这种手势已经成为一种习惯性动作，即使像今天这样，丝毫不必担心被打扰的情况下，他的手还是不断地舞动；对面是从不轻易开口的妻子，以及不爱说话的弗朗索瓦，他们都不是他的对手。

弗朗索瓦越发觉得，今天的奥热尔伯爵比前一天更符合那些不喜欢他的人对他的刻薄描述。他还惊讶地发现，自己昨晚经历的一切——无论是那场晚会还是与伯爵的相处，现在看来都显得如此平庸，甚至充满了世俗的虚伪。他再也无法看到昨晚曾让他感到惊奇的东西，而那种原本存在的默契，现在只不过成了一种对保罗·罗班的提弄。因此，当他们移步到客厅时，弗朗索瓦在心里盘算着怎样找到合适的借口，尽快告辞。

客厅里炉火正旺。这座壁炉的柴火，唤起了弗朗索瓦对乡间生活的回忆。火焰融化了他内心凝结的寒冰。

他开口说话了。话语非常实在，实在得未免离谱，德·奥热尔伯爵乍一听真有点儿反感。安纳怎么也想不到，有人能说出"我喜欢火"这样的话。德·奥热尔夫人则相反，脸上的表情开始活泛起来了。她坐在皮垫长凳上，视线高出炉前的挡火板。弗朗索瓦的话，宛如野花的清香，让她精神一爽。她张开鼻翼，深吸了一口气，微微松开了双唇。他们两人谈起了乡村。

弗朗索瓦想多烤烤炉火，就把扶手椅挪近了些，把咖啡杯放在了德·奥热尔夫人所坐的长椅上。安纳则蹲在地下，面对高大的壁炉，仿佛对着歌剧院舞台，安安静静，老老实实，就好像他一贯如此。

出了什么状况？安纳·德·奥热尔生平第一次成了旁观者。他享受着他们的对话，但并非因为它所表达的内容，而是因为那对话的音韵。对伯爵而言，乡村很空洞。大自然必须得到王室的庇护，才能让他体会到其中的魅力。他就像他的祖先一样，除了凡尔赛宫和其他两三个类似的地方外，大自然的其他区域对他来说就是一片未知的原始森林，是一个真正的贵族"绝不会贸然涉足"的地方。

此外，这是安纳·德·奥热尔第一次看到他的妻子脱离了她平时的光环和那些让她分心的事物。他觉得玛奥有一种不一样的吸引力了，仿佛她成了另一个人的妻子一般。

"多遗憾啊，安纳，您跟我的兴趣不一样。"

玛奥说到兴头儿上，便脱口而出。

她随即冷静下来，意识到此话不妥，未免轻率，是个毫无意义的失误。然而这些从未被她说出口，甚至从未想过的话，却意义深远。安纳和玛奥之间的差异是深刻的，这正是历经几个世纪，格里莫阿家族与奥热尔家族之间的差异，好似昼与夜之差，亦即宫廷贵族与封建贵族的对立。不过，奥热尔家族总有好运眷顾，本来是小门小脉的贵族，却日益发迹，没费什么周折，就独因为与早已消亡的奥热尔家族同姓，而这个家族的姓氏在维尔阿杜安＊的专著中，往往同蒙莫朗西＊的姓氏并驾齐驱。他们

＊　维尔阿杜安的若弗鲁瓦（1150—1213）是一位法国骑士和历史学家。他的著作《征服君士坦丁堡》是现存最早的以法语撰写的历史作品之一，也是一部具有重要史料价值的中世纪纪实文学。

＊　蒙莫朗西，法国最显赫的世族之一，12世纪发迹，历代出了不少朝廷重臣，如法国王室总管、陆军统帅等。直到20世纪初期，该家族的成员，如斯万等，还出现在普鲁斯特的《追忆似水年华》中。这个名字被视为法国贵族文化和历史的重要象征。

因势利导，成为完美的廷臣。他们的姓氏就排在首屈一指的显要位置。

因此，德·奥热尔伯爵撒下弥天大谎，炫耀他那根基深厚的家族的荣誉，大家听了可能都极为惊诧。然而在他看来，谎言并非谎言，只是用来激发想象力的工具。说谎，就是用形象说话，夸大某些精微奥妙的事物，有利于那些不如他敏锐，对细微差异迟钝者的理解。对这类幼稚的骗术，保罗之流就会惊叹。德·奥热尔伯爵甚至不惜使用一些充满戏剧性的手段，认为他这公馆的地窖就是极佳的舞台布景，仿佛在黑暗之中，人们就辨识不清真假了……比如有一天，有一枚德军发射的炸弹炸伤了躲进地窖的父亲，再比如革命初期，路易十七曾藏匿于此。

玛奥和弗朗索瓦早已沉默无语了。安纳也拖长他静默的时间，仿佛一个还不愿意丢下一件新玩具的孩子。静默是一种潜伏的危机。

德·奥热尔夫人等着丈夫决定打破它，因为她认为自己无权这样做。

电话铃声响起。

安纳便站起身，拿起听筒，是保罗·罗班打来的。

"有人要和您说话。"安纳应酬了几句后，拉了拉弗朗索瓦的衣袖。

"是你！原来是你！"保罗一听出弗朗索瓦的声音，说话也结巴起来了。他心里嘀咕，又跟奥热尔夫妇混在一起！这场闹剧是怎么回事？非得弄个水落石出不可。

他却忘了自己从来不空闲，他的每小时，每半小时，都自称排得满满当当，此时他竟自毁虚撑的架势，痛快地对弗朗索瓦说道：

"你能跟我一起吃晚饭吗？我想跟你谈谈，也很想见见你。"

弗朗索瓦只待回尚皮尼，没有任何别的事可做了。他再次推后了回母亲身边的义务。

"千万别挂断电话，我还要跟德·奥热尔先

生说几句话。"

纨绔子弟说话要省去小舌音，以免有损自己优雅的神态。我们的时代，怕人耻笑到了滑稽的地步，竟受制于这样一种怪癖。保罗·罗班修炼这种荒唐的廉耻心，这是现代的趋势，即听到一些严肃的字眼，一些敬语，不愿意显得信以为真。为了不对这些话负责任，他总是用一种仿佛加了引号的方式来说，表现得好像自己概不为此负责。

保罗便身体力行，每次使用陈词滥调时，他总要深吸一口气，或者轻声一笑，从而表明他并非轻信这些话。不愿上当受骗，这是保罗·罗班的病，也是这个时代的病。有时这种病态竟然促使人去欺骗别人。

任何器官的发育或萎缩都取决于它的活动程度。保罗对自己的心小心翼翼、保持戒备，结果却是几乎失去了那颗心。他以为这样能让自己更加坚强，无懈可击，实则是在逐渐摧毁自己。他完全误解了自己所要追求的目标，而这种慢性的自我毁灭，恰恰是他内心最为得意的部分。他以为这样会更好地生活下去，但到目前为止，唯一能彻底停止心跳的方式，就是死亡。

保罗请"德·奥热尔先生"听电话，语气仿佛就加了引号。

安纳接过话筒。保罗的好奇心显然无法等到晚饭时间，他声称有紧急的事情要与奥热尔夫妇商量。他可以现在就过来吗？

保罗这等性情，不会有什么急不可待的秘密要托付别人，也不是那种无法等待的人。

"这可怜的保罗，昨天晚上，我们无心开了个玩笑，就搅得他心慌意乱，"安纳说着，挂断电话，"他好像以为我们在密谋对付他。"

电话铃声打破了刚刚美妙的氛围。弗朗索瓦心里暗想："保罗这套系统还真管用。我开始理解他那些规矩了，也明白为什么见朋友会让他如此不快。不过，他也应该把这套方法用在别人身上才对。"

的确，保罗的行径，就像那些乡下的邻居，随便找个借口就登门，想着能捕捉到什么秘密，心里还很得意给人家制造了慌乱。

那么，突然闯到奥热尔家来，能发现什么情况呢？玛奥的举动引人猜测。

"我出去一下。"她说道。

安纳不禁惊愕：这一突如其来的决定何其不当。

"您也知道车不在这里呀！"

"我想走走。再说，我刚才完全把安娜婶母忘掉了。她会怪罪我的。"

安纳的脸上，摆出了一副像演员那样夸张的惊讶表情。惊讶是由衷的，表情却过分夸张；他睁大了双眼，犹如人们举臂呼天。他那姿态明白无误地表示："我妻子发疯了，不知道她犯了什么毛病，也不晓得她为什么说起谎了。"弗朗索瓦坐在那儿，显得很不自在。

安纳还力图劝阻，玛奥的目光猛然投向房

门，形同一只嗅到危险的狗，而主人从其举动中仅仅看到了任性。她伸手给弗朗索瓦吻一下以示告别。

在街角，保罗回头看了一眼刚刚与他擦肩而过却没看见他的德·奥热尔夫人。此时的他，仿佛是那个法庭的使者，而每个人都需要向法庭交代自己的行为。

保罗走进客厅，脸上带着一副仿佛在办案的表情。然而，无论安纳、弗朗索瓦，甚至保罗自己都说不清楚，他到底是在查什么案子。他站在那儿，不脱大衣，活脱脱一名警局探员。德·奥热尔夫人不在现场，这让他心里焦虑不安。保罗不禁想：有她在场，就十有八九可能向他解释他想了解的情况，她这一避开，也许恰恰是为了不让他了解真相。

"我进来看看，略停一下就走。"保罗说道。

"何必特地跑来一趟呢？"安纳说道，语气带点儿挖苦，用以对付保罗每次的信口胡说。

"你们这是打算到哪儿吃晚饭？"他问两位朋友。

他们提到了一家他们经常光顾的小酒馆。"我们就在家里用餐，"安纳说道，"或许晚饭后，可以去找你们。"

伯爵又犯了这种"心血来潮"的老毛病，把人推向那种不适当地频繁见面的危险。

保罗和弗朗索瓦一同离开了，但二人很快各奔东西，各自处理自己的事去了。

德·奥热尔伯爵的舞会

* * *

晚上，弗朗索瓦第一个到了约好的地点。侍者告诉他，德·奥热尔伯爵打来电话，非常抱歉晚饭不来了，并请德·塞里厄斯先生次日上午给他回个电话。

果如所料，德·奥热尔夫人出去，漫无目的地走了一阵，回来便喜气洋洋，能同安纳单独度过一个夜晚了。安纳见状，甚至未敢向她提及外出的打算，趁她短暂离开客厅的时候，打电话取消了约会。

整整一个夜晚，安纳·德·奥热尔神游体外，玛奥则心不在焉。为了感受二人世界的欢乐，她就必须一门心思想着这种欢乐。两个人几乎没怎么交谈。然而，德·奥热尔夫人并不担心，只因她认为安纳和她情投意合，这种状态便极其自然。况且，只要同妻子单独在一起，安纳就难免驰心旁骛，滑向无绪的忧伤。这怪不得他的心情，安纳实在喜欢热闹，只有身在人声鼎沸、灯火通明的厅室，人为制造的欢乐气氛中，他才如鱼得水，特别自在。

保罗和弗朗索瓦两张嘴，一分钟都没有闲着。两人各自舍弃了一部分个性，尽量迎合对方，他们比拼着谁能更好地隐藏内心。他俩戴上了十八世纪坏小说人物的面具，而《危险的关系》* 则是这类小说的巅峰之作。那些同谋者，每人都用臆想的罪恶抹黑自己，以便愚弄另一

---

* 《危险的关系》（Les Liaisons dangereuses）是法国作家肖代洛·德·拉克洛（1741—1803）创作的一部书信体小说。此书主题为爱情的诱惑与技巧，被奉为法国文学史上的经典之作。

个人。

保罗不敢问起关于奥热尔夫妇的事儿，等待对方主动谈论他们。为了激发对方透露私密，他就率先讲述回城路上，他坐在奥斯特利茨王妃和美国女人中间的情形。

"她一直不肯对我们讲，你究竟干了什么，或者对她说了什么，不过，她不会把你带上天堂。在她眼里，法国男人全是一路货色。他们只想着一件事。总之，奥棠丝和我，我们竭力劝她冷静下来。"

弗朗索瓦微微一笑。他忍住了，没有说出如果赫丝特·韦恩所抱怨的是相反的情况，他会更加理解。不过，他也没有炫耀自己如何粗鲁无礼，尤其他已经听出，劝美国女人冷静下来，应是保罗一己之力。

这段插曲引起了兴头，弗朗索瓦终于决定，不再折磨保罗的好奇心，向他讲述了自己是如何在小丑化妆室里结识了奥热尔。保罗长出了一口气。这无足挂齿了。他赢得了赫丝特·韦恩的青睐，此恨也就大大扯平了。不管怎样，他还是觉得他这位朋友相当厉害，初识的当天，就"争得"邀请的厚爱。

保罗陪着弗朗索瓦，一直走到巴士底广场才分手。弗朗索瓦从那里乘末班车回尚皮尼。这班车人称"剧院号"，总是在最后一刻装满了特殊的旅客。主要都是男女演员，大多住在拉瓦雷讷城郊。他们卸妆马虎的程度，取决于剧院离火车站远近。不能依据这趟火车，就断定巴黎戏剧演出有多兴旺，因为车厢里遇到的演员比观众还多。

弗朗索瓦赶早了。他登上了一节车厢，里面已经坐了一家体面的人，是刚散场来乘车的。他们散发着一股樟脑丸的气味。小男孩非常得意，受命保管车票，他就模仿父亲的做法，将车票半插进袖口的翻边里。一家之长拿着老式折叠高筒礼帽，一手托着，一手好像抚摸着动物。他用这顶帽子做道具，做出各种各样的滑稽动作，不让孩子们困倦。他以小丑的口音伴随着滑稽的解说，惹得孩子咯咯笑出了眼泪。末了，他右手一巴掌下去，将礼帽拍成一张黑黑的烘饼。

"车票没弄丢吧，小鬼头？"父亲总担心，不时问一句，"要不可就白买头等票了！"

那位母亲和她的大女儿因为弗朗索瓦的存在，为这直性子的先生感到丢脸，便埋头于刚看完的演出节目单。当两个孩子欢呼雀跃时，她们摇了摇裹上纱巾的脑袋。她们微笑着，笑容中带着不以为然。

弗朗索瓦被这母女的"默契"弄得有些不自在。一家之长还是喜气洋洋，对他来说，这一天就是过节，但这一天的特殊性，却让这两个女人备受煎熬。她们认为日子每天都可以这样过。至少，她们也乐得让弗朗索瓦这样一个陌生人相信，这就是她们的日常生活，穿这样的衣裙，常去看戏，乘坐一等车厢。然而，她们家的笨男人，什么都给败露出来了。

弗朗索瓦最厌恶的，莫过于那些出身中下等阶层的女人对自己赖以生存的男人感到羞耻。

母女二人心头火起，便不再强装笑脸，而是绷得紧紧的了。这时，父亲又笼而统之，大谈整场戏剧的趣味，称赞演员的出色表现，称赞在餐厅的晚餐，称赞车厢座椅的柔软……

母女俩就跟他的欢欣鼓舞唱反调："车厢这么脏，有个演员就根本不会演戏……"她们心里有主意：有见识的女人就应该发发牢骚。唉！这世间，从下到上，人人都抱有这种想法。

这两个女人之所以做戏，就是感到弗朗索瓦是一位上流人士。她们无法想象，他宁愿欣赏那个"扫兴鬼"的率真，也不想理会她们那愚蠢的虚荣。而那个"扫兴鬼"对此一无所知；他从两个孩子身上得到些许安慰，他们还没有受到不平等意识的误导，因而快乐得无拘无束。再说父亲，他抚摸着高筒礼帽，不是因为得意，而是觉得有趣，同时兴冲冲地想到，他要务工，很快又得出门了；母女俩这边，礼服让她们感到不自在，母亲心想明天就换上围裙，同样，女儿也要换上售货员的罩衫。

这家人在马恩河畔诺让站下车。车上这幕场景大大伤害了弗朗索瓦：他处于当晚的心绪，这场景的影响具有决定作用。

迄今为止，德·塞里厄斯夫人在她儿子的生活中所扮演的角色，仅仅是一位母亲责无旁贷的角色。弗朗索瓦绝非逆子，不过，二人的性情使然，如上所述，彼此不能交心，很少对彼此吐露任何真正有意义的东西。火车上的那一幕，以微妙的情感转折触动了弗朗索瓦，使他想起德·塞里厄斯夫人，那对母女所感到的羞耻，也促使他审视自己对家庭的情感。

弗朗索瓦感到自豪。为自己的姓氏骄傲。他这种自豪，是基于对先祖的虔敬，还是纯粹的自尊呢？这正是他要想透彻的事。塞里厄斯家族的爵衔并不显赫，但德·塞里厄斯夫人则是一位真正的贵妇，因其生活的简朴，常常自认为是一个平民，而一般妇女通常则相反。毫无疑问，她是在姓氏门第的荣耀中培养起来的，不过，她在这种自豪中，看到的仅仅是子孙欠的一笔恩情债。她认为所有人，包括出身最卑微的人，都应该具备这种感恩之心。可这想法本身，是否已然透露了高贵的出身？

她早早结婚，而德·塞里厄斯先生的海员职业，又让她习惯了在丈夫去世之前就守活寡。既因天性孤僻，也是敬重丈夫，她对像收养孩子般接待她的贵族之家，早就已经表现出不大趋奉了。继而，丧夫之痛更使她深陷于这种懒得走动的状态。她只限于同德·塞里厄斯先生的亲戚来往。

这个家族的成员，多为老小姐、老妇人，时时处处见识短，心胸狭隘。德·塞里厄斯夫人只跟她们接触，久而久之，便沾染了旧市侩对贵族的偏见，却没有意识到，她非议的正是自家人。尽管如此，她为人处世的方式，仍不断地证实自己的出身。她的行为方式，大大出乎她婆家人的意料，他们就归咎于她性格古怪，没有涉世经验。

因此，在弗朗索瓦的教育问题上，他们对她颇有微词。他们很难理解，她放任一个二十岁的青年无所事事，还不操心为他开辟一条职业之路。其实，也并不像德·塞里厄斯的姐妹、堂姐妹想象的那样，德·塞里厄斯夫人是出于高傲，或者基于她的家产足够丰厚，以至于儿子无须做任何事情。仅仅是因为她不像小市民那样对懒惰抱有偏见，心想绝不能操之过急，甚至不顾对上流社会的憎恶，还认为一个年轻人，需要一些轻浮的生活体验。

也许弗朗索瓦领悟不透母亲高尚的情怀，因而他在自行安排的生活中，往往倾向于夸大个人的才华，也不想一想，他之所以能出入不会轻易接待人的府邸，恰恰因为他有一副世家子弟的品貌，这是别人弄不明白的事。譬如，奥热尔家的青睐，部分原因正是他们从平常中寻得了些许新奇的乐趣。

弗朗索瓦目睹火车上的场景，心中烦乱，不由得叩问自己："会不会在某些时刻，我就像车厢里的那些女人？"要知道，这颗坦荡的心就是想要强迫自己承认，他没有把母亲放到足够高的位置。他自责没有让母亲参与自己的生活，就好像以她为耻似的，也的确是感到羞耻的缘故，方向却反过来，仅仅因为他还没有遇到值得引见给他母亲的人。

总而言之，由火车上那幕场景引发的这一连串扪心自问，最终导致这样的供认：但愿能将德·奥热尔夫人引见给他母亲。

年轻人碍于羞耻心和自重，总向母亲隐瞒自己的情人，可当他真的打算与某人结为连理时，他便会第一时间向母亲倾诉。

* * *

弗朗索瓦一觉醒来，首先就想到母亲。他从未如此急切地想见母亲。

德·塞里厄斯夫人出门了，午饭的时候才能回家。弗朗索瓦就找点事儿排遣，看书，写东西，抽烟，不过，无论做什么，他只为保持常态。他在等待。

除此以外，他什么也不干……突然，他的心头猛一惊跳。是谁刚刚对他说了：他还没思念德·奥热尔夫人吗？他佯装等待他母亲吗？两个问题同样荒唐，也同样毫无意义，据他估计，只能是外面来的提示。"我为什么要思念呢？"他不免尖刻地自言自语道，"这样等待为什么就是佯装等待呢?"他干脆就等到明天,再给奥热尔夫妇打电话。

他惊叹自己行动如此自由,殊不知真正奇怪的是,他竟需要向自己证明自己是自由的。

在漫长的等待中,弗朗索瓦几乎忘了自己在等谁。直到塞里厄斯夫人亲自来叫他下楼吃午饭。

弗朗索瓦用一种全新的眼光打量母亲。他从来就没有注意到,母亲还这么年轻。德·塞里厄斯夫人今年三十七岁。她那容貌看上去比实际年龄更年轻。正如她的年轻不易被察觉一样,她的美丽也并不显眼。或许,她缺乏的是与这个时代的契合感?

她容貌酷似十六世纪的女子,那是具有标志性的法国美人的世纪。但是如今看来,那些美人肖像画令我们黯然神伤。我们的审美理想已经与那时相去甚远了,恐怕我们都不会为了

瞻仰内穆尔＊为之销魂的那位美女的仪容而在
珠宝店的橱窗前驻足片刻。

如今评价女性，我们只取其柔弱了。德·塞
里厄斯夫人坚毅的面部轮廓，使她的美看起来
缺乏柔和的韵味。这种美遭受了男人的冷遇。
唯一欣赏她的男人已不在人世。德·塞里厄斯
夫人为他保持身心洁净，甚至不允许自己被那
种贪婪的目光玷污，就好像一定能与他重逢似
的，而世间最正派的女人，也无法完全逃避那
种贪婪的注视。

德·塞里厄斯夫人丝毫没有察觉儿子投向
她的目光。可是，她已经有点儿不自在了，她
感到局促了，就像对别人的关切感到不习惯的
那种人。一旦态度有所改变，他们便不由自主
地想弄明白这究竟意味着什么。弗朗索瓦变得

＊ 内穆尔公爵（1814—1896），七月王朝的国王路易－菲利普一
世（1830 年至 1848 年在位）的次子。

温柔了。这种温情让母亲以为，儿子意在寻求宽谅。"他干了什么事儿呢？"德·塞里厄斯夫人心里马上嘀咕起来。平时儿子吃完午饭便很少留在客厅，现在却迟迟不走。弗朗索瓦无法停止注视母亲的新形象，必须要深究其中的原因。

德·塞里厄斯夫人终于慌了神儿，站起身问道：

"你没有什么特别的事儿要对我讲吧？"

"没有，妈妈。"他回答，自己也深感意外。

"那好，我还有事要忙呢。"

说罢，她便离去了。

弗朗索瓦如游魂般在屋子里徘徊。他本来打算留在尚皮尼，陪伴母亲一整天。母亲却一走了之。他在屋子里闲逛了一阵，又到花园里待了一会儿，接着便上楼回自己卧室，挑了一本书，没有翻开就躺下了。

他在床上翻来覆去，好似一个安稳不了的病人。他究竟需要什么药方？在那种烦躁中，仿佛只要有只清凉的手安抚他，就能给他退烧。但他并不认为这只手属于某一个特定的人。

他模模糊糊感到自己爱上了，只因体会到十分明显的冲动，才有朦朦胧胧的感觉。然而这一冲击，他害怕直呼真正的名字。按说，他还没有修炼得多么精微细妙，对自身有多强的羞耻心。他向来对自己坦诚，不曾对欲望遮掩丝毫，而如今却对某些想法设下禁忌。他从不压抑自己的情欲，思想上就更不约束了，如今却刻意掩盖自己的某些心念。

他似乎终于意识到，与其注意举止礼仪这种外在的形式，不如注重心灵与灵魂的礼数——那才是每个人自己真正能掌控的事。为何不能对自己也体面些呢？他开始为自己以往对自己的轻视感到羞愧：他对自己的敬意竟然不如对他人的礼貌。他对自己坦白过的某些情感，甚至连别人也未曾得知，这让他自责。然而，在这份追求纯净的执念里，他却走得太远……甚至变得有些虚伪了。

弗朗索瓦爱上了德·奥热尔夫人，因而怕惹她不愉快。正是不愿惹她不高兴，才不去想玛奥，因为他觉得自己的任何念头都配不上她。

爱情在他心里扎下根，扎得很深，甚至他自己都探不到底。弗朗索瓦和许多年轻人一样，都形成这样的心理机制，只能感受最强烈最直白的冲击，也就是被最粗浅的情绪所驱动的感觉，比起这种初萌的爱情，见不得人的欲望更容易搅动他的心绪。

当邪恶的念头闯入我们心扉时，我们会感觉到危险。此念一旦安顿下来，我们便可以与之相安无事，甚至不再理会它的存在。弗朗索瓦不可能长时间自欺欺人，充耳不闻内心涌动的喧嚣。他甚至不知道自己是否爱德·奥热尔夫人，更不清楚究竟该责怪她什么，但无疑，她是唯一的"罪魁祸首"。

他渴望摆脱静止，渴望摆脱孤独。他感到满怀温情。他回想起德·塞里厄斯夫人本能的局促不安的神情，但他确实想要有个人陪伴，便回想起一位久未见面的女性朋友，也许对方正因他的疏远而感到失落。他动了去找她的念头，然而最终没有行动。这是一种迷信在作祟：他隐约觉得这样做会背叛奥热尔夫人，而这背叛会为他招来不幸。

* * *

　　第二天下午，弗朗索瓦到奥热尔夫妇家吃茶点，他感到与安纳的友谊依旧完好无损。这种友谊，不过是一颗天真的心在骚动而已。一路上，他都在自言自语："我爱玛奥。"并且期待面对她时，会有奇异的感觉。然而，当他面对她时，内心却一片平静。"莫非我错了，仅仅对安纳有这份友爱之情，对他的妻子则毫无感觉？"

　　弗朗索瓦的爱情理念，可以说早已成形。不过，这些观念是他自己构建的，他便以为它们量身定制，殊不知它们只是基于一些毫无活力的情感勉强裁剪而成。弗朗索瓦按照前车之鉴，误判了他的爱情。

为什么会被安纳吸引？不是应该嫉妒吗？他知道德·奥热尔夫人爱安纳，而他非但不把安纳视为情敌，相反还觉得他是个值得信赖的朋友。他并不介意玛奥身边有这个人。弗朗索瓦也力求打消这类匪夷所思的念头，可是一旦以为消除了，顽念重又原形再现。

对安纳来说，他洋溢的热情，也再容易解释不过了。弗朗索瓦很快就成为他的一个密友。而这人能如此迅速进入他那些老友之列，安纳并不认为有什么异乎寻常之处。

他不剖析这种偏爱的动机。说起来，这种缘由也真令人难以置信。若是有人告诉他，他定会像其他人一样耸耸肩，不以为然。奥热尔喜爱弗朗索瓦胜过所有人，就因为弗朗索瓦爱他妻子。

我们总是被那些以某种方式令我们感到骄傲的人所吸引。弗朗索瓦就钦佩伯爵，尤为钦佩能赢得玛奥这等女子钟爱的男人。奥热尔不知不觉，也对弗朗索瓦报以感激之情，正如对羡慕我们的人所萌生的那种感激。

弗朗索瓦的爱意，不仅是他赢得德·奥热尔伯爵偏爱的神秘原因，也是促使伯爵爱他妻子的决定因素。他开始爱他妻子了，就好像非得有第三者垂涎的目光，他才能明白这种恩爱的价值。

德·奥热尔夫人也相当看好安纳的这位朋友。她高看弗朗索瓦，又能有什么可担心的呢？与丈夫培养相同的喜好，难道不是做妻子的义务吗？怎么能对那些让他们更亲近的东西心生戒备呢？

* * *

很快，德·奥热尔公馆就离不开弗朗索瓦·德·塞里厄斯了。

弗朗索瓦同新朋友交往，耗费了许多时间，倒也没有牺牲掉什么，只是因而疏忽了他闲散时常打交道的一些人。

如今，若少了弗朗索瓦，奥热尔夫妇便不举办晚宴了。

弗朗索瓦头一次在奥热尔府上用晚餐时，身边坐着安纳的姐姐——他此前一无所知的奥热尔小姐。面对殷勤的弗朗索瓦，奥热尔小姐苦涩地想："显而易见，他是家里的新客。"

弗朗索瓦自以为了解奥热尔家族的一切，

因此对这位姐姐的出现不胜惊讶。事实上，奥热尔小姐从未在午宴露过面，弗朗索瓦以为这是巧合。殊不知，这是安纳刻意为之。

德·奥热尔伯爵不让她露面，情由也不简单。最直接的一点，就是深知姐姐见识短浅。

在伯爵眼里，她别无长处，唯一的优点不过是"姐姐"这一身份。

奥热尔小姐是长女。一见到她，弗朗索瓦就明白了，安纳可能怕她出什么丑。她好似一件精美作品的粗劣模型。姐姐那粗制滥造的机理，凸显了弟弟钟表般的精妙。

奥热尔小姐在府邸固然没有任何地位，可是她在其他地方则不尽然。喜爱漫画而看轻素描的人，倒觉得她比伯爵更有风范。她将下午时间拆碎了，走访那些被奥热尔夫妇忽略的人，通常都是十分无聊的年长者。这些人认为大学街那种聚会具有颠覆性，因为在那里，居然不会感到无聊。然而，若一旦受邀，他们又会立刻赶去。

在沙龙里，但凡听到德·奥热尔小姐的名字，几乎可以肯定那是在称赞她。她属于隐姓埋名的人，唯独朋友还时常提起，尽管难免不让人怀疑，她的优雅可能只是一种掩饰，掩饰对她弟弟和弟妹心怀的不满。

"她简直就是位圣女。"赞扬她的人，往往在最后还要补上这么一句。

这话的潜台词则是：她先天并未受到太多眷顾。

* * *

德·奥热尔伯爵正逐渐被一种全新的情感所占据。

他先前始终回避爱情，认为这是一件过分排他的事物。要爱，就得有闲暇，而种种俗务却让他忙得不可开交。

然而，炽热的情感十分巧妙，趁他不大留意就潜入他的心田。这种新的情意，始自玛奥坐在挡火板前的长凳上，与弗朗索瓦谈话的那天。正是那天，伯爵像渴望一位陌生女人一样觊觎玛奥，就仿佛她不是他的妻子。

自不待言，弗朗索瓦祈愿少些聚会，多些亲密相处。不过，他像个乖孩子，给什么就玩

什么，总那么开开心心。他甚至还尽心尽意让
自己成为一个讨人喜欢的宾客。他只想默默无
言地凝望玛奥，却总要逼着自己绞尽脑汁同身
边的女士交谈。

　　弗朗索瓦在饭局上最怕与那些同龄人为邻，
那些来自上流社会的平庸青年，弗朗索瓦总觉
得他们瞧不起自己，其实他们特别羡慕他得到
安纳的青睐，那正是他们不敢奢求的厚爱。须
知他们相识至今，安纳·德·奥热尔始终是年
长者，他的态度总是带着些许导师的意味。而
奥热尔并未在弗朗索瓦孩提时期就认识他，弗
朗索瓦在伯爵眼中并没有被等同于那些"同龄
人"。若是弗朗索瓦知道自己引起他们的羡慕，
无疑会觉得他们更可爱。

　　在这类晚宴上，弗朗索瓦只求自己被所有
人忽略，正像他忽略除玛奥之外的其他人那样。
然而，这可不是安纳的初衷。他受友情的驱使，
总处处推崇弗朗索瓦。弗朗索瓦又不愿出风头，
有苦难言，并非碍于谦逊或胆怯，而是他总觉

得每个人都能通过他的表情读懂他的心思。

　　他面孔背后隐藏什么，他不希望任何人，甚至不希望玛奥发现。他觉得一旦被人发现，只会毁掉他现在的幸福。

　　弗朗索瓦身在福中，也只有在这种年龄，才有可能无比幸福：一无所有，却又心满意足。

* * *

弗朗索瓦从不向德·塞里厄斯夫人讲起他的朋友，这回为奥热尔夫妇破了例。这让母亲很感动——儿子似乎终于不再将她隔绝在他的生活之外了。弗朗索瓦不再向母亲隐瞒，因为他无须为任何事感到羞愧。这份纯洁的心思，或许主要是由所处的情境决定的，但他抓住了这个时机。此前，弗朗索瓦一直心存疑虑，怀疑纯洁是一种乏味的存在。现在他已确信，只有那些缺乏敏感的心灵，才会错失纯洁的滋味。然而，这纯洁的美味，弗朗索瓦是否恰恰在自己内心最不纯洁的地方品尝到了呢？

弗朗索瓦言之凿凿，向母亲讲起德·奥热尔

伯爵夫妇，称他们是他仅有的朋友；德·塞里厄斯夫人虽然不认识他们，但对此毫不怀疑。倒是弗朗索瓦疏忽了一件心事：安排母亲和奥热尔夫妇相聚。他感受到的幸福如此新奇，如此脆弱，以至于他害怕任何轻率的举动都会摧毁这微妙的平衡。

有一天，他向母亲讲述前一夜的晚宴，德·塞里厄斯夫人就对他说："你那些朋友会怎么看你呢？你好像没家没业似的。你怎么就不邀请他们来家里呢？"

他好不惊讶，注视着母亲。果真是母亲在讲话吗？他一向不敢提及邀请的话头，现在是母亲向他提议了，然而，她越是这样，他反而越想找理由回避："看起来你好像不太愿意？"德·塞里厄斯夫人说。

"您怎么能这么想呢？"弗朗索瓦大声说道，一把抱住母亲。

塞里厄斯夫人有些不自在，轻轻地推开了儿子。

* * *

德·奥热尔夫人得知德·塞里厄斯夫人渴望认识他们，表现出了发自内心的喜悦。她非常高兴，弗朗索瓦能如此看重这份友情。

安纳则一如往常，兴高采烈地表达他的热情。恰巧这时，安纳的姐姐进来了。弗朗索瓦出于礼数，也邀请了她。可是，没等这位可怜的女人来得及回答，安纳却插嘴道：

"星期六，您不是要去安娜婶母家用午餐吗？"

弗朗索瓦对这位婶母的名字并不陌生。他早在某一天听到保罗·罗班的电话打来时就听过。当时德·奥热尔夫人用这个借口匆匆离开，只留下他与伯爵独处。而安纳·德·奥热尔那一刻的迟疑眼神，清楚地表明她正在撒谎。这让弗朗索瓦不禁怀疑，这位婶母是否根本不存在。

不过，婶母确实存在——只是，她显然被奥热尔家族冷落已久，而夫妇俩似乎觉得，用她作为各种推托的借口，便足以算作对她的某种补偿。

* * *

当德·奥热尔伯爵夫妇抵达尚皮尼，踏进客厅时，弗朗索瓦感到一阵难以抑制的惊讶，仿佛一切仍然出乎他的意料。在这间他熟悉至极的房间里，朋友的突然现身让他觉得犹如目睹了幻影。他的愣神，倒让安纳有点不知所措。不过，最让安纳感到拘谨的是与这样一位年轻母亲的相处。安纳向来擅长赢得年长者的好感，早在赶往尚皮尼的路上，便为这次征服"做好了准备"。如此年轻的母亲，倒让他无计可施了。

这是弗朗索瓦第一次看到母亲身边有另一个男人，而面对安纳向他母亲献殷勤的举动，虽然极其自然，他还是觉得心慌意乱。

那天，德·塞里厄斯夫人展现出令人惊艳的风采。

弗朗索瓦只顾赞叹，渐渐淡忘她是自己的母亲了。母亲也很配合这种淡忘，说话声调特别活泼轻快，这是弗朗索瓦从未有过的体验。

事情真是不可思议，这样一接触，德·奥热尔夫人也倍感年轻了。一向谦逊有礼的她，竟然不得不努力压抑心中那种将德·塞里厄斯夫人当作童年玩伴的错觉。

用罢午餐，德·塞里厄斯夫人和德·奥热尔夫人在一旁闲聊，而弗朗索瓦则静静地注视着这幅画面。德·奥热尔伯爵不耐沉默，漫不经心地观察挂在墙上的肖像，目光飘忽。德·塞里厄斯夫人并未将这一举动解读为不耐烦，反而以为某幅画作引起了客人的兴趣，便问道：

"您在看这幅肖像吗？"

安纳这才举目观瞧。

"这幅肖像不太像约瑟芬皇后寻常的形象。

不过，确实是她，十五岁时的模样。这是由马
提尼克的一位法国画家绘制的，并寄给博阿尔
内，好让他认识一下自己的未婚妻。"

一听到"马提尼克"这个字眼，德·奥热
尔夫人不由得抬起头，犹如听到了呼唤的猎犬。
她走向那幅细密画。

"按照布列塔尼的习俗，"德·塞里厄斯夫
人说道，"我的曾祖母管她叫姨妈，曾祖母和约
瑟芬的母亲，同为萨努瓦家族的后代。"

"这么说，"安纳转向弗朗索瓦和玛奥，提
高嗓门儿说道，"你们是远房表亲啦！"这个发
现让他兴奋得如同孩子。

整个房间陷入了一片沉默，众人都被这意
外的发现震惊了。弗朗索瓦对玛奥的家世所知
甚少。玛奥没有应声，安纳再次追问："总之，
如果我没有弄错的话，你俩同塔舍家族和萨努
瓦家族都能搭上亲戚关系吧？"

"是啊。"德·奥热尔夫人低声道，仿佛勉
强承认了什么令人难堪的事情。

　　为什么心这么乱？想到自己与弗朗索瓦有亲戚关系，即使远得不能再远，她也觉得别扭。怎么会有这种不适的反应？以后会弄明白的。她只想到眼下，她对德·塞里厄斯夫人和弗朗索瓦的态度，稍微显得冷淡。

　　而弗朗索瓦也心乱如麻，甚至没有注意到德·奥热尔夫人以什么情绪，接纳这种表亲关系。

　　这样戏剧性的"发现"，依然令安纳兴奋不已，他对弗朗索瓦说道：

　　"家父如在世，一定会非常高兴。他常责怪我交朋友，一再重复说：'在我们那时候，大家就没有朋友，只有亲戚。'现在看来，他大概会认可您。"他呵呵笑着补充道。

　　安纳自以为超越了门户之见，才想到引用德·奥热尔老先生这句话，当作笑谈。然而，他对这一发现的兴奋却暴露了他是亡父血脉真正的延续。

"您未免操之过急，"德·塞里厄斯夫人说道，"就因为我们先辈存在亲戚关系，就宣称我们是德·奥热尔夫人的表亲，您能肯定，这一点儿也不牵强吗？"

这番理智之语让玛奥心生好感。她觉得德·塞里厄斯夫人说得有理。安纳则不然，也太夸张啦！不过随后，他沿袭习惯性的激情和轻率，讲出一句话，大而化之了：

"反正你们和整个马提尼克都有亲戚关系！"

德·塞里厄斯夫人对这番轻率的话感到错愕。安纳所谓的"整个马提尼克"，在他本人眼里，仅仅意味着格里莫阿家族能与之联姻的三四家世族而已，而在德·塞里厄斯夫人听来，却像是在暗指她与整座岛的居民都有血缘关系。她觉得伯爵讲话太随意，甚至隐隐觉得伯爵是否在暗示她是黑奴﹡的后裔。她从未像这一刻这

﹡ 读者熟知的法国作家大仲马就有黑人的血统。

样强烈地意识到捍卫家族名誉的重要性，不禁对玛奥说道：

"德·奥热尔先生说得对，您的家族同萨努瓦家族联姻，丝毫也不意外。这样门当户对的世族，岛上也只有三两家……"

玛奥，竟然是他远房的表亲！

弗朗索瓦不知该喜该忧，他想到那些与自己共度童年的堂姐妹、表姐妹——都乏味极了，平庸无聊，曾让他心生厌倦。而现在，他萌生了几分伤感，设使玛奥当年可以取代她们，和她一起成长该有多好。

要知道，他对亲情关系的影响力深信不疑。在塞里厄斯眼里，这样的执念显得可笑，但对德·奥热尔伯爵来说却意义非凡。要说德·奥热尔伯爵，同全巴黎城关各贵族之家，都能连带上亲戚关系，他只是笼统地予以重视，而如今，为何对这一微不足道的联系赋予如此特别的意义？弗朗索瓦一直有些"局外人"的气质，未完

全融入他的圈子。而这一小插曲，在伯爵看来，
终于让弗朗索瓦跨过了这道无形的界限，成了
圈内的一员。

　　大挂钟传来四声钟响。安纳问弗朗索瓦，
是否要一起去巴黎。弗朗索瓦其实无事可做，
但是想到一路能坐在德·奥热尔夫人身边，也
就编造了一个约会。

　　"想必我儿子想带你们去看看马恩河畔的风
景，"德·塞里厄斯夫人说道，"不过，他还是
得尽快回来。"

　　奥热尔夫妇当即让她答应，下次去他们家
共进午餐。

　　弗朗索瓦以感激的目光注视母亲。

　　"你回来吃晚饭吗？"母亲问他。

　　弗朗索瓦去巴黎，只为陪伴奥热尔夫妇，
并不想见任何人，以免另一张面孔插进他和幸
福之间，他答应母亲会回来吃晚饭。但安纳又
请求德·塞里厄斯夫人把儿子留给他们。弗朗

索瓦求之不得，但又不敢相信，毕竟奥热尔夫妇很少在最后一刻发出邀请。对此他心生感激，不由得庆幸自己的爱是不求任何回报的，只因他在心里估量，若背叛安纳这样一位好友，实在令人深恶痛绝。

然而，若他能知晓德·奥热尔夫人此刻在车上未理顺的思绪，也许就不会这般踌躇顾忌了。有些人天性动荡不安，而另一些人则如地中海，动荡虽剧烈，却总能迅速归于平静。

对于第三者介入他们夫妻间，玛奥既觉得美妙，又隐隐不安。这种不安的感觉几乎从第一次见面便开始萦绕，而在拜访德·塞里厄斯夫人之后，玛奥就放下心来。一种假象延续了这场误解。现在，她将自己对弗朗索瓦的感情安然依靠在"表亲"这层关系上，而她历代的先辈，也正是在表亲关系的幌子下，延续了很多没有爱情，也无须担忧的婚姻。弗朗索瓦不再让她生畏了。

总之，德·奥热尔夫人在不知不觉中，对

这位远房表兄产生了她的先辈对她们丈夫的感情。而此时此刻,她爱自己的丈夫仿佛爱情人一般,倍感深情。

上文交代过,玛奥是那种不会把日常生活搅得鸡飞狗跳的女人。她那些先辈守节的主要缘由,或许正是因为她们对爱情的力量心存恐惧。爱情会扰乱那珍贵的宁静,而这,是她们最不愿失去的。

* * *

德·奥热尔小姐下楼用晚餐时，一踏进客厅，安纳就从另一端高声对她说：

"一条重磅新闻！猜猜是什么……玛奥和弗朗索瓦是表兄妹。"

德·奥热尔小姐瞧了瞧自己的弟弟，随后举起长柄眼镜，打量着坐在"被告席"上的两个年轻人。

"我兄弟真怪……"她自说自话，也不解释一下这句评语是什么意思。

安纳在餐桌上没有别的话了。他滔滔不绝，事无巨细，借机将格里莫阿·德·拉韦伯里的整个家谱梳理了一遍。德·奥热尔夫人的额头被他"宣读"的"荣誉名单"映红了。弗朗索瓦实在佩服安纳的惊人知识：尚皮尼之行激发了他的兴致，这天晚上围绕格里莫阿家族，他又超常发挥了。

这消息不胫而走，很快就传到配膳室。

"从长远来看，伯爵先生一定觉得这么做更方便。"一名仆人以说教式的口吻评价。

配膳室离客厅不远。这名仆人抢在闲言碎语之前，将人们即将低声议论，甚至公开说出的揣测，用一句话表达了出来。

临别时，弗朗索瓦礼节性地接过德·奥热尔夫人的手，轻轻贴在自己的唇上。安纳一把抓住二人的手，说道："别那么拘谨！换种方式向表妹道别吧，给我个面子，拥抱亲吻一下如何？"

德·奥热尔夫人下意识地往后退了一步。无论她还是弗朗索瓦，宁愿下火海，谁也没有吻别的意愿。但是两人都想着，绝不能向对方透露出来什么。于是他们笑嘻嘻地遵命了。弗朗索瓦在玛奥的脸颊上，重重地吻了两下，而玛奥则摆出一副嬉皮笑脸的样子。玛奥心里怪丈夫强迫他们这么做，怪弗朗索瓦总那么笑。如果她真明白她自己的笑意味什么，那么她也就不会怀疑弗朗索瓦笑的含义了。

* * *

次日，弗朗索瓦想见见保罗·罗班。他去了外交部，向他讲述了尚皮尼那段插曲的来龙去脉。

保罗似乎看得出来，这是安纳·德·奥热尔一手炮制的谎言。编造得煞有介事，却因为太真实而显得很拙劣。而那些世俗的流言蜚语让他一度迟疑，但如今，他已经完全笃定自己的判断。

他与那名仆人想到一处去了。

"这事儿实在不寻常！"弗朗索瓦高声说。

"哪里，"保罗说道，俨然剧院经理，仿佛在回答一位向他投稿的剧作家，"不，不，非常蹒跚，这一切衔接得天衣无缝。约瑟芬的肖像、马提尼克岛，整个故事我很欣赏。"

弗朗索瓦瞠目结舌，看着保罗，万万没有想到，这个外交家还以为在赏析一件奇闻。他心中暗道："罗班的思维方式真奇特！他对待生活的态度，竟然和分析小说没有两样。"

事实上，他的判断歪打正着。

弗朗索瓦是为了向朋友倾诉自己内心的喜悦而来的，然而谈话结束后，他却感到一种深深的孤独。他的确是孤单的——孤单地守着他那无人理解的爱情，而所有人却以为这段感情已经得到了完满的回报。

* * *

为招待德·塞里厄斯夫人，安纳要设晚宴。弗朗索瓦解释，母亲不喜欢晚上出门。于是改为安排午宴。午宴后，弗朗索瓦和母亲一起告别奥热尔夫妇。邀请的客人太多，德·塞里厄斯夫人不免有点儿晕乎。母子二人默默走了几步，母亲开了口：

"德·奥热尔夫人，太招人喜爱了。我要找儿媳妇，非这样的人不可。"

"我也这么想，不想找别的女人。"弗朗索瓦黯然默想，但是没有应声。他从母亲的话语中听出了命运的召唤，一种确认——自己的心没有爱错人。

＊　＊　＊

那次吻面礼给弗朗索瓦留下了糟糕的记忆。

至于德·奥热尔夫人那边，也还想着这事儿，但是心计使然，她将自己的不适归咎于丈夫，责怪他促成了这样荒唐的场面。

一天晚上，他们一同乘车去看戏，弗朗索瓦照常坐在两个朋友中间，感到有些拥挤，无意识地想给自己腾出些空间，手臂就滑到了德·奥热尔夫人的手臂下。他被自己的动作吓坏了，不像无心之举，倒像他本人有意的举动。他不敢抽回手臂。德·奥热尔夫人心下明白，这是个无意识的动作，就不想表示有所感觉，她也不敢移开手臂。弗朗索瓦领会玛奥的雅意，绝不能视为对他的鼓励。二人就这样一动不动，僵硬地保持着这个姿势，陷入了一种令人窒息的尴尬中。

某天，弗朗索瓦回想起这一场景，萌生了一个不够光明正大的念头。他没有误解玛奥的缄默，但仍然想利用那种十分难受的境况，占点儿便宜，而吻面的尴尬记忆又促使他想报复一下。于是，在另一个夜晚，他的手臂再次伸了过去。德·奥热尔夫人这回明显感到他是故意为之。但是，她丝毫不认为对方是出于爱，或者单纯的情欲。这种举动，在她看来是对友谊的冒犯："我看错他了，他不值得我们信赖。"尽管如此，她还是不敢移开手臂，怕引起安纳的注意。她该为弗朗索瓦的低俗举动，一下子翻脸吗？她仍希望弗朗索瓦能有所察觉，主动挪开；恰恰相反，他的胆量似乎因为她的沉默而增强，贴得更紧了。

弗朗索瓦瞥见她的侧脸，顿时感到羞愧难

当，眼眶不由得湿润了。他几乎想跪倒在奥热尔夫妇面前，请求他们的原谅。此刻，他甚至因羞耻而不敢抽回手臂。

迎面一束车灯划过车内，瞬间照亮了这一幕。德·奥热尔伯爵瞧见，他朋友的手臂伸到他妻子手臂下面了。他什么话也没有讲。车行驶到安茹码头，弗朗索瓦告辞，离开了奥热尔夫妇。

车子一直行驶到大学街，伯爵和夫人始终保持沉默。安纳这一发现，令他内心十分震撼，不知该怎么想了。德·奥热尔夫人觉得，她若是只字不提，那今后再也无法直视自己的丈夫了。于是，她告诉安纳，车上发生的一切让她感到多么难堪，塞里厄斯将手臂插到她的手臂下面，她没予理会，唯恐把事情搞得不可收拾。她问安纳她该怎么做，才能让弗朗索瓦明白，她非常讨厌这种举动。

安纳松了一口气。看来，玛奥对他什么也不隐瞒，她是清白无辜的。她所坦白的一切，正是他亲眼所见，但她并不知道这一点。

他在沉默中享受着这种宽慰，而这份沉默却让德·奥热尔夫人愈发不安。她担心丈夫会告诉弗朗索瓦不要再踏进他们家门，她甚至开始怀疑自己是否不该坦白。她做好了准备，为罪魁祸首辩护，为他的行为寻找借口。她怯怯地抬头，期待看到一张愤怒的脸，但她看到的却是喜悦。究竟什么意思？

"嗯……这是头一回吗？"安纳问道。

"您怎么还能有所怀疑呢？为什么我要迟迟不告诉您呢？真没想到您会这样怀疑。"她回答，语气中带着受触犯的感觉，但她更生气的是丈夫脸上的欢欣。

她讲了气话，也就随口说了谎，自己却没有意识到。她这样话赶话，就略过了弗朗索瓦的头一次举动，真相只讲了一半。她很想改口说："不对，我弄错了。已经有过一次，当时我以为是个无意的动作。"

然而，她忍住没有说出来。再一次的坦白，

只会让丈夫更加怀疑她的诚实。

玛奥一直等待安纳给她建议。可是，安纳因为妻子的坦诚而感到欣慰，也就无从了解余下的事了。他甚至不再想弗朗索瓦的举动有多么胆大妄为。

"不过是孩子气的行为，"他说道，"你瞧，我并不怎么当回事儿。就照我的样子做……假如弗朗索瓦得寸进尺，那我们可就要想办法了。"

这种轻率的态度，德·奥热尔夫人听了很不满意。既然丈夫不肯协助，她就决定了，如有必要，她会独自解决这一切。

* * *

安纳认为，他处理得相当明智，因为玛奥再没有提出新的抱怨。

弗朗索瓦也发誓不会再做那样的举动。他确信玛奥把事情全盘告诉了安纳。他非常感激他们只字不提，表现得好像什么都没发生。这种豁达大度的态度，让他更加无地自容，也让他更加明白自己有多么鲁莽。

意识到自己已经辜负了玛奥的信任，他努力在日常中弥补。他显得比以往更可亲可敬，而这种努力带来的效果，胜过任何精心设计的讨好策略。

天朗气清，他们时常出巴黎赴郊外用餐。

这些短途旅行大多是在弗朗索瓦的提议下进行的。安纳逐渐适应了这些乡间活动，因为他发现，只要看到一点绿意，妻子便会焕发出不同寻常的活力。

这三人之间的关系看似高尚纯洁，然而，正是这种被高贵伪装的情感，使得潜在的危险更加深远难测，因为他们比任何人都难以识别危机的征兆。

他们不知有多少次，从圣克卢或附近一带返回巴黎，穿越布洛涅树林；奥热尔夫人和弗朗索瓦还未意识到，他们是多么情投意合。两人只以为他们在共度一次漫长的旅程，一起穿越茂密而幽深的原始森林。

人称米尔扎的那位波斯亲王，经常参加这类避世的郊游。他千方百计引他的小侄女开心。小侄女年纪轻轻就守寡了，但因接受了欧洲教育，她已经摆脱了东方的习俗。这位亲王和这个小公主，成了玛奥和弗朗索瓦在乡间相处最融洽的伙伴。

　　爱让所有人心心相印。自不待言，米尔扎爱小侄女，不同于弗朗索瓦爱玛奥，但还是以弗朗索瓦自以为的方式：米尔扎爱得纯洁。面对那张稚嫩却早已饱尝丧偶之痛的脸庞，米尔扎心中的柔情油然而生。然而，一贯追腥逐臭的巴黎，很快就议论纷纷，指责作为叔父的关爱过于亲密。

　　正是他们这不被世人理解的纯洁白净，拉近了米尔扎、波斯女孩、奥热尔夫妇和弗朗索瓦。他们在不知不觉中，共同保护着这份纯洁，就像将一件易碎的珍宝掩藏到巴黎城外。

　　上文叙述过出现在鲁滨逊城堡的米尔扎，世人描绘的是一副什么形象。那种形象并不准确。譬如众口一词，说他那德行就是寻欢作乐，其实那是寻求诗意，而这种诗人气质，连米尔扎本人都认识不清。他自以为是个讲究实际、严谨精准的人，全是美国人那一套。不过，除了这种诗人气质接近精确而非模糊之外，这位亲王诗人般的天性却让他在生活中犯下一些迷人的"错误"。比如哪怕只是去凡尔赛、去圣日耳曼，他也总要摊开巴黎地区的巨幅地图，像克什米尔毛衣似的花花绿绿的地图。他总在寻找最短的路线，却总是迷路。

米尔扎的民族特性，总是在意想不到的时刻显露出来。一天傍晚，他们一小伙人穿行布洛涅树林时，米尔扎突然跳起来，拔出手枪，叫停他的汽车。他守在一棵树后，屏住呼吸。眼睛紧紧盯着前方——刚才他看到两只牝鹿从树林间掠过。

无论别人如何提醒他布洛涅树林禁止狩猎，他都充耳不闻。

幸好他的武器精制有余，不够实用。回到车上，还嗔怪自己的手枪没派上用场。那两只牝鹿，他本想献给他侄女和德·奥热尔夫人。最让奥热尔夫妇和弗朗索瓦感到好笑的是，波斯小公主还生起闷气，因为没能将叔父的猎物带回丽兹酒店炫耀一番。

* * *

　　"我要找的儿媳妇，非这样的人不可。"自从德·塞里厄斯夫人谈到玛奥，讲了这句话之后，弗朗索瓦在母亲面前，总感到几分拘谨，怕她看出他心中的爱。因此，他避免让两位夫人相聚，唯恐母亲毫不留情地向他指出，爱玛奥，哪怕是暗恋，那也是背情弃义。

　　弗朗索瓦心想："正因为我敬重母亲，才不想把她牵扯进这样的境地——即便再纯洁，也依然是虚伪的。"

　　然而，爱由心生，总让人战战兢兢，他担心奥热尔夫妇会责备，几周时间过去，也不让德·塞里厄斯夫人露露面。

　　这两位朋友每次来尚皮尼，总挤不出时间游览马恩河畔。而弗朗索瓦尤其渴望看到玛奥进入这片承载他童年记忆的风景，那画面一定会令他欣喜若狂。五月的晴朗天气，更让他的计划看似万无一失。

　　弗朗索瓦心里盘算，如果邀请奥热尔夫妇到母亲家用午餐，那么游览马恩河畔的行程又得往后推。另一方面，他也同样担心，不以德·塞里厄斯夫人的名义邀请，这两位朋友未必会欣然前来，于是，他谎称母亲期待着他们的到来，并定下了日期。这次冒名约会的前夜，他借宿在福尔巴赫家，以便让奥热尔夫妇开车顺路来接他。

　　上车后，弗朗索瓦若无其事地说："你们想想看，昨晚送来的快信，女门房刚刚交给我。母亲告诉我，她要去埃夫勒一趟，看望一个患病的叔父。她大概以为我会及时通知你们，她对此深感抱歉。"

　　安纳觉得蹊跷，既然信件昨晚已收到，为

何弗朗索瓦直到他们上路后才通知他们。弗朗
索瓦赶紧补充一句："不妨还是去尚皮尼，我带
你们去看看马恩河。"安纳接受了。他认为这正
合玛奥的心意。

弗朗索瓦的谎言几乎无懈可击。德·塞里
厄斯夫人出门，从来不沿马恩河畔兜风。每当
她命人备车，去的地方总是克伊或谢讷维耶尔，
离马恩河甚远。

但事情临时变更，德·奥热尔夫人颇为不快。
头天夜晚，她心里还盘算，应该保持克制，减
少郊游的频率。每次归来，她总感到一丝轻微
的燥热，一种模糊的失落感，而她下意识地认
为这会带来危险。如果丈夫此时对她稍加爱抚，
她便愈发感到怅然若失。

玛奥试图为自己的情绪寻找直接的诱因。
她对自己说："这不过是像爱花之人被花香熏得
头晕罢了，只要不沉迷其中就好。"然而，她也
隐隐察觉，这种比喻并不贴切。她的"失落"并
非头晕，而更像是一种微醺。

* * *

　　他们在河边一家餐馆的绿荫棚下用罢午餐，餐桌已撤干净了。玛奥坐在扶手椅上，心情烦躁，她背向马恩河，背向爱情岛，也背向她丈夫和弗朗索瓦，眼睛就只望着大路……

　　单驾马车的铃声和马蹄的碎响，让弗朗索瓦浑身一抖。他不会听错：正是他母亲的马车。

　　那一刻，他感到自己的行为是多么的不堪，多么对不起母亲，也对不起奥热尔夫妇。

　　德·塞里厄斯夫人沿这条路能去哪儿呢？其实，她并没有明确的目的地。怎么绞尽脑汁也解释不通，她为何走上这条特殊的路线，只能算作巧合吧。频频发生的偶然现象，最终让人认出一位女神的手：命运。纯属偶然，也可以说，命中注定。德·塞里厄斯夫人总不能就待在家里不动窝儿，她忽然叫人套车，吩咐到她平时不去的地方兜风。

这就是为什么弗朗索瓦会听到她的马车驶过这条路的声音。

"我完了。"弗朗索瓦心想。

不错，即使安纳和弗朗索瓦可能看不见，也没有被德·塞里厄斯夫人发现，那怎么也逃不过玛奥的眼睛啊。

四轮敞篷马车驶过去了。弗朗索瓦紧闭双眼，好似一位溺水者。

德·塞里厄斯夫人从未显得如此年轻。玛奥只见过她一身深色衣裙的打扮。而此刻，那身简洁的乡村连衣裙、草帽和小阳伞，让她看上去更像是弗朗索瓦的妹妹。

这突然出现的身影让玛奥恍如置身梦境，不由自主地轻呼了一声。这时，马车已经消失在远方。安纳转过身来。

"您怎么啦？"安纳问道。

弗朗索瓦此刻脸色煞白，玛奥下意识地改口："没事儿，手指被扎了一下。"

安纳轻声地责怪她："你可真会吓人！……瞧瞧，弗朗索瓦的脸都吓白了。"

弗朗索瓦终于回过神来。他无论如何也想不到，玛奥竟会帮他隐瞒。

"幸亏她被扎了一下，否则她一定看到了我母亲。"弗朗索瓦心里庆幸。

他感到如释重负。但这种解脱不仅没有减轻他的愧疚，反而让他更深地陷入自责。他不由得想象如果事情败露，他会被奥热尔夫妇毫不留情地赶走，就像赌桌上作弊的人被逐出俱乐部一般。

德·奥热尔夫人一言不发，心里在忖度自己这样应答的原因，联想到自己之前说过的另一个谎言，显然她的一举一动，在遵照"另一个玛奥"的指令，而这个玛奥的意图，她既无从理解，也不想深究。她干脆打住了这场内心的

326

追问。过去几周以来，她似乎已经习惯了这种模糊的自我妥协。

弗朗索瓦脸色苍白，在安纳看来是极度不安的表现。这种表现让他感到隐隐的恼怒。但他随即冷静下来："难道我又要跌进嫉妒的陷阱吗？"

三个人就这样，都警觉起来，却都错过了窥探真相的机会。因为很快，一切又恢复常态，也就是说，秘而不宣了。

德·奥热尔夫人为自己隐约怀疑朋友的过失而感到羞愧。又因说了谎，面对弗朗索瓦和安纳总有点不安，于是就力求补赎她自己都解释不通的行为，不仅对丈夫表现出应有的体贴，甚至对弗朗索瓦也流露出了比平时更多的关怀。这场小小的波折，也同样让德·塞里厄斯夫人坐收渔利，弗朗索瓦终于不再刻意将她排除在与奥热尔夫妇的交往之外了。

* * *

已是盛夏，巴黎人去城空。弗朗索瓦仍不急着离开，更不可思议的是，德·奥热尔夫人也不愿走。安纳很诧异，知道他俩趣味相同，都对乡间生活情有独钟。伯爵本人对乡村一向兴趣寥寥，如今能拖延离开，自然窃喜，像个免于背诵课文的孩子。

奥热尔夫妇本来准备这样度过他们的夏季：整个七月留在城里，避开这段无趣的农忙季节。八月，德·奥热尔小姐将前往巴伐利亚，而安纳则会陪妻子去奥地利探望奥热尔家族的族亲。那些族亲还没有见过玛奥。玛奥对这次拜访兴致不高，接下来的威尼斯之行也提不起她的兴头。但她对此番假期的安排远比去年显得坦然。

安纳对妻子的表现还挺满意。他不敢奢望妻子这么痛快接受他的计划，认为玛奥有了进步。他心里暗自感慨："从前，她仅仅乐享我们二人独处的幸福。现在，她不觉得交际打扰她的生活了。"

玛奥愿意留在巴黎，也找到情有可原的一种说辞，她几乎天天在花园里度过。他们就在花园里用午餐，饭后，安纳常对弗朗索瓦和玛奥说："你们若是不介意，我就不奉陪了。"接着，他讲了实话："我真的佩服你们能忍受这露天的环境。这里不是太热，就是太冷。"

"您的心肠多好，还肯陪我！也确实没有多大意思。"德·奥热尔夫人对弗朗索瓦说道，语气仿佛她是个老太婆。

弗朗索瓦只是微微一笑，不作声地留了下来。

玛奥手里忙着缝纫。面对弗朗索瓦那份幸福满足的呆相，她偶尔会突然感到一阵莫名的不安，仿佛这种静谧中潜藏着什么危险。她便随口叫住他，找了个由头："能把那个线团递给我吗？"或是："您看见我的剪子了吗？"而当弗朗索瓦递过这些东西时，两人的手偶然轻触，那触碰虽是无意，却带着难以言说的微妙意味。

尽管如此，玛奥在这些悠长的日子里并未感到动摇。她对自己说："在他面前，我一点感觉都没有。"这不正是幸福的最佳定义吗？幸福就像健康，人们往往难以察觉其存在。

德·奥热尔夫人沉浸在这种惬意的状态中，有时也会让她不自觉地做出一些令人意外的举动——这些举动让弗朗索瓦感激不已。一次晚餐后，她甚至提议送弗朗索瓦回尚皮尼。

"亏你想得出来，"安纳说，"我们事先没有安排，帕斯卡尔肯定睡觉了。"

"安纳，您会开车呀，我觉得躺下也睡不着觉，不如出去兜兜风，让我放松放松。"玛奥的语气满是任性。

安纳不冷不热地敷衍了这个任性的提议。德·奥热尔夫人马上意识到，她这种任性多么离谱，于是闪电般收回提议："您说得对，我犯糊涂了。"

她生起自己的气来："怎么总这样任性呢？看来是时候离开巴黎了。我在这里越待越心烦意乱，每天晚上，我都发现自己处于一种古怪的状态。像我这个年纪，整天这样懒散地坐在树下，这种生活合适吗？"

她没有补充那句未出口的真相："尤其是和弗朗索瓦在一起。"

"对了，"她对安纳说，"我们还在巴黎干什么呀？真够可笑的，城里都没人了。"

这句话把弗朗索瓦唤回现实。不过，他还生活在梦中，误以为这是一种对他的挖苦。

人最难容忍虚荣心受挫的痛苦，那会让人昏了头。弗朗索瓦感到深深刺痛的不是情感，而是自尊心。另一方面，他的虚荣心还不够强烈，无法意识到事实的另一面：玛奥说"没人了"是排除他的。相反，她说这话时，甚至把自己与弗朗索瓦混为一体。可弗朗索瓦只听出了轻蔑和冷酷。

他如梦方醒，满腹忧伤："我也不能怪她，对于她来说，我又算什么呢？她给予我这么多，我应该深深感激她才对。"

"巴黎人都走光了。"他心里重复这句话，自尊心占了上风。"一会儿我就向他们宣布我的出行计划。"他的内心像个赌气的孩子，认为这是对别人的报复，实际上只是自我惩罚。

当弗朗索瓦头脑冷静下来，尽管不再想要赌气，他的决定却没有改变。玛奥的话提醒了他，是时候分开了。他对自己说，没有什么能阻止他在威尼斯与奥热尔夫妇再次相见。

* * *

不难发现弗朗索瓦没有常性，这是他为爱而生的最好证据。

他一旦抓住在威尼斯会合的念头，忧伤的情绪当即烟消云散。他不再害怕离别，甚至迫不及待要动身。到威尼斯与玛奥重逢的念头，掩盖住了分别的苦涩心事。远离玛奥一个月，在弗朗索瓦看来，不过是享受旅行乐趣之前履行的手续，就像订车票或者等待护照——行前就感受到了欢快的序曲。

下午，弗朗索瓦独自和玛奥待在花园，一门心思想着他的荒唐计划，他不免失望，玛奥提也不提出行的事了，前一天她还那么强烈地渴望离开。弗朗索瓦心里只想威尼斯了，早已忘掉玛奥那句话让他感到的挫伤，他还试图提醒她，就仿佛提醒人要信守诺言似的。终于，他忍不住了，直接问她什么时候动身去奥地利。玛奥微微一颤：她早已把自己的决定丢在脑后。她结结巴巴挤出这么一句："我也说不准。"

别人的心慌比什么都更能壮我们的胆。

"我嘛，"弗朗索瓦顺势说道，"过两天我就动身去巴斯克，火车座位一周前就订好了。"

他以幼稚的思维方式补上这句谎言，避免让玛奥猜疑，他是因为她那句话才走的。

"您一个人出行？"玛奥惊讶地问。

"是啊，一个人。"

德·奥热尔夫人一下子惊呆了，以为他要同一个女人去旅行，但不愿意说出是谁。她寻思究竟会是什么人呢，很快，她就几乎高傲地想道："我肯定不认识。"随后她又略带自嘲地想，"真有意思，还是我们最好的朋友呢。我们却对他的生活知之甚少"。

她感到了一种刺痛，却还以为只是单纯的好奇心作祟。

也许有人会奇怪，平日里一向聪慧敏锐的玛奥，竟连这明显的线索都无法理清。她长期以来一直对心中的幻象百般呵护，令它们俯首听命。她不仅没有被这些幻象迷惑，反倒在此刻显得格外得心应手。

玛奥的第一反应是伪装。她心中越是悲伤，便表现得越快活。安纳来花园找他们，提议去郊外兜风。弗朗索瓦顿时改变了主意，放弃出行计划。玛奥装出来的快活，让人以为她已经忘掉弗朗索瓦要走的事，或许可以当作他随口说说而已。正当他摇摆不定时，玛奥却转身对安纳主动提起弗朗索瓦的离开，用一句轻描淡写的话彻底扼杀了他反悔的可能。

弗朗索瓦自言自语道："归根结底，最好还是先走吧。否则的话，我也显得太窝囊，等人家离开了之后才走。"

玛奥和德·塞里厄斯夫人不谋而合，都猜

弗朗索瓦不可能独自跑到一个冷清的地方。

弗朗索瓦不太好意思，但还是希望奥热尔夫妇送他去火车站。玛奥早已想到，但不敢表露出来，唯恐显得太轻率。倒是安纳，坦坦荡荡、毫无芥蒂地说道："我们开车送你。"

玛奥见弗朗索瓦当即接受，内心一阵欢喜。

"我还以为他有什么隐情呢，"她暗想，"真是多虑了。"

*　*　*

临行那天，弗朗索瓦一早就告别母亲。这样整个白天，他就可以在奥热尔夫妇家度过了。玛奥和弗朗索瓦几乎没有说话。弗朗索瓦对玛奥心存感激：她不像往常那样，没话找话，用些无关紧要的话打破他对沉默的偏爱。然而，安纳却从沉默无语中，看出离别不可避免的伤感，就力图活跃一点儿气氛，却打扰了这静谧的情绪。

离别的时刻总是容许一些特别的情感流露。一个在站台上挥舞手帕送行的男人或许会显得疯狂，而玛奥却坦然地以一种自然而然的方式展现她的友爱之情。弗朗索瓦也回应了这份深情厚谊，同时无法抑制地想着，这张面孔将再次出现在威尼斯，在那个陌生又令人期待的地点。

火车要启动了。弗朗索瓦握住玛奥的手，已经有一阵了。因为安纳在场，玛奥没有任何借口将手抽回。德·奥热尔伯爵笑容满面，正准备说："怎么，您还不吻别您的表妹？"他俩已经拥抱吻面了。弗朗索瓦多么不想松开手臂！面颊上的这一吻，与上次那个机械而尴尬的吻截然不同！它如此自然，甚至完全将安纳排除在外。而安纳，此刻也悄悄地转过了头。

丈夫和妻子默默走出火车站。安纳说道："晚饭吃得太早，现在反倒不知道做什么好。"

玛奥迷离地站在那里，心头的混乱因丈夫这句话而消失；她找到了一种简单又明确的解释。

"我们能像一窝鸡那样早睡吗？"

"随您去哪儿都行。"

他们去了梅德拉诺马戏团。

鼓声急促，伴随惊险的表演，德·奥热尔夫人却感到一阵阵晕眩，不过，她还是坚持下来，直到幕间休息才离开座位。

"您走得这么快，"安纳在马戏场通道里说道，"我几乎跟不上了。"

玛奥拉开步子，犹如走在大街上的一些女人，有些男人打错主意，追到近前说些她们听都不要听的调情的话。而玛奥如此行走，是因为她神游体外，还沉浸在回忆中。

* * *

弗朗索瓦独自一人，并不觉得烦闷，甚至无须像懒散的人那样，用各种无聊的消遣填满空白的时间。清晨第一缕阳光洒在百叶窗上时，他自言自语："又过了一天。"暮色怎么还不出现呢？这一天天的流逝并没有带给他任何悲伤。他悠哉悠哉，漂浮在当地的宁静氛围中，就像一个仰浮在水面的游泳高手。周围的一切仿佛都在教他如何保持平静。

一天傍晚，弗朗索瓦站在木制阳台上，远远看到一片松树林似乎燃起了火光。他发疯一般冲到海滩，想要弄明白究竟发生了什么。然而当他焦急地询问一位渔夫时，对方平静又诧异的反应让他立刻感到羞愧。或许，还是渔夫看得更明白吧？那不过是一场普通的落日。于是他像渔夫一样，站在那里，静静地注视着"火光"，仿佛注视着一天的谢幕。

弗朗索瓦抵达旅游地之后，还没有给德·奥热尔夫人写信。他似乎想要保持启程那天的静默。然而，爱情将他拖进了一个颠倒一切原则的世界。他最终提笔写信，只是为了避免引起怀疑。并非他担心奥热尔夫妇会认为他的沉默冷淡无礼，而是害怕这份沉默会泄露他的情感。

玛奥很快给他回了信。她告诉弗朗索瓦，他们在维也纳，动身之前还去见了德·塞里厄斯夫人。这是安纳的主意，邀请弗朗索瓦的母亲，从而表明同她来往，并不仅仅看在与她儿子友谊的情分。这番美意深深打动了德·塞里厄斯夫人的心。

她写给弗朗索瓦的信中，谈到了奥热尔夫妇。她勉励他珍惜这份友谊，这样嘱咐，倒让弗朗索瓦以为母亲看透了他的心事。倘若在巴黎发生了这种情况，他难免会感到苦恼；现在则不同，他非但不烦恼，反而感激母亲。他在信中也谈到玛奥，频率之高，以至于让德·塞里厄斯夫人渐渐猜出了他对她怀有特殊的感情。她再次嘱咐儿子，无论何时何地，都不要做损害友谊情分的事。

距离会模糊人的面貌，却让本质更加清晰。分离虽然会制造一些隔阂，却也会消除一些阻碍。德·塞里厄斯夫人和儿子正是这样，天各一方，却在书信中展现出前所未有的亲密，这些信件让两人重燃希望。

文字交流与见面交谈、距离与相聚之间的差异，究竟取决于人心的何种机制？照理说，分离更有利于伪装，但事实恰恰相反。玛奥显然没有意识到，她的信件中流露出的基调有多么真实。她的信，有时甚至比她的存在本身更让弗朗索瓦感到幸福。这些信没有给予他任何实际的希望，却洋溢着一种坦诚与信赖的气息。弗朗索瓦不禁想，这样的气息在巴黎是无法存在的。弗朗索瓦与她相隔甚远，她变得不再谨慎防备。尤其更少收敛，只因书信往来带给她的乐趣胜过见面，让她无意识地沐浴在幸福中。她甚至误以为，这份幸福应归功于她的丈夫。因此，安纳从未像现在这样对妻子如此满意。

他更疼爱妻子，尤其因为他感到玛奥很有人缘：为欢迎法兰西的奥热尔家族成员，维也纳的堂兄弟表兄弟相聚在此，没有人不喜爱玛奥。

安纳很少写信。有时，他会在玛奥写给弗朗索瓦的信的空白边上，简单添那么一句话。弗朗索瓦从这些简短的文字中感到，玛奥的体贴之情已经"合法化"了。

＊　＊　＊

在分别的日子里，弗朗索瓦觉得一切都显得顺畅欢快。不过，他的这种体会，寻找其缘起，还只限于暂时性的因环境而起的因素。

度假期间的一个意外事件，证实了玛奥处于谬误中，她以为自己这颗心完全属于安纳。

奥热尔夫妇依旧住在维也纳郊外。国际工人协会遭取缔已久，但并不像人们以为的那样销声匿迹。他们招待的不过是亲近的亲戚——来自巴黎、来自法兰西。难道主家会因为仆人之间的争吵而心生嫌隙吗？奥地利的奥热尔家族成员，就是这样看待战争的。

可以说，欧洲正处于复兴的时代。当此旧

大陆性命攸关之际，在保罗·罗班这种人眼里，轻浮是不可宽恕的。但他错了。恰恰是在这种动乱年代，轻浮，乃至放荡，能最有效地促使人相互理解。大家在狂热地享受明天将属于他人的东西。

安纳出于天性，赞赏这种轻浮。安纳太外向，本是个易于落网的猎物。自从弗朗索瓦出现以来，他稍稍收敛了自己的天性。然而，弗朗索瓦离开了，他的天性又故态复萌；尤其在维也纳，正流行这种轻浮的生活方式，他更觉得随波逐流，何乐而不为了。

先前，伯爵并不在乎，对妻子时有小小的不忠。反正妻子毫不知情，他也就心安理得了。他从来不认为自己是屈服于强烈的欲望。那些小小的背叛，既没有给他带来多少欢愉，也无关感情。如果这个字眼不太刺耳的话，安纳欺骗玛奥，甚至像是履行义务。对他而言，这是他的风雅行当的一个环节，除了满足些微的虚荣，他从未感受到更多乐趣。

一个有名的维也纳美女，正巧也住进了安纳·德·奥热尔表兄的古堡。她对安纳颇有好感，还明显地表达了出来。安纳受宠若惊，很想如她期待那样表示谢忱。怎奈古堡生活，方便接触，却难以如愿。

安纳对妻子的尊重让他无法在她近旁进行这样的冒险。如在巴黎，这是小事一桩，连逢场作戏都算不上，无非满足一下虚荣心，而在这里，却让他深感为难。

维也纳美女十分不悦，让人发来一封电报，说有急事需要返回蒂罗尔庄园。她一走了之，德·奥热尔夫人对此并不遗憾。玛奥毫未觉察这场角逐，但或许正是这种莫名的反感让她对那位美女的离去毫不在意。

爱情是一门多么微妙的学问！玛奥认为无须更加亲近安纳，但实际上，她的确向他靠近了。然而，她向前迈出的这两步，难道不是因为安纳先退后了两步吗？

* * *

弗朗索瓦独处时，总认为自己的判断既高尚又有远见。他试图重新审视自己的友谊和他对人的评价，却不知不觉间投入一场危险的游戏。玛奥本人也未能幸免于这种审视。弗朗索瓦不得不承认，他对玛奥的爱是男人对女人的爱，而不是对天使或姐妹那种纯粹的情感。在巴黎，他的幸福来自一种暧昧的状态。现在，独自面对真相，远离了当面接触所带来的敬意，他开始陷入绝望。

他漫步在海滩上，想着："如果我真的爱玛奥，那我岂不是渴望欺骗安纳？"在他看来，唯有玛奥的冷淡态度，才拯救了他与安纳的友情。

他反复告诫自己，他喜欢安纳，同他爱玛奥无关，即使没有玛奥，他依然会被安纳吸引。

"他让我着迷，也使我开心。他身上的优点和缺点，仿佛代表了一个久远的世族，其后裔日益接近普通人了。他正是凭着这种魅力，才让我对保罗·罗班如此不公平吧？难道我不是抱着某种可笑的贵族偏见吗？难道不是我所爱之人对我施了法术，才让我轻视了那些没有显赫出身的人？但这又是多么荒谬的念头啊！一个人怎么可能没有出身呢？保罗的出身和安纳的不同罢了，仅此而已。"

弗朗索瓦自以为，孤独净化了他的思想，让他不再被情绪左右，以为自己的判断变得更加公正了。譬如关于保罗，他意识到，对社会必须有所妥协，不能期望过多。他自责，觉得当初保罗向他讲述约瑟芬那段插曲时，自己过于轻率，对保罗的疑虑感到不满。

弗朗索瓦同留在外交部工作的保罗保持通信往来。老实说，他给保罗写信，并非出于歉意，而是为了申请前往意大利的护照。倒是保罗那边，似乎觉得有些对不起弗朗索瓦，似乎遗憾他们的友谊关系有点疏远。难道他自己没有责任吗？他判断弗朗索瓦对奥热尔夫妇的友情时，那种方式难道不是仓促而伤人的吗？他要度假了，提议与弗朗索瓦会合，共度一两个星期。

* * *

保罗一到，弗朗索瓦就发现，朋友身上惯有的无忧无虑不见了，一听缘由倒深感意外。自从鲁滨逊城堡舞会那天夜晚，保罗就成了赫丝特·韦恩的情夫。这场艳遇，他根本就没有动心，任由懒惰、虚荣牵着鼻子走。为了他不爱的赫丝特，保罗毁掉了自己真正的恋情。他欲言又止，却不愿承认更多事实，这段感情让他脸上无"光"，而他之所以沉溺于与赫丝特的关系，不过是因为这段艳遇稍微能抬高他的身价。

至于赫丝特·韦恩，她对待这段关系很认真，极力避人耳目，这做法显然和保罗的打算背道而驰。再说，她因爱生妒，明显感到保罗面有

难色，不久便猜测到了他的另一段关系，得以
查出保罗情妇的姓名，一个因爱他而抛夫弃子
的平凡女人。赫丝特自以为得到爱，殊不知保
罗厌倦她的陪伴。她认为保罗表现出来的冷淡
情绪，是因为另一个女人的存在，而保罗不知
该如何断绝这段旧情。赫丝特根本不跟他打招
呼，就独自采取行动，解决了这个难题。

保罗的情妇怎么也想不到受了他欺骗，对他
恨得要命，悲愤地断绝了关系。保罗惊呆了，想
不到赫丝特·韦恩来这手，愤然对她说，他恨她，
从来就没有爱过她，今后也不想再见到她了。

保罗造成两个女人的不幸，自己也陷入痛
苦。他感到孤独，什么都失去了，只想争取他
所爱的女人回心转意。他讲述这一切，带着对
自己的憎恶，准备洗心革面，设计一套纯洁的
生活计划。这种精神苦恼，能促使极端内向封
闭的人敞开心扉。正是在这种精神压力下，保
罗跑来找弗朗索瓦了。

保罗的坦白深深触动了弗朗索瓦，后者

也倾诉了自己的心事，坦言他无可救药地爱着德·奥热尔夫人，而他与安纳的友谊，甚至促使他绝不盼望这样的事发生。两个朋友谈得十分投机，真是怪得很，瞧瞧这些默契相投的人，从前竞相炫耀，大谈特谈臆想的缺德事，如今又极力标榜自己，多么坚守曾经嘲笑过的情感——忠诚、自重并尊重他人，这一切混杂起来被称为"责任感"的品质对那些没有情趣的人才是乏味的。

然而，在这个"新保罗"身上，弗朗索瓦总能隐约发现旧时的影子，那才是真正的保罗。

保罗带来了弗朗索瓦要去威尼斯的护照。他一得知弗朗索瓦要去威尼斯和奥热尔夫妇会合，就缠住朋友不得消停，直到弗朗索瓦同意他可以一同前往。保罗向他诉说了最隐秘的悲伤之后，现在又力图掩饰供认的真情，弗朗索瓦见他伪饰装样，觉得好笑。威尼斯仿佛成了奥热尔夫妇和弗朗索瓦的私人领地。

* * *

　　玛奥还接着给弗朗索瓦写信，却很少提及意大利。

　　这也可能是灵犀相通的一点，无论安纳还是玛奥，都有这种隐秘感应，似乎都不再执念于威尼斯了。两人都等待对方先开口提起。这是一种意念默认，几乎只字不提，他们就改变了行程。不是仅仅剩下空间的距离，才分得开玛奥和弗朗索瓦吗？玛奥心中暗道：她宁愿同安纳单独生活一段时间，也不想去威尼斯，因为到了那里，她会发现巴黎的影子。安纳自有想法，他热衷于奥地利，一心想取道重游德国。这些国家恰逢财政吃紧，但在安纳那种不可思议的轻松心态中，竟然被视为一片乐土。他兴奋得像个孩子，拎着一袋子小捆的纸币，尽情满足各种小额消费的乐趣。

他们抵达德国之后，德·奥热尔夫人才写信告诉弗朗索瓦，他们碍于情况变化，难成意大利之行了。其实时间一长，弗朗索瓦已有这种预感，与他当初期许这趟旅行那么高的兴致比起来，甚至与他要拆开这封信的喜悦比起来，他的沮丧也就显得微不足道了。

玛奥的短笺语气中满是歉意，充满柔和的关怀，为他们改变行程一再道歉，用真挚的态度化解了弗朗索瓦心中的落寞。"归根结底，"他转念一想，"他们就是提前返回巴黎了。我还别有何求呢？与她独处，陪在她身边。大家都涌向威尼斯，而我反其道而行，回到巴黎，或许比去威尼斯还要更令人心安。"

弗朗索瓦本性是乐天派，哪怕遭遇逆境，也能自得其乐。

而保罗独自去了威尼斯，他遇见的第一

个熟人，竟然是赫丝特·韦恩，两人随即重归于好。

　　至于奥热尔夫妇，他们的归期远比弗朗索瓦所设想的要晚。倘若早知道自己需要忍受整整两个月与玛奥分离，他当初离开巴黎时定然难以承受。不过，他总抱着希望，没太犯难就撑到九月下旬了。玛奥终于从德国写信来了，他们即将启程回家。读完信后，弗朗索瓦立刻开始收拾行李，准备迎接她的归来。

＊　＊　＊

　　弗朗索瓦与母亲久别重逢，喜悦从未如此真切。德·塞里厄斯夫人从他突然热烈的拥抱中挣脱，满脸惊讶地说："你的气色不太好。"

　　这句话如同冰水浇下，将刚刚融化的隔阂重新凝固。弗朗索瓦心事重重，他思念玛奥。

　　"和她重逢时也会这样吗？"他扪心自问。

　　奥热尔夫妇回到巴黎已有两天。弗朗索瓦这一路心绪如麻，一想到又要见到玛奥，他就坐立难安，然而此刻，他却害怕了。

　　"你已经急着要走了。"母亲午饭后对他说道。

　　"奥热尔夫妇回到巴黎了。"他异常严肃地

答道，就好像他必须表明，母亲理所当然会理解他迫不及待的心情。

"看把你急的，"母亲说道，随口又加了一句，"真是满腔深情啊！"

话一出口，她立刻从儿子的神情中意识到这句无心之言竟击中了某个真相。

"事情终于发生了，"弗朗索瓦痛苦地想道，"我在信里太无防备了，关于内心的秘密，最好一字不提。"

母子之间原本稍显缓和的气氛，再次陷入冷淡。

弗朗索瓦冒着没有提前通知、可能扑空的风险，赶往奥热尔公馆。不过，即使玛奥不在家，弗朗索瓦也宁可越晚知道越好：毕竟，他能忍受在两个月的时间里无法见到她，但如今她近在咫尺，若是再错过，便无法承受这种失落。

远远看去，奥热尔家的宅邸显得冷清寂寥，仿佛还未从夏季的沉睡中苏醒过来。

玛奥独自在家，听到来人报上弗朗索瓦的

名字，她起身迎向他，步伐迟缓得像是中了枪的猎物。弗朗索瓦轻轻吻她的手，动作自然得像是前天才见过面。"我本可以拥抱她，吻她的面颊。"他心想，但一转念，"可是安纳不在场。"不错，安纳不在，他就乱了招数。如果安纳在场，他反倒能坦然地拥抱玛奥了。

安纳打猎去了，要第二天才能回家。玛奥旅途劳顿，没有跟他一道去。

弗朗索瓦目光游移，不敢正视玛奥。他环顾四周，似乎在寻找引起他不适的具体原因。原本他满怀期待！是自己变了吗？他还爱她吗？他仿佛体会不出这间客厅的温暖了。

"真遗憾下雨了，要不然，我们就可以坐在花园里了。"他直接将心里想的说出来了。

"是啊，可惜了。"玛奥应道，脸上强颜微笑。

还从来没有过这种情景，他们二人单独待在客厅，却不知道对彼此说什么好。两人似乎都觉得自己必须扮演一个角色，却一直忘了这种扮演需要练习。自然随意是无法临场发挥的。这一刻，弗朗索瓦终于意识到，他对玛奥的爱注定是无望的。

玛奥和他面面相觑，却比以往更显拘谨。他们都在想着安纳，这个平时让暗恋者感到不自在的存在，此时反倒因缺席而让气氛更加尴尬。

夜幕降临了。两人的身上都已披上浓浓暗色，却都毫无察觉。一名仆人进来，端上茶点。德·奥热尔夫人如梦初醒，发觉天黑了。

她用责备的语气吩咐仆人点灯，就好像这名仆人要为天黑负责似的。

为了缓解尴尬的沉默，弗朗索瓦从矮桌上拿起一本相册。玛奥便说："翻翻看，您会觉得开心的。"这话讲得很谦恭。她深感力不从心，无力改变气氛。

相册里放的是夏天拍的照片，还没有排好顺序，大部分面孔都是陌生的。"这个女人是谁？好漂亮啊！" 弗朗索瓦看到一张维也纳女人的照片，不由问道。"她究竟有什么特别的地方，连弗朗索瓦都觉得漂亮？"玛奥心里这样想。

她为自己的嫉妒找到一个合理的解释：这张照片让她想起了那位女子与安纳的一些不愉快的往事。玛奥惯于通过无意识地自欺欺人来安抚自己，而此刻，这种心理机制突然揭示了她反感的真正缘由，并向她展现了这位女子曾试图纠缠安纳的伎俩。她随即恢复了平静，但这份平静并不该存在。

翻看相册时，弗朗索瓦的拘束感消除了一半。这不正是因为安纳在任意一张合影上，都居于显要位置吗？

* * *

弗朗索瓦像度假前那样，又来看望奥热尔夫妇了。当然，比起见玛奥，他更乐得与安纳重逢。伯爵从奥地利和德国带回一些烟嘴和自动铅笔。"多亏了换汇便宜，买这些东西，我只花了一苏钱！"这种强调礼物"物超所值"的做法，要是让保罗见到，恐怕会颇为诧异。

弗朗索瓦又跌回一种虚假的平静状态，继续放任自己随波逐流。而德·奥热尔夫人却不同，她迅速下定了决心。

不错，她毅然决定了，可是，如何实施呢？这方面她还没有想清楚。

到底是什么让她突然发生了这样的转

变呢？

语言的威力极大。玛奥本以为她可以随心所欲地为自己对弗朗索瓦的偏爱赋予任何意义。可以说，她并非抗拒这份情感，而是在抗拒直面它真实本质的恐惧。

时至今日，她始终在履行责任与滋生的爱意之间保持平衡。她曾天真地想象，禁忌的情感没有温情可言。她就这样错判了对弗朗索瓦的情感，因她觉得甜美，无法被归入违禁之列。而今，这种情感在暗中孵化，喂养，长大成形，终于成长到不可忽视的地步，露出了它真实的面貌。

玛奥不得不承认，她爱上了弗朗索瓦。

当她在心里说出了这个令人畏惧的字眼时，一切似乎都真相大白了。几个月的暧昧烟消云散。然而，在半明半暗徘徊已久，这样的明朗却让她无所适从。当然了，她也不想回到迷雾中，她想要即刻行动，却不知该如何做，也不知该向谁寻求指引。这个孤立无援的女人，时而瞧瞧安纳，时而望望弗朗索瓦。

在这备受煎熬的时期，安纳还跟弗朗索瓦讨论，他打算举办一场化装舞会，这件事他此前已经和妻子讨论过。

"我觉得现在不是举办舞会的好时机。"玛奥讷讷说道。

"您太谦抑了，"安纳接口说道，"十月份确实不是办舞会的传统时节，不过，只要我们举办一场，其他人就会跟上，这场舞会将拉开舞会季的大幕。"

＊　＊　＊

　　德·奥热尔夫人时刻生活在折磨中。她感到与丈夫相距太远，以至于无法期待从他那里获得帮助。本来求助于弗朗索瓦，她觉得更为自然。可是，她的羞怯让她无法开口。如何对他说出自己对他的期待，同时却不泄露永远都不能让他知道的感情呢？

　　她的整个身心，映射出这场残酷的搏斗，这场挣扎已经成为她自身的战场。她憔悴了许多，而弗朗索瓦哪里想得到，他是玛奥苍白脸色的起因。这更增加了他的爱怜。他想道："她看上去很不顺心，为什么呢？她爱安纳。一定是安纳不如她期望的那样爱她。"弗朗索瓦这个爱情和友谊的结合体，萌生了如此怪异的一种心态，他毅然决然要运用自己全部的影响力，促使安纳更尽心地爱玛奥。因为他明白，假如安纳给玛奥造成不幸，那他和安纳的友情就告吹了。

一天晚上，德·奥热尔夫人的状态比往常更差，等她回卧室休息之后，心急如焚的弗朗索瓦向伯爵吐露了他的担心。

"看样子，玛奥身体不大好啊。"

"啊！是吗？您也注意到了？"安纳当即接口说，也算舒了一口气，"您也有这种感觉。我替她难受，又不知该怎么办。她一口咬定没什么事儿。我真的无计可施了。我待在跟前，好像还惹她烦躁。可我十分担心，不敢丢下她一个人。"

弗朗索瓦眼前的这个安纳，与他原本想象的完全不同，他为自己曾怀疑安纳没有好好爱妻子而感到愧疚。

"再者，"德·奥热尔伯爵继续说道，"玛奥还年轻得很，需要多多活动。这个季节死气沉沉。

秋季一到，她的情绪大概不会这么低落了。然而，她不让我顺顺当当地安排。为了给她消遣解闷，我就想出这个主意，举办舞会，您看到了，她是什么态度。我想带她去瞧瞧大夫，有人向我推荐了一位，专治疑难杂症——她拒绝了。"

"真不知道该怎么办了。"安纳叹息道，而弗朗索瓦则因这无力的现实，倍感自己一点儿用都没有。

当天晚上，当安纳再次对玛奥表示关切时，她依旧轻描淡写地回答："没事儿，请您放心，我什么事儿都没有。"

安纳不由提高声音，说道："您这种变化，不止我一个人注意到了。就连弗朗索瓦都看出来了，他甚至还没听我说起这件事。"

德·奥热尔夫人走投无路了。她耽搁得太久了。危险已经迫在眉睫。她这才痛下决心。第二天一早，她就给德·塞里厄斯夫人写了一封信。

越是简单的事情，越难清晰表达。信中，

她请求德·塞里厄斯夫人拯救她。写完后，她突然意识到，自己并未在信中明确表白爱意。于是，她撕毁了信，重新执笔，试图以一种尽可能直白而笨拙的方式写下自己的忏悔。

德·塞里厄斯夫人从未体验过这般惶恐，因此觉得这封信的表达含混不清。诚实和美德，有时会使人陷入一种近乎冷酷、无法容忍的迷茫之中。弗朗索瓦的母亲非常幸运，一生只爱过她丈夫，她只相信夫妻的感情才是最牢固的。除非妖魔鬼怪，心里才会装着另一个男人，婚姻之外的感情是让她难以想象的。这样一封信意味着什么呢？一个女人为了避免失足，承认了自己的罪过。德·塞里厄斯夫人终于能够领会，人生并非如此简单，德行也并非只有一种面貌。她反复阅读那封信，几乎不敢相信自己的眼睛，尽管她不断对自己说："我早该料到的。"

那个名叫玛丽的黑佣在前厅等候回音，德·塞里厄斯夫人把她叫到近前，问道："您是否知道，伯爵夫人傍晚在家吗？"得到肯定的回答之后，德·塞里厄斯夫人心中暗想："等着我前去拜访呢，看来严重的程度超出我的想象。"对她来说，"超出想象"意味着弗朗索瓦有罪过。她去见德·奥热尔夫人，不是出于怜悯，而是以家长的身份，就像一个母亲，收到校长的通知信，无论内容多么平淡，她都会立刻赶往学校，因为她确信儿子一定惹了麻烦。

德·奥热尔夫人派人送走书信后，心情就没那么沉重了。她写这封信时很用心，反而暂时遮掩了她所处境地的悲剧性。说她平静是荒谬的，但她却因为行动而感到满足。她不再像过去那些日子那般病恹恹的了，也许这份轻松更多源自她对爱情的坦白，而非其他原因。毕竟，终于有人分担了这个沉重的秘密！令她感到释然的不是羞耻感的释放，而是那份爱情得到了承认。也许她并未因自己的决定而感到震惊，因为这并不算是一种真正的决定。

德·塞里厄斯夫人上了火车，又重读来信：

夫人：

　　这封信如此仓促地呈至您手上，或许已经足以表明我内心的急切与不安。然而，纵使如此，您仍然无法接近真相，正如几日前的我，尚未意识到眼前的境地。我即将向您袒露的危险，或许会令您觉得冒昧，甚至不合礼数，竟让我斗胆向您寻求援助。

　　当初，我丈夫与令郎缔结友谊，不久我便发现，在我们所有朋友中间，我格外喜欢他。这并没有引起我的重视，我以为这只是我过于敏感的错觉，因此并未深究。事实上，那时的我已不自知地迈入歧途。尚皮尼那次意外，更让我找到理由宽慰自己的良心。我坚定地说服自己，弗朗索瓦不仅是朋友，更如同亲密的家人一般，因此我的情感完全无可非议。

　　当时我处于盲目状态，现在看清楚了。我虽然羞于启齿，也必须赋予我对令郎的感情应有的名称。不过，做母亲的最容易惊慌，因此我必须赶紧澄清，令郎是清白的：他毫无打扰我安宁的意图。是我想入非非，一人走向禁忌的情感，而弗朗索瓦对此毫不知情。

若非如此，我自然没有勇气向您请求救助。只有您，夫人，能够向他提出这个要求，因为我自己无法启齿。如果他还珍视我丈夫的友谊，珍视我们家庭的平静，请他远离我们。唯有如此，我才有可能从这份痛苦中解脱出来。

您一定能找到最能说服他的理由：也许最好把实情全告诉他。我并不担心，知道他绝不会拿我的痛苦来满足自己的虚荣心。幸运的是，与失去真正朋友的痛苦相比，这种分别带来的伤害显然轻微许多。可惜的是，我未能守住这段珍贵的友谊，我的心已然背叛了它。

有人或许会说，我无权要求他远离，更无权将他从我丈夫身边拉开。也有人会认为，我应首先向我的丈夫坦白一切。但夫人，过去几天里我有好几次试图这样做，然而，他离真相太过遥远，以至于我的勇气总在最后关头溃败。而且，我并不责怪他。恰恰相反，正因为他对我怀有太多信任，我才更感沉重。

遗憾的是，我已无所依靠。连宗教都无法救赎我。因为我深爱我的丈夫，甚至愿意随他一起不信教了。而我的母亲又怎会料到，我与她如此不同？她从未警告过我这些她从未经历的危险。对于自己的荣誉，我曾信心满满，认为我足以独自捍卫。但如今，我却为这份信任深感痛苦。

夫人，我恳求您，请您说服弗朗索瓦！您和您的儿子，是我最后的希望……

"她向我隐瞒了真相，"德·塞里厄斯夫人心想，"这样一封信，绝不是随便能写出来的。她对我是笔下留情啊，一定有意回避了关键部分。"

* * *

　　玛奥就在卧室里接待了德·塞里厄斯夫人。她早已交代下人，任何人一概不见，唯独这位夫人例外。两个女人最初聊了一些无关紧要的话题。

　　玛奥不知如何开口触及那无法回避的主题。德·塞里厄斯夫人见对方沉默无语，心里便嘀咕："事情一定比我想象的还要严重。"她确信自己理亏，便怀着忐忑的心情主动开口，就好像是她犯了什么错。

　　"我实在不敢替我儿子向您道歉……"

　　"哦，夫人！您太善良啦！"玛奥高声说道。她心情一激动，情不自禁地握住了塞里厄斯夫人的手。

这两个本性纯洁的女人仿佛初学滑冰的孩子，在这滑溜的情感之坡上小心翼翼，却又显得笨拙。

"不，不，"玛奥说道，"我向您保证，弗朗索瓦完全与这场悲剧无关。"

德·塞里厄斯夫人却误以为这是玛奥最后的顾虑，遂更加坚定地说道："我很清楚弗朗索瓦的感情。"

"他对您说什么啦？"玛奥问道。

"我总归知道就是了！"德·塞里厄斯夫人回答。

"知道什么呀？"

"他爱您。"

玛奥发出了一声压抑的惊呼。德·塞里厄斯夫人真切地目睹绝望的一幕。玛奥的全部勇气，不正是来自一种确信，认定弗朗索瓦不爱她吗？一瞬间，狂喜从她脸上闪过，但很快便被剧烈的痛苦撼动——这个女人仿佛被连根拔起，无所依托。弗朗索瓦如若此刻赶到，她就属于他了，什么都不能阻挡她投入弗朗索瓦的怀抱。哪怕他母亲在场。

德·塞里厄斯夫人全都明白了。她一阵恐慌，努力恢复冷静。

"恳求您了，"玛奥高声说，"不要夺走我唯一的慰藉，这将支撑我履行自己的责任。原先我不知道他爱我。幸而我的命运不再属于我自己。为此，我还要进一步请求您，不要让我见到弗朗索瓦。如果他爱我，那就随您编什么话应付他，就是别告诉他真相，否则我们都会毁灭。"

谈论自己的爱情，还向她所爱之人的母亲倾诉，德·奥热尔夫人似乎心生满足。最初的一阵激动平息之后，她声音稍显镇定地说道：

"今晚他会来参加我们的晚宴。如何阻止他前来呢？若再见到他，我恐怕会当场晕倒。"

其实，德·塞里厄斯夫人也想事不宜迟，马上行动。趁这幕场景还历历在目，她一定能更有力地说服弗朗索瓦。七点钟，她有把握在福尔巴赫家见到他。

"他不会来了，我向您保证。"她对玛奥说道。

如果弗朗索瓦亲临现场，最会令他感到意外的，或许是母亲的态度。他一直以为自己的母亲冷淡而理性，但此刻，她被这一幕激起了深藏的情感。她眼含热泪，紧紧拥抱玛奥。两人的脸颊滚烫，湿润，那种几近戏剧性的氛围让德·塞里厄斯夫人心中涌动一种复杂的快感。

"她是一个圣洁的女人。"德·塞里厄斯夫人自言自语。她注视着玛奥——一个在得知自己被爱之后展现出无比平静的女人。

＊　＊　＊

　　德·塞里厄斯夫人急如星火，赶往福尔巴
赫家，好似一个奋力奔跑，不撞墙上不肯止步
的人。她瞧见福尔巴赫母子惊呆了，又见弗朗
索瓦也惊呆了，才从冲动的情绪中清醒过来，
突然意识到自己的行为有多么失控。"我有什么
资格插手儿子的事情？"她心想，"干吗像个疯
婆子似的跑过来呢？"

　　她比任何人都憎恶不由自主的出格行为。

　　"出什么事儿啦，妈妈？"弗朗索瓦正在换
装，见母亲冲进屋，便问道。

　　德·塞里厄斯夫人一见到儿子，便完全恢
复了往日的冷淡态度，但随之而来的却是一种

更加笨拙的表达方式。

"谢谢你干的好事，让我多光彩！"

这个女人此刻面色冷峻，真认不出来她就是一小时前与玛奥·德·奥热尔抱头痛哭的那个人。她说着，随手从提包里取出那封信，一脸冰霜，递给了弗朗索瓦。这一场混乱而暧昧的感情纠葛，在她眼中已毫无值得尊重的地方，她甚至为自己曾参与其中而深感自责。她对玛奥的许诺，现在看来没有价值了。

弗朗索瓦读着这封信，眼前的文字变得模糊。他几乎无法相信手里拿着的这封信，竟是如此直接证明他幸福的证据。他无从怀疑，这是玛奥的字迹。

德·塞里厄斯夫人仍在责备他。然而此刻，儿子所感受到的幸福已经将他包裹得严严实实，形成了一道坚不可摧的屏障。他母亲的责备仿佛雨点般落下，却未能打湿他分毫，他甚至没能完全听清这些话的内容。

德·塞里厄斯夫人又怪罪起玛奥，未能遏

制住感情的冲动，数落她，乃至怀疑她说谎。德·塞里厄斯夫人越发不公正，甚至还指控玛奥利用她，让弗朗索瓦知道他是被爱的。弗朗索瓦正处于陶醉的状态，也几乎无法否认这种可能。幸福让他变得盲目，甚至连玛奥写信的真正意图都完全没有想过，反倒对于爱情所启发的创造性，感到欣喜若狂。

这封信，弗朗索瓦反复读过之后，自然而然就放进他的皮夹里。

"你见到她了吧？"弗朗索瓦问道，"你们谈了些什么？"

"我必须承认，"德·塞里厄斯夫人最后说道，"我可没有她那么高尚的胸怀。听她的意思，你是完全清白的，罪过在她一人身上。而我认为，你的罪责至少与她不相上下。你很清楚，不必纠结就能做出选择。你们不应该再见面了。你得想个合适的借口，给德·奥热尔先生一个交代，因为我可没有编故事的习惯。"

"唉！"德·塞里厄斯夫人又叹道，母亲讲

起歪理来，也真令人叫绝，"为什么你偏偏要把仅有的两个好朋友都得罪了呢？"

弗朗索瓦一边继续穿衣，一边答道："你是说，我不该去他们家吃晚饭？但如果今晚我缺席，安纳一定会感到莫名其妙。所以，我还是得去。"

德·塞里厄斯夫人沉默了，在儿子面前低下了头。她一向只把弗朗索瓦当作孩子看待，而此刻，她第一次意识到，他已然是一个男子汉了。

时间已晚，来不及回尚皮尼了。她留在福尔巴赫家吃晚饭。她努力掩饰心不在焉，但即便是福尔巴赫家的失明老人和弱智儿子，也感受到了她的魂不守舍。她既未能妥善应对玛奥的事情，也未能处理好与弗朗索瓦的谈话，而她最恼恨的，是自己被玛奥的痛苦点燃的一瞬激情，却又那么迅速熄灭了。总之，她感到深深的自责。如果德·塞里厄斯先生还活着，他一定不会接受这样的角色，而她自己也不该越界承担这样的责任。

* * *

妻子尚在梳妆打扮，可以想见她的精神状态。安纳总是率先准备就绪，他接待了一位相当特别的来客——纳鲁莫夫亲王，世人早以为他已不在人世。各大报纸曾大肆报道他的"血案"，早就宣布，沙皇尼古拉的这名亲信遭谋杀身亡。

纳鲁莫夫亲王抵达巴黎，如同初来乍到，四顾茫然，无亲无友。他登安纳的府门，还是因为一周前在维也纳，有人谈起奥热尔夫妇曾前去度假。在奥地利接待他的那些朋友，几乎跟他同样穷困潦倒。他那身可笑的打扮——那套猎装和那顶帽子——还是那些朋友赠送的。他就是这样去见安纳的。

　　德·奥热尔伯爵见来客这副行头，着实吃惊不已，一时说不出话来。他从不擅长表达真实的感受。这阵惊愕过后，他才装出惊讶状。他听了纳鲁莫夫讲述的不幸遭遇，当即就请亲王留宿家中。德·奥热尔伯爵的善意和轻率结合得十分完美，根本无法拆分；他很快开始忧虑，亲王的到场，会不会打乱舞会最后商定的晚宴座次？诚然，亲王从一个神秘的国度直奔而来，想象不出比他更富有"吸引力"的宾客了。然而，作为一位精打细算的主人，安纳内心不免抱怨：为何纳鲁莫夫不打声招呼便贸然造访？从心生此念时起，他便下定决心，不能过分抬举亲王，而是另择机会，或许在一场政治聚会上再显身手。他甚至一度动念，让亲王暂时待在偏厅，与他那独自用餐的姐姐为伴。

　　德·奥热尔伯爵夫人出场了。她虚弱得几乎站不稳，真怕支撑不住女主人的身份。亲王和伯爵夫人很快被对方吸引了。这天晚上，玛奥茫然若失的神态，反倒消除了纳鲁莫夫身处异国他乡之感。她那种带着疲惫的优雅，比起巴黎惯有的傲慢精致，更让人少些拘束。至于玛奥，她的同情心正源于自身的疲惫和隐痛。

安纳吩咐添一套餐具。玛奥却心想，真是多此一举。她指望弗朗索瓦能打来电话，向她道歉说无法赴宴。

第一批客人到了。安纳站在门口迎客，趁机向每个人介绍这位远道而来的外宾。他讲述纳鲁莫夫亲王的身世，忍不住添油加醋，以致第二遍讲解时，当事人不得不纠正这位抒情诗人："不对。我可不是穿这身打扮，直接从莫斯科来的。这衣服我才穿了三天。"

头一个到的客人是保罗·罗班。安纳只是简单地将他介绍给纳鲁莫夫，随即便将他独自丢在亲王面前，犹如那些城堡里的导览员，总是等待更多游客凑齐后才愿意开始讲解。保罗显得有些手足无措，好在不久之后，米尔扎和他的侄女及时出现，将他从尴尬中解救出来。

纳鲁莫夫不大满意安纳引见的开场白，他

便转移了话题，对米尔扎说他去波斯，非常遗憾未能谋面，那时刚刚爆发大战，他去拜见波斯国王。米尔扎当时不在王宫，也深表遗憾。

保罗·罗班在一旁目瞪口呆地看着他们互相较劲，争相比拼谁更懂礼数。纳鲁莫夫毫不示弱，还向米尔扎致谢，说感谢他允许自己穿越他的领地。米尔扎大为惊讶，因为那所谓的"领地"只是波斯的一个省份，实在不可能加以封锁。而纳鲁莫夫早已忘记，当他得知米尔扎未在省界亲自迎接时，曾大发雷霆。

不幸的遭遇改变了纳鲁莫夫亲王。他褪去了昔日的骄傲，显得更加平易近人。

弗朗索瓦总是头一批到达的客人，但这一次，他和奥斯特利茨王妃都迟迟未至。

玛奥此刻已经确信，他不会来了。然而，当这种确认降临时，她心中竟泛起一丝不安，似乎到最后一刻，她仍心存一线希望，盼他会现身。她感到，弗朗索瓦听从她的吩咐是理所当然的，可是他没有违背她的意愿，却反而让她更加痛苦。

此时的弗朗索瓦反复阅读玛奥的信，流连于途中，迟迟未动身。他终于到达奥热尔家门口，正好碰上奥斯特利茨王妃下车。他停下脚步，等待她同行。

"我见到您就放心了，"她说道，"我还以为迟到了呢。"

玛奥直到弗朗索瓦走近两步时，才注意到他。她下意识地后退了一步，但很快镇定下来，察觉到他那轻松自若的态度。她断定，德·塞里厄斯夫人根本没有见到他，也未透露实情。

几乎是本能地，玛奥启动了她那份矛盾的内心防御机制——既深爱却又想要压抑，同时在情感与道德间纠缠不清。她不是千方百计要促使弗朗索瓦取消赴宴吗？他来就来吧，她没有什么可自责的，倒是情愿享受这意料之外的延缓期，决意享受这仅存的最后一次晚宴。

晚宴开始后，纳鲁莫夫努力装出一副轻松愉快的样子，试图活跃气氛。然而，他的存在却让整个宴会的气氛多了一分冷意。无论怎样微笑，他脸上留下的痛苦印记都无法抹去。这并不是年龄刻下的皱纹，而是一种更深层的改变——一种源自灵魂深处的阴影。

在宾客们盛装出席的场合中，纳鲁莫夫显得格格不入。他将自己的孤独归咎于他的猎装。他早已丧失了从前的自信，不能再让衣着更为光鲜的人感到局促。明晃晃的华灯、宾客的喧声，也让他心绪不宁。他听不清邻座的对话，甚至还需要对方重复。

谈话的光怪陆离把他吓退，也甩掉他，不想要他了。他跟不上思路，对话断断续续，语速也快得让他不知所措，好似一个笨手笨脚的人参加击鼓传花的游戏。

德·奥热尔夫人明白纳鲁莫夫正心慌意乱，她本人也坐不安席。他俩终于离群孤立了。纳鲁莫夫向她讲述起俄罗斯的故事，而她则显得神思恍惚。俄罗斯当然不是她不安的起因，但是可以成为掩饰内心波动的借口。纳鲁莫夫见她如此状态，不禁心生怜惜："她真是个好心肠的人。"

玛奥本来盘算，见到弗朗索瓦能够让她的心情好转，不料见了面，心里反倒难过。她几乎不愿正视他，仿佛逃避一种无谓的折磨。然而，她又控制不住自己，目光不时转向他，显见有意监视。

弗朗索瓦旁边坐着一位波斯姑娘，他因心喜而更显得迷人。偶然安排，倒也合乎规矩；俄罗斯亲王挨着德·奥热尔夫人，弗朗索瓦则挨着年少的寡妇。玛奥只能忍受一个毫无助益的邻座，而弗朗索瓦则不然，有这个已经流过许多泪，又正当爱笑的年龄的公主坐在身边，简直没有比这更适合的人选了。女孩那愉快的笑声一声声刺痛玛奥的心，她望着弗朗索瓦，低头暗想："这女孩太招人喜爱了。"

尽管玛奥确信弗朗索瓦尚不知情，但她仍对他的快乐心生不满。她心想，若他真的爱她，又怎能对今晚的沉重局面毫无察觉？这让她开始怀疑德·塞里厄斯夫人告诉她的话。然而，很快，许多她过去不愿正视的细节重新浮现，她的理智再也无法反驳它们——这些细节无一不证明，他们之间的确存在爱。然而，受安纳的影响，玛奥错误地认为爱情应当始终保持一种优雅的从容态度。她责备弗朗索瓦缺乏敏锐的直觉，却没有意识到真正欠缺预感的是她自己——弗朗索瓦的快乐，正是缘于玛奥心迹的表露。

玛奥从这晚起，学会了嫉妒。然而，这种情感是否正当呢？就在她决定为维护名誉而牺牲爱情的同一天，她竟然为弗朗索瓦的愉悦感到愤怒。

"对那些布尔什维克，想必您恨之入骨吧！"赫丝特·韦恩突然对纳鲁莫夫亲王说道。

这句荒唐的插话让安纳大为恼火。他原本费尽心思，像个杂技演员般灵巧地避开关于俄罗斯的话题，并由衷地称赞他的妻子。他的幼稚盘算，推给他妻子去实现：玛奥不辱使命，她同纳鲁莫夫单独交谈，她很敬重这位亲王，从而避免了沉重的政治议题波及全场。

讵料，这个美国女人抛出一句话，就毁掉了这一努力。

纳鲁莫夫亲王略微迟疑一下，勉为其难地表达想法，强调这番相当平淡的话：

"发生一场地震，我们能让人负责任吗？该发生的事情终究发生了。我认为法兰西过分先入为主，以自身的革命判断俄罗斯的革命。然而，且不说我们国家幅员辽阔，事情演变的方式势必不同，单讲'革命'这个词，用以界定我们那里的事件，我总觉得不够妥当。那是一场大灾难，随你们怎么说吧，不过，依我来看，我拒绝指控让我遭到灭顶之灾的那些不幸者。"

纳鲁莫夫停顿片刻，接着说道："为了向你们证明，你们所了解的一切关于俄罗斯的情况也许都不准确，你们想一想，传说我已经被刺杀了。可事实上，没有人动过我一根头发。"他语气转为低沉，补充了一句，"事实上，他们让我活着，却夺走了我生存的理由。"

纳鲁莫夫的言语引发了宴会中的沉默。改变既定的看法总是代价高昂的。此时此刻，他能依稀看到，他的生命即使能否定这种公论，他活着也是苟且偷生。

"纳鲁莫夫言之有理，"奥斯特利茨王妃俯身对保罗·罗班说，"为什么总拿老百姓说事儿，所有罪过都扣到他们头上呢？当然了，俄罗斯那里也像其他地方一样有些坏人，但同样有许多善良的人，或许比任何地方都要多。"

奥棠丝·德·奥斯特利茨这个女人，常言道，是"吃过苦头的"，说得再准确点儿，是吃过苦头才明白的。她接着说道：

"我参与了一项慈善事业，这让我有机会直接接触老百姓。这么说吧，我可以断定，如果真的发生了革命，那绝不是出自人民之手。"

保罗听得目瞪口呆，仿佛听到了神谕。自从奥棠丝·德·奥斯特利茨在奥尔良门受到围观者的欢呼后，她在保罗的眼里，便拥有了无与伦比的权威。保罗一时无所适从，他的偏见毁于一旦：奥斯特利茨，一位王妃，赞扬起了人民！一个沙皇的旧臣，竟然不肯咒骂布尔什维克！

勇气总能让保罗惊讶，在他眼里，勇气无非就是冒失，而贸然行事者，则需要极大的自信。这个俄罗斯人，不愧是个人物，敢于以德报怨，不谴责残害他的凶手。

德·奥热尔伯爵毫无定见，只要能为他的招待会增光添彩，他一概照单全收。他刚听到赫丝特·韦恩的插话，不免心惊肉跳。但随即他又为纳鲁莫夫的回应感到鼓舞，心中喜道："这个俄国难民，比其他难民有趣多了。"

而且，在座的每个人都跟安纳想法一致。

不过，没有人意识到，正是纳鲁莫夫的克制和分寸，让他的话题达到了悲剧的效果。玛奥心中愤然，她为大家对这场悲剧的轻率态度

感到羞愧。而更让她痛心的是，纳鲁莫夫的话
未能引起弗朗索瓦的共鸣。他依旧与波斯小姑
娘谈笑风生，仿佛完全与这场"成年人的谈话"
隔绝开来。

在座的宾客中，只有玛奥和米尔扎看出，
纳鲁莫夫的话背后有着深刻的智慧。米尔扎不
时向亲王提问，而玛奥则在一旁，默默关注着
弗朗索瓦。

"纳鲁莫夫，您可真让人惊叹，"奥棠丝·德·奥
斯特利茨王妃说道，"您看上去依旧如故，我甚至
觉得您比之前更年轻了。"

"我是没变，"亲王说道，"但是，我失去了
一切。"他轻声重复道，"一切都没了，还留下
什么呢？"他大声笑着补充道："还剩下点斯拉
夫的魅力吧。"

"那咱们就举杯庆祝斯拉夫的魅力，"安纳
用一种带点戏谑的语调说道，"大家祝贺他吧，
就是别拿布尔什维克的噩梦来烦他了。"

这句残酷的玩笑话恰逢其时，奇妙地缓解

了僵局。与此同时，纳鲁莫夫的言辞已将宴会自然地引向散席。宾客们起身离席，安纳则以一种果断的口气宣布："好了，该换个节目了，我们进入下一个环节。"

直到此时，大家才真正开始讨论化装舞会。每个人的表情都变得严肃起来，竟像是参加政治会议。

弗朗索瓦觉得，在筹办这场舞会中，德·奥热尔伯爵让他担负的角色太重了。而安纳则认为，要向他证实友谊的分量，没有比处处突出他的作用更有力的方式了，于是事无巨细都跟他商量。保罗受到冷落，心中气恼，殊不知弗朗索瓦巴不得将他的位置让给保罗。

大家在这一点上达成共识：一场化装舞会，如果不设定明确的指令，就势必要沦为一场普通的狂欢了。要确定个大致的主题，但是这个问题上，分歧就大了，空气中弥漫着暴雨前的沉闷和不安。每人都有主意，认为如果不听我的，那叫我来干什么，干脆甩手不干了。

安纳在宾客之间忙得团团转，竭力安抚这些刺儿头。玛奥也让他气急败坏，他心里抱怨："她也不来帮我一把。"的确，德·奥热尔夫人远离争论，继续同纳鲁莫夫交谈。

亲王虽然想要融入热闹的讨论，怎奈意识有点儿恍惚。他努力从记忆中搜寻一些有关娱乐的场景，却总被更深沉的回忆拖入黑暗。

弗朗索瓦努力克服紧张的情绪，强忍着疲惫，使出浑身解数，决定尽全力扮演好自己的角色。他这样做，是为了不让安纳看出任何异常。然而，玛奥见弗朗索瓦陷入这些无聊世俗的琐事，不免伤感起来，呈现出一副冷峻的面孔。弗朗索瓦观察着她，心中纳闷：这冷漠的神情，真的是那个爱我的女人吗？真的是再也抑制不住心声，向母亲求助的那个女人吗？

他的手不由自主地摸向口袋中的信。强忍住冲动，几乎想要再拿出来读一遍，但他害怕——害怕信上的文字被抹除或改动了。

　　赫丝特·韦恩坐在一旁，在双膝上摊开笔记本，随手勾画着一些毫无章法的时装画草图。奥棠丝·德·奥斯特利茨王妃则像一个淘气的孩子即兴装扮，把整个客厅搞得一片狼藉。她拿起一个灯罩扣到头上，尝试五花八门的造型和装饰，时不时冒出几句俏皮话，唤醒安纳心中最深沉的激情：他这阶级的男子沿袭了几个世纪对化装的迷恋。

　　安纳请弗朗索瓦陪他上楼拿些布料。安纳就像他无知的祖先一样，虽然打了胜仗，却连地图也看不明白。翻找布匹的间隙，他低声对弗朗索瓦说：

　　"我不知道玛奥是怎么回事。今晚，她的态度简直让人难以理解。"

　　弗朗索瓦没有回答，只是把脸扭向一边。他这是第一次不再高看安纳，赋予他贵族身份的优越性荡然无存了。现在他看着安纳搭了满身披肩、各种头巾，就觉得他像个幼稚的小孩。

　　二人下楼返回客厅，将各种绣品织物丢到

地毯上。客人纷纷上前争抢，穿戴在身上瞧瞧，有否可能变成自己希望的模样。弗朗索瓦冷眼旁观，对这一切充满鄙视。他别无所求，只想做自己。

玛奥始终躲避着这些喧闹，她陪着纳鲁莫夫，独自在一旁低声交谈。而这位俄罗斯亲王早在老伯爵当世期间，就是这间客厅的客人了。他反复喃喃自语："战争逼疯了所有人。"

在这即兴的狂欢中，安纳乐昏了头，他那张脸红扑扑的，好似玩到了兴头儿上的孩子。他忽而消失，忽而归来，装束变动不大，也赢得了一些掌声。赫丝特·韦恩则摆出各种姿势，披挂点什么，自称是某某著名的雕像。大家看不出多大意思，没人发笑，她自我感觉良好，以为受到大家的赞赏。

那么多丈夫，用怎样巧妙的办法，想让他们的妻子远离危险，也不如安纳·德·奥热尔干得这么成功。安纳粗心的举动歪打正着，此刻，这种举动更达到无以复加的程度。他已经消失了一会儿，再次现身时，头戴着纳鲁莫夫的那顶蒂罗尔呢帽，模仿俄罗斯舞步。这种混杂的民俗风格、这顶插鸡翎的绿呢帽，逗得众人哈哈大笑，唯独亲王似乎并不欣赏这个节目。

"对不起，"纳鲁莫夫说道，"这顶帽子是我的奥地利朋友赠送的，这是他们能给予我的最珍贵的礼物。"

宾客的欢笑戛然而止。刚才在闹腾混乱中，大家几乎忘掉在场的纳鲁莫夫了。现在，他板起法官的面孔，提醒众人守点儿规矩，唤起对受害者应有的尊重。于是，出现了群情激愤的场面。每人都指责别人把自己拉下水，更怪怨那些有节制的人没有劝阻。

德·奥热尔夫人一时瞠目结舌。她丈夫不仅没有听进去纳鲁莫夫的话，还像孩子似的得意忘形，不顾情感上最起码的体面。在她需要丈夫的形象高大起来的时候，偏偏发生了这种情况，他反而变得渺小了。安纳在弗朗索瓦面前变得渺小了，这是她无力承受之重。万一弗朗索瓦责备她，将爱情奉献给一个如此幼稚的男人，她又能作何回答呢？看着实在让人心寒：唯一能让弗朗索瓦一见面就认罪的男人，竟然扮演起小丑的角色。

玛奥这样想自有道理。在布料室里，安纳在弗朗索瓦面前的表现，恰如他的仇敌所描绘他的样子，但弗朗索瓦心里很难过，知道这种轻浮的外表下，潜藏着一颗高贵而美丽的心灵。如果他对安纳并无好感，那他只会冷眼观赏，幸灾乐祸，尤其是在这出闹剧映射在德·奥热尔夫人的双眸中时。

悲剧往往在最不起眼的事物中酝酿发酵，最终愈演愈烈。出于什么意味深长的动机，安纳忽然要戴上一顶帽子啊！伯爵夫人读懂了弗朗索瓦的心思，她也明白他读懂了她的心思。于是，她做出了这样一个举动，因其高尚、不伤害任何人而尤显英勇；只要还心存偏见，我们就很难认可一顶蒂罗尔呢帽竟可能成为一场悲剧的核心。

　　玛奥冷静地盘算着，此刻，只剩下一种办法了。她对此感到深深的厌恶，而这种厌恶本身却证明了它的可行性。她索性选择参与安纳的表演，成为他的同伙；简而言之，她以无声的方式回答弗朗索瓦，她并不觉得她丈夫的行为可笑或不堪。

　　听了纳鲁莫夫那句生硬的话，玛奥便起身走向安纳，宛如一位奔赴刑场的勇士。

　　"不，安纳，应该这个样子。"她说着，就将帽子揉瘪到变形。

　　这一举动彻底突破了尴尬的底线。安纳一时犯浑，至少还有情可原。德·奥热尔伯爵夫人则头脑冷静，有意为难堪加码，紧随纳鲁莫夫发话之后，尤其显得不可理喻。

　　但她的盘算是精确无误的。

　　"他把她也逼得变了形。"弗朗索瓦心中默念。

　　如果有什么东西可以削弱弗朗索瓦的爱，

这一牺牲本该使玛奥完全得偿所愿。不过，现在她再怎么做，也只能给弗朗索瓦增添这种能激发爱的忧伤。

在场的所有人里，最惊愕的莫过于纳鲁莫夫亲王。他压住一阵怒火，转念想道："不对劲，这种事不可能出自她的本意。"他特别欣赏伯爵夫人，而且他自尊心很强，不甘心自己看走了眼。

因此出现了这样的局面：唯一不熟悉伯爵夫人的人，反而一眼看穿。苦难锤炼了纳鲁莫夫，他还是个俄罗斯人：这两个原因让他更能理解人心的古怪反应。唯独他最贴近真相。他"猜中了"，一下子意识到德·奥热尔夫人心中有一种隐秘的缘由："她这么聪明，不可能看不出安纳的行为是多么不堪。她是在分担安纳的耻辱吗？"

纳鲁莫夫失误的地方，就是把这视为夫妻恩爱之举。

因此，这一举动非但没有激怒纳鲁莫夫，

反而促使他控制住了情绪。刚才安纳出场的时候，唯独他一人没有笑。现在却只有他一人放声大笑。

"真精彩！"他喊道。

如此转怒为喜，令所有人不胜错愕。

安纳已经怀疑自己的表演有失分寸，现在重又镇定自若了。亲王的喝彩听不出什么嘲讽的意味，在场的人都松了一口气。

玛奥回身坐下，思忖道："虽说是鄙视，也算是讲究风雅者。"至于弗朗索瓦，随他怎么看她的举动，她已无力想象了。

每个人似乎都偷偷地放下了那些饰物。

"呃，舞会的安排大都还没有落实呢，"安纳说道，"这也全怪我。"

"你们这就要走了吗？"玛奥对米尔扎和他侄女说道，只有等人全走光了，她才能缓过神来。她多想大喊一声："你们都快走吧！"她感到自己的气力要耗尽了。"最后一位客人走之前，我千万不能晕倒！"最后走的这位客人，难道不就是弗朗索瓦吗？玛奥生怕让他目睹自己虚弱的状态。

还有纳鲁莫夫亲王，那是他们的贵客。在招待会之后，她总不能立即失陪，可是她感到虚脱疯狂地袭来了。

"但愿弗朗索瓦早点离开，"德·奥热尔夫人心里反复念叨，"但愿他今晚毫不知情，再度过一个平静的夜晚。"

昏昏沉沉中，她猛然想起自己向德·塞里厄斯夫人求援的荒唐之举。他母亲如不对他讲实话，又能说什么呢？在她看来，除了他们的爱情，没有任何足以令人信服的理由该将他俩分开，就连这条理由，恐怕她也开始怀疑了。

"如果德·塞里厄斯夫人胡编乱造，弗朗索瓦肯定能觉察出来，肯定要跑来追问，弄个水落石出。"

德·奥热尔夫人就这样胡思乱想，她在赫丝特·韦恩面前已经站立不稳了。

这工夫，伯爵在隔壁小客厅滞留，陪伴米尔扎，玛奥听见波斯小姑娘的笑声。赫丝特·韦恩拦腰托住她。她晕倒了，人们将她扶平躺下。

这时，弗朗索瓦下意识地跑向伯爵，这一举动表明，不管有何想法，他还是认为安纳比他更有权处理这种情况。

"玛奥不舒服了。"

"又是怎么回事？"安纳问道。

他由众人尾随回到客厅，但见德·奥热尔夫人已经苏醒过来，硬撑着以免再次晕倒。

"弗朗索瓦来找我的样子吓着我们了，"安纳高声说，"他还以为您晕过去了！"

所有人都认为，这个插曲才是这个沉重的夜晚的高潮。自从弗朗索瓦和玛奥引起议论，赫丝特·韦恩就憎恶玛奥了。

"他朝三暮四，已经厌倦了狂热爱上他的玛奥，他正追求米尔扎的侄女呢。"她悄悄对保罗·罗班讲这种不靠谱的坏话。保罗·罗班听了，对弗朗索瓦的艳福惊叹不已。

"弗朗索瓦想再陪您一会儿。"安纳当着最后要走的几个人的面，天真地对妻子说道，这种宽容态度令人好不惊愕。

"不，不，"玛奥高声说道，"让我一个人静一静！"由于这么高声可能出人意料，她立即向弗朗索瓦伸出手，补充道："您太客气了，弗朗索瓦，不过，我向您保证，我现在只需要睡眠。"

"那好，明天上午我来问候。"弗朗索瓦说道。

玛奥贪婪地目送他在安纳的陪同下消失在另一个房间。

保罗·罗班正在寒冷的街角，等着他的朋友。可是，弗朗索瓦走在路上，只同他谈论舞会，保罗真后悔没有搭乘赫丝特·韦恩的车回家。

* * *

关大门的声响，玛奥听着一阵心痛。她随即更为痛苦地确信，自己无法像原本设想的那样摆脱安纳。她暗自推测，帽子事件之后，弗朗索瓦次日必定还要来。她感到再次见面有致命的危险，必须由安纳出面接待……

"今晚我有话要对您讲。"她对关门的安纳说道。

"我安顿好纳鲁莫夫，就上楼找你。"

玛奥宽衣的时候，进入了一种思路中断的状态，脑子里只剩下毫无关联的场景。她跟随弗朗索瓦来到街上，和他一起拦下一辆车，到了圣路易岛，蹑手蹑脚走进门厅。弗朗索瓦曾多次向她谈起福尔巴赫太太，称她为圣徒。在这些回忆的启发下，玛奥竭力思考她的责任，但是往昔的影像总是占了上风，取代了责任在她心中的位置，她看到的是残障的福尔巴赫母子。

德·奥热尔伯爵似乎难以想象，妻子还会有什么话要对丈夫讲。他也不去猜想他俩的谈话内容会是什么，一直不紧不慢地转悠。

他去纳鲁莫夫的客房转了转。

"您什么也不缺了吗？您需要的东西全备齐了吗？"

他又下楼到客厅，将丢在椅子上的各式服装拿起来，将纳鲁莫夫的帽子放回门厅，再将织品饰物抱上楼，一件一件放好。他这样做，是希望晚一点回房时，玛奥已经睡着了。

命运就是爱捉弄人，德·奥热尔夫人从未如此焦急地等待过安纳，而这种急不可待的心情，本应是在面临幸福时才会感受到。这是供认的悲怆时刻，她等不及了，恨不得直接去找他。恐怕她根本信不过自己了，想要安纳逼迫她说出口；再说，她这样急切，不是还有点儿本能的需求，惩罚一种无意识的行为吗？而帽子事件不过是这种无意识的微不足道的表象。

安纳终于进屋了，他在妻子床边坐下。

首先，他想要以戏谑的方式，实实在在教训玛奥一通。

"这算怎么回事？在众人面前晕倒？这种后果不堪设想，您就不能坚持一下吗？"

"不能，我精疲力竭，独自一人坚持不住了。"

还记得那天，弗朗索瓦握住她的手臂时，她曾撒过一个无关紧要的谎言，而那个谎言几乎是语言的惯性使然，与她的意志无关。是否又是出于类似的机制，她竟将那些需要字字挣扎，甚至希望在途中死去的话，一口气倾泻而出，并且带着责备的口吻？

　　或许我们可以简单得出结论：一股无名之火正在驱使玛奥说出令人不快的尖刻之语。安纳差不多就是这样理解的。面对玛奥沉静的神态，安纳心想，怒火中烧的人，往往是这样一副平静的模样。唉！这种沉静，往往深不可测。玛奥从容不迫，已经有足够的时间习惯了自己爱上弗朗索瓦的念头，至于披露这种实情可能产生什么后果，她还不甚了了，这种钝感使她能够坦然直言，说个明白。恰恰由于这样直率和干脆，德·奥热尔伯爵反而无法理解。她察觉到了这一点，顿时慌乱起来。在一个怀疑者面前，人是笨拙无助的。

　　面对丈夫的不解，原本打算独自承担一切的伯爵夫人突然情绪失控。她和盘托出，并附加了一些在安纳看来子虚乌有的罪责。在丈夫看来，她的坦白以及其他忏悔显得很假，安纳便断定，这是不着边际的臆想。

　　那么，安纳又是怎么考虑的呢？他是否相信了玛奥的话，还是说他的情感是否被过于强烈的痛苦麻痹了？无论如何，他什么都感觉不到。他觉得一切都无所谓了，甚至觉得自己不爱玛奥了。

玛奥搅动着双手，苦苦哀求：

"您不要摆出这副怀疑的神情。啊！但愿您能感觉出，您这样有多残忍，逼着我要说服您相信我极为痛悔的事情。"

她已疲惫不堪，声嘶力竭地承受着连番冲击，还抛出最可能伤害人的细节。她因为迫切地想让伯爵听到自己的声音，就力图更直接地刺痛伯爵的自尊，说他对待纳鲁莫夫的举动很不体面，还向他揭示她出面配合是假的。

安纳·德·奥热尔始终沉默不语。他若有必要，会承认自己在情感方面的笨拙，但他始终引以为傲的是自己的社交能力，认为自己在这一领域堪称完美。由此可见，玛奥正是击中要害。安纳也正是基于这种自负，才决意保持理性，不管玛奥说出什么话，自己不惜任何代价也要讲分寸，不跟她一般见识。

"听着，"安纳说道，"你这是神经过敏，神经兮兮的。你根本不知道自己在说什么。我了解纳鲁莫夫；如果他对我有什么不满，他瞒不过我。我们道别时关系好得很。"

他继续说道：

"您还是个孩子，要知道，您的种种念头，恰恰表明您还不够成熟，"他以近乎傲慢的语气，不徐不疾地说道，"请您原谅，玛奥，我觉得挺可笑的，您还来教我如何处理我比任何人都擅长的事务。关于纳鲁莫夫，您这些指责，如果我还没看透的话，倒让我明白了，您的所有担心，都同样虚妄，也都同样愚蠢……您发烧了，等一觉醒来，您会后悔不该闹这一场了。"

安纳站起身来。玛奥坐起来，半个身子探出床去，扯住安纳的衣袖，那股劲头连她自己都绝难预料。"怎么！您要走？您这样就走啦？"

安纳决意不动怒，他叹了口气，重又坐下。玛奥于是想道，也许在安纳这副表象后面，他的内心正在承受痛苦。原本带着反抗情绪的话语，现在变得谦卑起来："这么说吧，这些想法如果真的那么荒谬的话，我为什么还会写信给德·塞里厄斯夫人呢，她还来了，什么都知道了。她可不认为这是孩子气。"

"这种事您也干得出来！"安纳结结巴巴地说。

这声音所表露的恼怒和愤慨是如此清晰。玛奥终于害怕了，几乎准备为自己辩解。

众所周知，奥热尔伯爵的性格决定了他只会关注那些发生在公众面前的现实。他是否直到这一刻，直到看到那封写给德·塞里厄斯夫人的信，才明白玛奥并未欺骗他，她确实爱着弗朗索瓦？

安纳对眼前的场景依旧无动于衷，但他开始隐隐意识到，或许这次他真的会受伤。他害怕的并不是痛苦本身，而是这份痛苦可能迫使他做出的反应。他预感到自己未必能永远像现在这样，将这份坦白仅仅视为一种失礼，只因被公布于众而显得严重。与那些先被情感牵动，事后再考虑如何挽回颜面的普通人不同，奥热尔伯爵出于职业习惯，总是优先处理最紧迫的事情。他充分利用自己的震惊与茫然，直接从尾声开始，将那些内心的焦虑与挣扎留到日后的独处时刻。

终于，他似乎明白了！玛奥看出她一语中的。于是，她闭上双眼，等候并期盼着一场暴风雨。然而，安纳已经后悔言重了。玛奥在战战兢兢中，听见安纳声音非常柔和地说道：

"这太荒唐了……我们必须想办法弥补一切。"

这二人之间相距遥远，这种距离让玛奥无法理解，因而也无法理解这份温柔的背后究竟是什么心理机制。她轻轻地躺到枕头上，仿佛在梦中经历一场坠落，而这种坠落最能令人惊醒。玛奥醒了，直起身子，注视着丈夫，但奥热尔伯爵并未意识到，站在他面前的，已经是一个完全不同的女人。

　　玛奥凝望着安纳，他坐在那里，仿佛身处另一个世界。对于这个世界里刚刚发生的转变，他毫无察觉。他并不知道，自己眼前的不是一个歇斯底里的女人，而是一尊冰冷的雕像。

　　"好啦！玛奥，我们冷静下来吧。我们不是生活在孤岛上。大错既然铸成，那我们就弥补吧。弗朗索瓦要来参加舞会，也许最好也要把德·塞里厄斯夫人请来。"

　　接着，安纳吻了吻玛奥的头发，向她辞别：

　　"弗朗索瓦一定得同我们一道入场。至于他的服装，就由你来挑选吧。"

　　安纳站在门框前，显得那么英俊。他仿佛在庄严的场合中完成一项荒谬的任务。他一步步倒退着离开房间，不由自主地摆出一副王者的姿态，使用催眠师的语气说道：

　　"现在，玛奥，睡吧！我命令你睡着。"

雷蒙·拉迪盖肖像，让·科克托绘，约 1920 年作

现藏于巴黎雅克·杜塞文学图书馆
© DACS / 科克托委员会（Comité Cocteau）

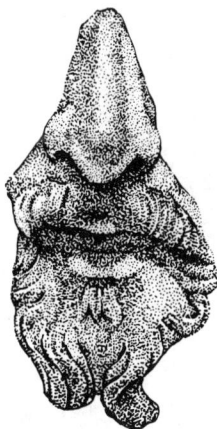

提高心智的心理分析小说

译后记

作为二十世纪初叶法国文学天空一颗早慧的流星，雷蒙·拉迪盖毕生仅留下了两部小说，分别为《魔鬼附身》和《德·奥热尔伯爵的舞会》。

当年，我应邀翻译了《魔鬼附身》，将我对拉迪盖这部小说的感觉和理解，留在了译文中。编辑杨子铎通过赏阅译文，感觉并领会了作者用法文所表达的东西，又来找她素昧平生的译者，请我将拉迪盖另一部作品译出。我被她的感觉所打动，欣然接受了翻译《德·奥热尔伯爵的舞会》的任务。

我一直倾向于认为，写出感人作品的作家，应是以感知为主要生存方式的人。

至少可以肯定，二十岁英年早逝的拉迪盖，与比他长寿多达四倍的纪德，同属于感知类型的作家。但与纪德不同，雷蒙·拉迪盖感受的对象，不是外界的事物，而是心理活动。

以心理活动为感受的对象，是拉迪盖的美学取向。他认为对于一部小说，"心理活动才具有浪漫性"。

在小说创作的手法上，想象力的发挥，侧重于情感分析，而外界事件的描绘，只是为人物内心活动设置的外延。

拉迪盖这两部小说，基于这种美学取向和创作手法，就归列为心理小说，具体为心理现实主义小说。叙事的明晰和语言的典雅，又决定了作品的新古典主义属性。

先认识一下雷蒙·拉迪盖其人吧。他的生命仅限于一九〇三年至一九二三年之间。短短二十年的寿命，没有时间按部就班地学习、成长，一切都必须速成。十岁就辍学，也没有条件家教，全靠自学。又遭遇第一次世界大战，四年战乱无异于长假。拉迪盖十六岁着手创作《魔鬼附身》，那之前五六年自学成才，被称为"自传"的《魔鬼附身》就有生动的描述：

> 一天的功课，我原来的同学两天也完不成，我用四个小时就做好了，有大半天的空闲，就打算玩个痛快。我时常到马恩河边游荡……一九一三年至一九一四年这两年间，我在船上读了两百本书。绝不是所谓的烂书，相反，都是称得上优秀的作品，不说思想，单从价值来讲就如此。

"称得上优秀的作品"指的正是那些经典作家的著作，同时也不忽略当代大诗人，诸如开始进入经典行列的阿波利奈尔、马克斯·雅各布、让·科克托等。

无法统计他研读了多少书，但是可以肯定，他消化并吸收了那些古典作品的精华，才敢在标新立异、各种艺术流派竞逐潮头的时期，执意逆势而行，倡导新古典主义文学。

后世也无从知晓他的文学创作构思的过程，就连他做的大量笔记和卡片，也在他的《舞会》完稿后销毁了。尤其是"死亡取消了书的构成的回忆，我们就不得而知了"，让·科克托在《序言》中下了断语。

短短的一生，除了摆在我们面前的作品，一切都不可思议，就因为这个青少年出色地完成了成年人才可能做到的事情。他十五岁时谎称自己十九岁，就应聘进入报界，开始了文字生涯，在杂志上发表诗作，在艺术界立了足，结交了比他大十四岁的让·科克托。

让·科克托和拉迪盖交厚五年，亦师亦友，互为师徒。直到他临终的三天前，还守在他的床边。也只有最了解他的让·科克托，才能用寥寥数语，道出拉迪盖一生的本质：

　　　　文学的审判认为，他有一颗冷酷的心。

译后记

雷蒙·拉迪盖心如硬石。他那颗钻石般的心不会稍一触碰就做出反应，必得烈火和别的钻石，才能触动他的心。除此之外，他全都忽略。

拉迪盖的形象，还是用他自己的话标识吧。一九二〇年，他发表了一部诗集，名为《燃烧的面颊》。而《魔鬼附身》中的叙述者则这样描绘自己：

> 我浑身火烧火燎，急匆匆跑去，就像年纪轻轻就要死的人，两口饭并作一口吃似的。

在世间，就是滚滚向前的一团火焰；升上天，就化作划过长空的一颗亮星。

拉迪盖的生命化为作品入世，《魔鬼附身》

和《德·奥热尔伯爵的舞会》两部小说摆在面前，我们是同拉迪盖的永恒生命打交道，在阅读中了解拉迪盖，感受他生命的价值。

这两部小说创作相隔两年，从《魔鬼》译到《舞会》，我感觉拉迪盖一下子成熟了十年，实实在在体会到拉迪盖生命的加速度。

《魔鬼附身》虽有拉迪盖少年经历的身影，实为"虚假的自传"。通读全篇不难发现，小说中大多情节应需而设，绝非散乱的情感波折的汇编。

人在年少时，往往急不可待，总想一夜长大成人，越遥不可及越想得到，仿佛有魔鬼附身，这便是《魔鬼》的男主人公，以少年的心智干出一件成年人的大事的烦恼故事。另一部小说《德·奥热尔伯爵的舞会》的男主人公弗朗索瓦·德·塞里厄斯，文中介绍他年仅二十岁。

这两个人物，一个十六岁，一个二十岁，暗含拉迪盖创作时的年龄，然而其原型，既不是作者本人，也不存在于现实生活中，而是拉迪盖的天才创造出来的两个典型人物。

　　情爱问题，是青少年进入人生的第一大课题。魔鬼少年和弗朗索瓦同样受到情感的冲击，一个沦为"情欲的奴隶"，一个则甘愿受"心灵的奴役"。这是理解这两部小说的一大关目：既独立成篇，又相辅相成。

　　这两个人物都同样经历一场爱情的风暴，表现的形态却大相径庭：一个在海面上掀起惊涛骇浪，另一个只是引起平静大洋深处的海啸。我从《魔鬼附身》译到《德·奥热尔伯爵的舞会》，就是从海上的风暴探到洋底的海啸，正如我所说的产生了升级版的感觉。

　　人的心理，阔如海面，深似洋底，两种景观都搅入了拉迪盖的笔下，展现在这两部小说中，不能不说这是将近百年前，法国文学创作的一个奇观。

　　在进入《魔鬼》的海上风暴，随后再探测《舞会》的洋底海啸之前，还有两点叙事的手法要简略交代一下：

一是作者叙事，在《魔鬼附身》中使用第一人称，在《德·奥热尔伯爵的舞会》中使用第三人称。不言而喻，不同人称叙事效果不同，主要是由小说的结构决定的。

《魔鬼》开篇头一句话："我要惹来许多非难。然而，我又有什么办法？"由"我"定了全篇的调子，有点儿疑似自传，或者忏悔，作者何乐而不为。不过，在叙述过程中，许多行为显然夸大其词，自吹自擂，又会让人以为作者是在编造故事，这就正中下怀，本来就是写小说。

《舞会》用第三人称叙事，合乎小说更大的框架、众多的人物，以及公馆城堡等社交场所与活动，作者则充当上帝的角色，无所不知无所不晓，掌握全局，又洞彻每个人物的心理，这是传统小说的最大特点。

二是叙事的起点，《魔鬼附身》和《德·奥热尔伯爵的舞会》有异曲同工之妙，头两小节分别成为点题语，如此明确贴切，也是少见的。
请看《魔鬼》的第二节：

> 我从来就不是一个幻想者。其他人容
> 易轻信看似梦想的事，我却觉得现实得很，
> 就像猫隔着玻璃罩看到的奶酪。不过，玻
> 璃罩确实存在。

> 玻璃罩一打破，猫就有可乘之机，哪
> 怕打破罩子并割破手的恰恰是它主人。

抓住魔鬼少年的这些特点，就能预感到小
说故事情节的走向，无厘头幼稚心理活动的局
限性，读到馋猫偷嘴，闯出大祸，酿成悲剧，
也不会感到奇怪。

《舞会》则是另一番光景：德·奥热尔伯爵
夫人名叫玛奥，是《舞会》的女主人公，也是
弗朗索瓦心仪的女子。开卷语对她的评价，关
键词都彼此矛盾——"本分"与"放浪"，"纯洁"
与"放纵"，"正经"与"轻浮"，这就决定了小

说故事情节的走向，弗朗索瓦与她这场情爱的行为，如同在本分与放浪之间走钢丝；而别致的"无意识的暗流"，更是限定了两个人的行为心理的特点：暗流涌动。因而更奇特，也更有看头儿。

至此，看清了作者设定的路标，以及阅读之旅的路线，进入这样真真假假、虚虚实实，甚至有时模糊难辨的行为心理的网络，就不会迷失了。千万保持灵敏的感觉。一定要把浑身的神经，听觉的、视觉的、嗅觉的、触觉的神经，全部调动起来，细细感觉这两面心理神经网络千变万化的颤动，那么比起看单纯有趣的故事来，会有更加奇妙的体验。

从《魔鬼附身》到《德·奥热尔伯爵的舞会》，相隔两年，却感觉小说的心理分析进入升级版。《魔鬼》的主角是少男少女，活动在私密的小范围，行为过火而耍蛮，令人费解；而《舞会》的人物为社交人士，活动在社会大场合，正人君子面具掩饰下的欲望的端倪、潜意识里若隐若现的花花肠子，就更难揣摩了。这种严密控制、弄景作戏的心理活动，呈现出隐秘的间歇性特点，与《魔鬼》的莽撞逞能、一意孤行的心理活动形成鲜明的反差，这是拉迪盖狡狯的天才开拓的更大的心理分析空间，为心理现实主义小说做出了特殊的贡献。而人物深层的心理活动，有些剥离表象而显露出来，有些还得由读者意会而深思，这也恰恰是阅读这两部小说更大的乐趣所在。作者笔下这些人性深处无意识的暗流远比罪恶的筹谋更为复杂诡谲，耐人寻味。由此描绘出"一座爱的地狱"，地狱上空这道意识的彩虹，正是由人与人之间注定误解的关系乱码构成的。

李玉民

让·科克托为《德·奥热尔伯爵的舞会》所作插图

野 SPRING
更具体地生长

策　　划｜杨子铎

特约编辑｜赵　晴

营销总监｜张　延
营销编辑｜狄洋意　许芸茹　韩彤彤

版权联络｜rights@chihpub.com.cn
品牌合作｜zy@chihpub.com.cn

野 SPRING 望 MOUNTAIN

出品方　春山望野（北京）
文化传媒有限公司

Room 216, 2nd Floor, Building 1, Yard 31,
Guangqu Road, Chaoyang, Beijing, China

RAYMOND RADIGUET

雷蒙·拉迪盖
(1903—1923)

1903 年，在巴黎郊外瓦勒德马恩省出生，父亲是漫画家。

1917 年辍学，篡改年龄，应聘进入报界，开始文字生涯。

1919 年，投入先锋派运动，结识阿波利奈尔、毕加索、曼·雷等人，成为让·科克托的门徒和至交好友。

1923 年，出版小说《魔鬼附身》，天才般的语感和早慧的锋利令其一举成名。

同年 12 月，因伤寒在巴黎去世，年仅二十岁。可可·香奈儿为其举办葬礼，巴黎前卫艺术世界的先驱悉数出席。

李玉民

翻译家、首都师范大学教授。

代表译著有《巴黎圣母院》《悲惨世界》《窄门》《加缪全集·戏剧卷》等；

潜心从事法国文学翻译四十余年，2010 年获傅雷翻译出版奖。